W0266767

L'innocence trahie

DU MÊME AUTEUR CHEZ MIRA

Les disparus du Mississippi
Rumeurs
Le secret de Maddie

GAYLE WILSON

L'innocence trahie

Roman

MIRA

Titre original :
VICTIM
publié par MIRA®

Traduction de l'américain par LOUISE ACHARD-MADDALENO

83-85 boulevard Vincent-Auriol 75646 PARIS CEDEX 13.
www.harlequin.fr
ISBN 978-2-2808-1534-5 — ISSN 1765-7792

A Bill Derryberry,
un bon policier, un brillant professeur
et surtout un ami patient et toujours présent.

Prologue

Il aimait la pénombre — l'anonymat qu'elle procure. Et il aimait tout particulièrement, dans cette pénombre, la façon dont leurs visages accrochaient la lumière. Des visages jeunes, ardents, d'une beauté incomparable à ses yeux.

D'ordinaire, son choix dépendait essentiellement du hasard. Autrement dit, il ne choisissait pas. Cette fois, pourtant… C'était si parfait qu'il se demanda pourquoi il n'y avait pas songé plus tôt.

Quel plaisir de pouvoir se déplacer en toute discrétion afin de les épier. Leurs yeux attentifs, leurs fesses fermes qui chaloupent imperceptiblement, jusqu'au vertige. Voir frémir ces épaules étroites d'adolescents tout entiers absorbés par le jeu électronique dont ils tentent fiévreusement d'influencer l'issue.

Un sourire étira progressivement ses lèvres. Un jeu. N'était-ce pas précisément ce dont il s'agissait ?

Il s'arrêta sur les gamins qu'il avait sélectionnés en vue d'un examen plus approfondi. Il avait opéré un premier choix en circulant dans la salle bondée, les frôlant au passage.

Même leurs odeurs l'excitaient. Leur sueur chargée

d'hormones : l'odeur du sexe, si violente et si douce à la fois. Celle du tabac aussi, qui imprégnait leurs jeans et leurs T-shirts usés. Quelques relents de marijuana lui rappelaient sa propre adolescence, quand ce plaisir défendu était à peu près le seul auquel il pouvait accéder.

Il en avait d'autres, désormais. Infiniment plus excitants grâce à leur aura d'infamie.

Il fit encore une fois le tour de la salle, lentement, prenant soin de ne pas attirer l'attention, jetant un dernier coup d'œil sur chacun pour être sûr de prendre la bonne décision.

Quand il fut certain de son choix, il se dirigea vers une porte de service, au fond, qui donnait sur le passage des livraisons, derrière le centre commercial où il avait garé sa fourgonnette. Il attendrait là-bas, parmi ces ombres aussi indistinctes que lui.

Il ouvrit la porte et regarda à droite et à gauche, dans la ruelle. Il y avait des ampoules au-dessus des plates-formes de chargement, mais elles éclairaient tout juste le sommet des rampes. Cela ne suffirait pas à lui mettre des bâtons dans les roues.

Avant de refermer, il vérifia si le ruban adhésif qui maintenait le loquet de la serrure enfoncé pour empêcher la porte de se verrouiller était bien en place. Les jeunes employés de la galerie de jeux avaient mis eux-mêmes ce système en place. Au cours de la soirée, ils sortaient à plusieurs reprises par groupes de deux ou trois pour aller fumer. En ce moment, ils étaient tous à l'intérieur, ce qui lui laissait une petite marge de manœuvre.

Il fit demi-tour, marchant d'un pas assuré. Terriblement

excité, il éprouvait des tiraillements dans le bas-ventre. Ces moments d'anticipation lui procuraient une sensation de jouissance presque aussi puissante que celle de l'assouvissement.

Tout en revenant sur ses pas, il prit l'un des tabliers bleus accrochés au mur du couloir et l'enfila par la tête. Il croisa les liens de la ceinture dans son dos et les noua ensuite devant. Puis, respirant à fond, il plongea une main tremblante dans sa poche pour tâter la poignée de jetons qui s'y trouvaient.

En entrant dans la salle de jeux, il garda la tête légèrement baissée. Hormis cette précaution, ses mouvements n'avaient rien de furtif. Il avait suffisamment observé les employés pour être capable d'imiter leur allure — un pas à la fois traînant et plein de suffisance. Et tant qu'aucun d'entre eux ne le remarquerait...

Il s'arrêta près du garçon qu'il avait choisi et le regarda jouer. Sa physionomie changeait constamment, suivant les rebondissements du jeu. Une grimace, une crispation. Et puis... soudain, toutes les lumières de la machine se mirent à clignoter et elle émit des bruits stridents. Personne ne se retourna. Cela arrivait assez souvent pour passer totalement inaperçu. Il fut le seul à remarquer que la tension cédait la place à l'euphorie sur le doux visage du joueur dont les traits étaient encore imprécis.

— Ouais, super!

Une lueur métallique brilla fugitivement sur les dents un peu trop grandes du gamin.

En apercevant l'appareil dentaire, il éprouva un certain

désappointement. Mais sa déception fut de courte durée car, pour le reste, le garçon était parfait. Il possédait vraiment tout ce qui lui plaisait.

« Parfait », se répéta-t-il.

Il prolongea délibérément ces instants d'attente, savourant le plaisir qui l'inondait par vagues successives — de grosses vagues bouillonnantes auxquelles il s'abandonnait avec délices. C'était comme une drogue dure, aux effets incontrôlables, alimentant un désir dont l'intensité augmentait de seconde en seconde. Il n'y en avait plus pour longtemps...

Le garçon inscrivit ses initiales à côté du score. Deux lettres rondes — parfaites, elles aussi.

— On a reçu la nouvelle version du jeu, c't'après-midi.

L'accent n'était pas tout à fait le bon, mais ça ferait l'affaire.

Le garçon leva les yeux et croisa les siens. Son regard était un peu dans le vague, encore sous le coup de l'émotion provoquée par la victoire. Cela créait un rapprochement entre eux. Leurs fantasmes respectifs les unissaient, en quelque sorte, telles les prémices d'une union plus aboutie.

— Il est drôlement mieux que celui-là, ajouta-t-il. Ça fait une sacrée différence, j't'assure.

— Cool.

Le garçon parut enfin s'intéresser à ce qu'il disait.

— Tu devrais l'essayer.

Le gamin haussa imperceptiblement les épaules et reporta son attention vers l'écran. Il avait visiblement hâte de se remettre à jouer.

— Quand est-ce qu'il sera là ?

— On est en train de le monter dans l'arrière-boutique. On y a joué tout l'après-midi. Mais ça, on l'a pas dit au patron…

Le garçon lui répondit avec son sourire métallique qui détonnait un peu, comme une fausse note dans un air connu. Ce n'était peut-être pas le bon choix. Il valait sans doute mieux…

— Il me reste des jetons…

— On l'a bidouillé pour jouer gratis. Tu veux l'essayer ?

— Bien sûr !

— Faut le dire à personne. Ils voudraient tous venir.

— D'accord.

— T'es avec quelqu'un ?

— Avec mon père. Il est allé faire un tour dans la galerie.

— S'il vient te chercher et qu'il ne te voit pas…

— Il écoute de la musique dans le magasin d'à côté. Il en a pour une bonne demi-heure, au moins.

Une demi-heure… Il hésita quelques secondes, calculant les risques.

— Tu vois cette porte, au fond ? Juste sous le panneau « Sortie de secours » ?

Le gamin tourna la tête pour regarder dans la direction indiquée. Il avait un charmant petit épi dans les cheveux. C'était comme un signe confirmant le bien-fondé de son choix.

Tous ses doutes s'évanouirent instantanément.

C'était le bon…

— Oui, dit le garçon en se tournant vers lui.

— J'y vais le premier. Quand je serai dans le couloir du fond, tu me suivras discrètement.

— D'accord.

— Si les autres voient ce que je fais, ils nous empêcheront d'y aller.

— Personne me verra.

— Alors, ça va.

Il balaya la salle du regard, observant tour à tour chacun des employés. Deux d'entre eux se tenaient près de l'entrée, occupés à lorgner les filles qui se pavanaient dans la galerie marchande. Un troisième surveillait attentivement la progression des chiffres sur l'écran du jeu le plus recherché de l'arcade, contre le mur d'en face. Le personnel était au complet.

Il se retourna vers le garçon qui ne le quittait pas des yeux et semblait aussi impatient que lui. Il lui fit un petit signe de tête et se dirigea vers le fond.

Il savait que le gamin le suivrait sans se poser de questions. Et même s'il s'en posait, jamais il ne pourrait imaginer quelles étaient ses véritables intentions : c'était tout simplement inconcevable, pour lui.

Et peut-être était-ce là le plaisir suprême que lui procurait ce jeu : celui de voir, dans leurs stupides petits yeux trop confiants, le moment précis où ils prenaient finalement conscience de ce qui allait se passer.

1.

— Malheureusement pour l'Etat, maître Evans, une perquisition illégale ne peut nous être d'aucune utilité. Et je ne trouve pas très convaincant non plus l'argument de l'agent Gateau selon lequel le prévenu semblait exagérément contrarié par les dégâts causés à l'arrière de sa camionnette. C'est une réaction tout à fait normale qui ne justifie en rien la fouille du véhicule de M. Tate.

Chaque phrase de la sentence était prononcée avec l'intonation précise, presque pédante, que la juge Marlène Wexler, seule femme noire du barreau de La Nouvelle-Orléans, avait adoptée depuis longtemps pour masquer ses origines rurales du fin fond du Mississippi. Pour l'avocat général, c'était un véritable cauchemar qu'elle ait hérité de l'affaire.

Ses jugements étaient strictement fondés sur des bases légales mais sa réputation était celle d'un magistrat qui prenait systématiquement le parti de la défense contre celui de la police et du ministère public. Elle n'avait jamais dérogé à ce principe. Et, de toute évidence, elle n'y dérogerait pas davantage cette fois-ci.

— D'après les déclarations de Mme Siddons, M. Tate a refusé d'ouvrir les portes arrière du véhicule pour permettre à l'agent Gateau de fouiller les bagages qui se trouvaient à l'intérieur. A deux reprises, l'agent a décidé de passer outre les objections du prévenu.

— Votre Honneur…

— Nous ne tiendrons donc aucun compte des indices découverts au cours de cette fouille ou pendant la perquisition ultérieure, au domicile du prévenu.

A cause des ramifications politiques de l'affaire — qui venaient s'ajouter à d'autres considérations plus altruistes —, l'avocat général Carl Evans était tenu de braver les foudres de la magistrate, malgré ses réticences à se mettre dans une position aussi délicate vis-à-vis d'elle.

— Pour cette perquisition, Votre Honneur, le mandat…

— A été délivré par le juge Fischer sur présentation des preuves découvertes lors de la fouille illicite du véhicule. Il s'agit donc du fruit de l'arbre empoisonné, comme vous le savez parfaitement, maître Evans. Il n'est donc pas question d'en tenir compte. Pas plus que du reste.

La dernière phrase fut prononcée lentement et très distinctement.

La juge marqua une longue pause, attendant que l'écho de ses mots meure dans le silence presque insoutenable du prétoire, avant de reprendre la parole.

— Avez-vous d'autres preuves de nature à prolonger la détention du prévenu, maître Evans ?

L'avocat général pinça les lèvres, puis répondit à contrecœur :

— Non, Votre Honneur.

Les yeux noirs de Wexler se posèrent un instant sur le jeune flic inexpérimenté, auteur de la perquisition qui allait permettre à un tueur en série d'arpenter de nouveau les rues de la ville. Les médias avaient déjà fait leurs choux gras de cette affaire. La tournure que prenaient les événements ne ferait qu'aggraver la situation.

— Dans ce cas, la justice ne peut rien retenir contre vous, monsieur Tate. Vous êtes libre.

— Il se barre !

— Oh, putain ! murmura Mac Donovan qui venait d'entendre ces mots par l'intermédiaire de son casque.

En fait, Mac était plutôt résigné qu'autre chose. Il savait depuis longtemps qu'il n'y avait rien à faire contre les aberrations du système auquel il collaborait. Il s'était engagé à le faire respecter, même quand il déraillait — ce qui venait précisément de se produire, ce matin-là.

— Ils le font sortir par-derrière ? demanda-t-il.

— C'est ce qu'ils ont dit.

— Tout le monde est en place ?

— Oui, mais il n'est pas certain que notre homme coopère. Il est comme ça, tu sais, ajouta Sonny Cochran d'un ton goguenard.

— Parfait, dit sèchement Donovan. Quelqu'un va peut-être l'abattre, cet enfoiré.

Un petit rire tinta à son oreille.

— Ce serait un coup de bol pour nous.

Depuis le début, ils savaient tous comment les choses allaient tourner. L'agent de police qui était intervenu pour une collision avait accumulé les bévues. De ce fait, les pièces à conviction qu'il avait découvertes à l'arrière du fourgon de Samuel Tate — la panoplie d'assassin qui aurait dû permettre de l'inculper pour les meurtres d'une bonne douzaine d'adolescents — avaient été déclarées inutilisables.

L'audience de la matinée n'avait été qu'une simple formalité. Si seulement il s'était agi de la parole du flic contre celle de Tate, il y aurait peut-être eu un peu d'animation, mais Philippe Gateau s'était débrouillé pour fouiller le véhicule devant la conductrice qui avait heurté l'arrière de la camionnette. Quand cette femme avait été citée à comparaître par l'avocat très renommé de Samuel Tate, la ville entière avait compris que le prévenu était tiré d'affaire.

— Bon, reprit Mac, admettons qu'il ne coopère pas. Il va donc falloir parer à toute éventualité.

Etant donné la nature des crimes commis, la police allait maintenir Tate sous surveillance. Mais comme la sentence qui venait d'être rendue n'accordait aucune base légale à cette filature, ils devraient la mener le plus discrètement possible. D'autant que Tate risquait de porter plainte pour harcèlement policier.

Mais ce salaud ne pourrait plus faire un pas sans être observé. Ses moindres gestes seraient immédiatement consignés, vingt-quatre heures sur vingt-quatre.

Piètre satisfaction, jugea Mac Donovan, mais pour le moment, il devait s'en contenter.

C'était loin d'être joué, songea Sarah Patterson en frappant ses mains l'une contre l'autre pour tenter de se réchauffer.

Venir l'attendre ici était peut-être vain mais qu'avait-elle à perdre ? Cette réflexion un peu mélodramatique l'agaça elle-même. Il était ridicule de s'apitoyer sur son propre sort. D'ailleurs, au cours des trois dernières années, elle s'était efforcée d'éviter ce genre de faiblesse.

Elle tourna la tête et inspecta du regard le parvis du palais de justice. Tout au long de la matinée, elle avait vu des gens monter ou descendre les marches menant à l'entrée. Tête baissée, leur porte-documents à la main, ils allaient vaquer à leurs affaires habituelles. Toute l'agitation était concentrée à l'intérieur. Les journalistes et quelques-uns des parents des victimes s'étaient massés autour de la sortie donnant sur l'arrière, avec les flics.

C'était apparemment par là qu'ils avaient l'intention de le faire sortir, comme l'avait prédit la chaîne de télévision locale, aux actualités du matin. Les médias avaient d'excellents indicateurs au sein du système judiciaire. Ils semblaient toujours au courant de ce qui allait se passer.

Pour sa part, Sarah ne connaissait que Tate. Elle s'était donné pour mission de le connaître.

Dès la nouvelle de son arrestation, elle n'avait cessé d'étudier chaque miette d'information dispensée à son sujet, passant au crible tous les articles, toutes les déclarations des psychiatres, toutes les hypothèses. Et il y en avait eu un paquet.

Elle savait à peu près tout ce qu'il y avait à savoir sur le compte de Samuel A. Tate. Voilà pourquoi elle attendait de ce côté au lieu de rejoindre les autres devant la porte du fond.

Tate ne ferait sûrement pas ce que les flics lui diraient de faire. Il avait déjà bafoué le système et il devait en être fier. Il ne résisterait pas à la tentation de berner des imbéciles incapables de l'arrêter correctement.

Même si les pièces à conviction découvertes chez lui avaient été prises en compte, il aurait trouvé une échappatoire quelconque. Il y aurait eu un autre salopard d'avocat. Un autre verdict débile.

Une décharge d'adrénaline interrompit ses réflexions quand elle aperçut la maigre silhouette qui franchissait la grande porte à double battant. Elle cligna des yeux pour mieux voir, ne voulant laisser aucune place au doute.

Quand elle fut certaine que c'était lui, elle resta pétrifiée, la poitrine oppressée. Une main de glace lui étreignait le cœur. De toute façon, elle avait oublié de respirer depuis un moment, déjà. Continuant inconsciemment de retenir son souffle, elle observa Tate, le regarda traverser le péristyle jusqu'au sommet de l'escalier.

Deux ou trois flashes crépitèrent. Apparemment, elle n'était pas la seule à avoir présumé que Tate sortirait de ce côté plutôt que par la porte du fond. Quelqu'un lui brandit un micro sous le nez, et il le repoussa d'une main désinvolte. Puis il dit quelques mots au journaliste qui voulait l'interviewer, mais Sarah était trop loin pour distinguer ses paroles.

De toute façon, elle n'entendait plus rien depuis l'instant où elle avait reconnu l'assassin de son fils. Une chape de silence semblait s'être abattue sur elle, l'isolant de toute distraction.

Elle ne fit pas un geste jusqu'à ce que Tate pose le pied sur la première marche. Ensuite, sans se soucier des gens qui pouvaient la voir, elle plongea la main droite dans le sac ouvert qu'elle portait en bandoulière.

Tout en refermant les doigts sur la crosse de son arme, elle entreprit de gravir l'escalier en diagonale, tandis que Tate commençait à descendre. Il avançait droit devant lui, la tête haute, repoussant avec arrogance les quelques membres de la presse qui l'attendaient de ce côté.

La meute lui emboîta le pas, mais il continua à descendre d'un pas décidé, sans s'en préoccuper.

Remarquant sa démarche résolue, Sarah tourna un instant la tête vers le bas de l'escalier. Un taxi attendait le long du trottoir. Si elle tardait trop, songea-t-elle avec un frémissement d'angoisse, il s'y engouffrerait avant qu'elle ait pu s'approcher suffisamment…

Elle se mit à courir, cessant de gravir les marches pour se déplacer latéralement.

Elle n'entendait toujours aucun bruit. L'action se déroulait devant elle, au ralenti, à la manière d'un film muet. A présent, le seul autre acteur — le seul qui comptait — se trouvait à moins de trois mètres, légèrement au-dessus d'elle, sur le côté.

Sarah s'arrêta. Brandissant le revolver de la main droite, elle plaça la gauche sous l'arme pour l'immobiliser. Comme au club de tir, elle pointa le canon sur l'homme qui descendait les marches. Extrêmement calme, en cet instant crucial, elle ajusta son geste, visant soigneusement sa cible.

Ne dis rien. Tire, c'est tout.

Ces mots résonnaient dans sa tête comme un leitmotiv, tandis que ses mains et ses yeux continuaient de traquer sa proie. Dan avait dû les prononcer plus de cent fois, au fil des ans, dans l'obscurité des salles de cinéma. Cloué sur place par la scène qui se déroulait sur l'écran, il murmurait ces deux phrases, dispensant ses conseils à maintes héroïnes qui braquaient une arme à feu sur le méchant d'une main tremblante.

Tire. Ne parle pas. Tire-lui dessus, pauvre idiote!

C'était exactement ce que Sarah comptait faire. Elle s'était répété ces mots des milliers de fois tout en se préparant à ce moment-là.

A présent, malgré ce que sa raison lui intimait de faire — une injonction qu'elle se répétait depuis l'instant où elle avait formé ce projet —, elle éprouva le désir de faire savoir à Tate pour quelle raison il allait mourir. En un sens, elle s'apprêtait à venger toutes les victimes de ce salaud, mais c'était, bien sûr, son fils qu'elle voulait évoquer en priorité.

— Danny! cria-t-elle.

La tête brune aux cheveux gominés se tourna de son côté. Tout semblait se passer au ralenti. Elle eut le temps de voir ses yeux croiser les siens puis se poser sur son arme. Quand il les releva sur elle, ils semblaient légèrement agrandis mais n'exprimaient aucun signe de panique. Ils étaient du même bleu très pâle que ceux de Danny.

— Il s'appelait Danny Patterson, dit-elle sans crier, cette fois, parce qu'il était assez près pour l'entendre et qu'elle avait maintenant son attention pleine et entière.

Il hocha lentement la tête. En un geste d'assentiment ? Fallait-il en déduire qu'il comprenait pour laquelle de ses victimes il allait mourir ?

Tate avait commencé à ralentir le pas, les yeux toujours rivés sur son visage à elle.

Tire et tais-toi.

Maintenant, elle pouvait. Elle pouvait le tuer parce qu'elle lui avait dit le nom de son fils.

Son doigt se referma sur la détente, entamant délibérément le mouvement de pression. Farouchement concentrée sur l'homme qui se tenait devant elle, Sarah ne remarqua pas celui qui se précipitait par-derrière.

Il l'atteignit avant qu'elle n'ait achevé son geste, la ceintura des deux bras, et ils tombèrent tous les deux.

Sarah laissa échapper le revolver et heurta violemment la pierre avec son épaule et sa hanche gauches.

Ils roulèrent ensemble jusqu'en bas des marches, leurs corps étroitement enlacés.

Ebranlée par le choc, Sarah ne comprit pas tout de suite ce qui s'était passé. Alors qu'elle s'apprêtait à tirer avec le revolver de Dan, presque à bout portant, sur l'homme qui avait tué leur fils, elle se retrouvait maintenant allongée sur le trottoir, le souffle coupé, incapable de se libérer du corps qui l'écrasait de tout son poids, l'empêchant de respirer.

Elle parvint à tourner la tête juste à temps pour voir Samuel Tate s'engouffrer dans le taxi qui l'attendait. Elle était assez près du véhicule pour sentir l'odeur des gaz d'échappement au moment où il s'éloigna du trottoir, avant de disparaître dans la circulation.

Il était déjà loin quand elle prit conscience du tumulte qui régnait tout à coup autour d'elle. Quelqu'un hurlait. Quelqu'un d'autre, encore plus près d'elle, jurait copieusement.

Tout ce vacarme la traversait comme l'eau rebondit sur les pierres d'un ruisseau. Tant de bruit pour rien…

Elle regarda le ciel, au-dessus d'elle — un ciel d'hiver pommelé de gros nuages gris — jusqu'à ce que les larmes lui brouillent la vue. Malgré le tapage qui devenait presque assourdissant, c'était la voix de Dan qui résonnait encore et encore dans sa tête :

Tire et tais-toi. Tire-lui dessus, c'est tout, espèce d'idiote !

2.

La femme qu'il avait plaquée au sol était totalement inerte, si bien que Mac crut d'abord qu'il l'avait assommée. Il se souleva sur les avant-bras pour observer son visage, et s'aperçut alors qu'elle pleurait.

— Ça fait mal ?

Dans ses yeux gris-vert, il y avait des paillettes d'or. Même voilé de larmes, son regard exprimait une fureur indescriptible.

— Espèce de salaud !

Patterson. Associé à ce visage, le nom lui revint soudain à l'esprit. Danny Patterson avait été la seconde victime de Tate, à La Nouvelle-Orléans.

— Vous ne pouvez pas vous substituer à la loi, madame Patterson.

Avant même d'avoir fini sa phrase, il en mesura toute l'hypocrisie. La police, surtout dans cette ville, se substituait tous les jours à la loi. Et puis, qui était-il pour faire la morale à cette femme ? Ce n'était pas son enfant à lui qui avait été égorgé.

— Il a tué mon fils et vous le laissez partir. Vous l'avez libéré pour qu'il puisse aller assassiner quelqu'un d'autre.

Cette logique-là était difficilement contestable. Ils l'avaient bel et bien laissé filer, en effet. C'était ainsi que les choses se passaient. Que ça leur plaise ou non, la sentence n'avait rien d'illégal.

— Il fera l'objet d'une filature. Et dès le premier faux pas, nous l'arrêterons pour…

Elle l'interrompit d'un petit rire amer, puis tourna la tête du côté où le taxi avait disparu. Son souffle était encore haletant, sa respiration saccadée.

— Ecartez-vous ! ordonna-t-elle sans le regarder. Poussez-vous de là et fichez le camp.

— Si vous l'aviez tué, madame Patterson, on vous aurait inculpée de meurtre.

Les yeux de la femme revinrent se poser sur lui. Elle ne pleurait plus mais ils étincelaient d'une fureur intacte.

— Que voulez-vous que ça me fasse ? Ce type a torturé à mort mon enfant. Et vous croyez que je me soucie de ce qu'on me ferait ?

Dans le silence pesant qui suivit cette question sans réponse, Mac se rendit compte qu'une véritable effervescence régnait sur les marches du palais. Les journalistes qui avaient attendu Tate de ce côté formaient un attroupement autour d'eux.

Ils étaient tous les deux le centre d'attraction, à présent. Une fois disparu, Tate n'était déjà plus un sujet d'actualité.

En levant la tête, Mac rencontra l'œil noir d'une caméra.

La personne qui la tenait avait manifestement filmé toute la scène, depuis le début. Si ce reportage était diffusé…

Mac se releva tant bien que mal, s'efforçant d'éviter un contact plus intime avec la mère de Danny Patterson. Sitôt debout, il posa sa main ouverte sur l'objectif et repoussa la caméra, sans que le cameraman cesse un instant de filmer.

Se retournant à demi, Mac offrit une main secourable à la femme qu'il avait plaquée au sol, mais elle l'ignora délibérément. Il remarqua pour la première fois qu'elle était beaucoup plus menue qu'elle n'en avait l'air au moment où elle braquait ce gros revolver sur le tueur.

Le mugissement des sirènes de police qui approchaient du tribunal rappela à Mac que ce qu'elle avait fait serait considéré comme un acte criminel. Quelqu'un aurait-il le culot de l'inculper pour tentative de meurtre ?

— Donne-moi cette bande, dit-il en tendant au journaliste, paume ouverte, la main que Mme Patterson venait de refuser.

La requête était assez inattendue pour que l'homme décolle son œil du viseur.

— C'est une blague, hein ? Tu ne crois quand même pas que je vais…

Mac empoigna l'objectif et tira d'un coup sec, réussissant presque à arracher la caméra. Le reporter lui cria alors quelque chose qui avait trait au premier amendement.

Dans la rue, le bruit des sirènes s'amplifia, attirant l'attention des journalistes.

Profitant de l'occasion, Mac tira de nouveau et, cette

fois, la caméra alla rouler par terre, sur le trottoir. Son propriétaire la suivit des yeux, l'air médusé.

— Je veux ce film ! lui dit Mac fermement, sans élever la voix.

En guise de ponctuation, il sortit son insigne et le lui fourra sous le nez.

— Si je ne l'ai pas, vous devrez expliquer devant un tribunal pourquoi vous avez refusé de remettre une pièce à conviction à un représentant de l'ordre.

Le ton comminatoire, ordinairement réservé aux suspects peu coopératifs, était apparemment tout aussi efficace sur les journalistes. Il y eut quelques secondes d'hésitation au cours desquelles le cameraman échangea avec son collègue un coup d'œil inquiet. Puis, finalement, il capitula. Peut-être craignaient-ils d'avoir affaire à un fou potentiellement dangereux, ou bien n'étaient-ils pas certains d'être tout à fait dans leur droit. Quel que soit leur motif, Mac s'en moquait éperdument, pourvu qu'il récupère le film.

Le cameraman descendit sur le trottoir et alla ramasser son appareil. Il sortit la cassette de mauvaise grâce et la tendit à Mac avec une grimace.

— Vous aurez des nouvelles du directeur de la chaîne.

Se retenant de lui rire au nez, Mac fourra le film dans sa poche.

— Je vous ferai savoir quand vous pourrez le récupérer.

Il leur tourna le dos pour voir où était passée la mère de Danny Patterson, mais elle avait disparu. Il la chercha des yeux parmi les badauds dont le nombre semblait avoir décuplé depuis que Tate avait pris le large.

Poussant le reporter qui lui barrait le chemin d'un air belliqueux, Mac se mit en quête du revolver que la femme avait lâché dans sa chute. Apparemment, il s'était volatilisé avec elle.

« Un point en faveur des victimes », songea-t-il avec satisfaction. Comment l'arrêter si elle n'était plus là ? On devrait se contenter de sa version des faits — du moins, tant que personne ne la contesterait.

Mac jeta un coup d'œil sur son coéquipier, qui était resté en haut de l'escalier. Sonny pointa le menton en direction du coin de la rue. Si c'était par là qu'elle avait filé, elle était déjà loin, à présent.

Mac monta quelques marches, et une douleur dans le dos le fit grimacer. Ce serait sans doute pire demain, songea-t-il. Mais cette pauvre femme, qui avait essuyé le plus gros du choc, souffrirait sans doute bien davantage.

Etait-ce pour cela qu'elle avait pleuré — et non parce qu'il l'avait empêchée d'abattre le tueur ? Aussi improbable que soit cette hypothèse, elle le réconfortait quelque peu.

— Bon sang, vieux, mais qu'est-ce qui t'a pris ? demanda Sonny dès que Mac fut assez près pour l'entendre. Tu aurais dû la laisser lui trouer le crâne. Ça nous aurait épargné bien du tracas, et le contribuable aurait fait des économies. D'ailleurs, si quelqu'un avait le droit…

Samuel Tate méritait d'être abattu comme le monstre qu'il était, surtout par la mère de l'une des victimes. Mac était bien d'accord avec ça. Cependant, la loi n'autorisait personne, hormis l'Etat, à supprimer Tate. En le tuant, Mme Patterson aurait été considérée comme un assassin.

— Sur le moment, ça m'a paru la meilleure chose à faire.

Mac passa devant son collègue et poussa la porte d'entrée du palais de justice. Sonny le suivit à l'intérieur.

— Qu'est-ce que tu vas faire du film ?

— Qu'est-ce que tu en ferais, à ma place ?

— Je le perdrais. Quelque part où personne ne puisse jamais le retrouver.

— Tu as un briquet dans ton bureau ? demanda Mac en ouvrant le boîtier d'une pichenette.

Sonny était perpétuellement sur le point d'arrêter de fumer. Cette semaine, il affirmait y être enfin arrivé.

— Je devrais pouvoir en trouver un, répondit-il sans se compromettre, tout en regardant Mac sortir le long ruban noir de son boîtier. Sinon, on passera par le bureau de tabac avant de rentrer. Un briquet, un peu de gaz liquide, une poubelle vide, et hop ! Question réglée.

« Question réglée ». Mac entendit résonner ces mots dans sa tête. Leur désinvolture avait quelque chose de rassurant.

Il allait se débarrasser du film. Et ils ne perdraient plus Tate de vue. Ce ne serait sans doute pas plus difficile que n'importe quelle filature de routine.

« Question réglée ». Si c'était vrai, pourquoi ne parvenait-il pas à écarter cette désagréable impression que tout n'allait pas être aussi simple que ça ?

*
* *

— Le directeur de la chaîne est drôlement contrarié que la caméra ait été endommagée.

Le supérieur hiérarchique de Mac semblait encore plus revêche que d'habitude.

Les journalistes n'avaient visiblement pas tardé à mettre leur menace à exécution.

— Il n'a qu'à voir ça avec son cameraman, répondit Mac. C'est lui qui l'a laissée tomber.

— Il dit que vous l'avez jetée en bas de l'escalier.

— Je n'avais aucune raison de faire ça. Je leur ai juste demandé de me donner le film et ils ont refusé de coopérer.

— Vous avez donc cassé la caméra.

— J'ai sorti mon insigne en disant que ce film pourrait être une pièce à conviction.

— Une pièce à conviction que vous ne pouvez pas fournir.

— Je viens de vous le dire : j'ai jeté le film après y avoir jeté un coup d'œil. On ne voyait rien du tout. Le gars l'a peut-être abîmé en le sortant de l'appareil.

Mac souligna son propos d'un haussement d'épaules.

— Et peut-être que vous auriez intérêt à bien réfléchir à ce que vous racontez, Mac, dit Morel. Si vous faites disparaître des preuves…

— Il n'y avait absolument rien sur ce film. Je le jure.

— Toutes les personnes qui se trouvaient devant le palais de justice hier matin ont été témoins de la scène.

— La scène, monsieur ?

Un peu de lèche s'imposait peut-être, décida Mac. Il n'en avait pas fait suffisamment au cours de sa carrière, mais les manœuvres pour grimper les échelons, ce n'était vraiment pas son truc. Ce qui expliquait que Morel, entré dans la police la même année que lui, soit parvenu au grade où il était, tandis que Mac conservait celui de détective.

— Sarah Patterson a essayé d'abattre Tate et vous l'en avez empêchée.

Sarah. La veille, Mac avait vainement tenté de se rappeler son prénom. Depuis, il n'avait pas eu le temps de chercher. Surtout après que l'équipe de surveillance eut perdu la trace de Tate, provoquant une belle panique au sein du détachement. L'homme était descendu du taxi au marché français et il avait aussitôt disparu dans la foule.

Depuis lors, il n'avait pas mis les pieds dans son appartement. Il semblait donc de plus en plus probable que Tate ait prévu une stratégie de repli au cas où il serait recherché.

Au département, tout le monde était donc à cran, ce jour-là. Ils avaient foiré avec Tate — et deux fois de suite, pour comble de malchance. La presse était très en colère, et les contribuables également.

Il y avait de quoi, songea Mac.

— Moi aussi, j'ai cru qu'elle avait un flingue, dit-il tout haut.

— Vous avez cru ?

— Apparemment, elle voulait juste dire quelque chose à Tate au sujet de son fils. Nous avions tous la trouille que quelqu'un essaie d'abattre Tate. Du coup, j'en ai fait dix fois trop, voilà tout.

— Vous prétendez donc qu'elle n'était pas armée ?

— Exactement.

Morel le dévisagea un long moment sans rien dire. S'il espérait lui faire honte ou discerner sur ses traits une trace quelconque de culpabilité pour ce mensonge, il en serait pour ses frais. Sarah Patterson n'avait déjà que trop souffert.

— Alors, pourquoi teniez-vous tellement à récupérer la preuve filmée de cet incident ? demanda enfin son supérieur.

— Je savais qu'elle allait faire la une des actualités du soir.

— Elle l'a faite, dit Morel.

Au demeurant, Mac l'avait faite avec elle. Mais l'essentiel pour lui, c'était qu'aucun film de la tentative de meurtre n'ait pu être diffusé à l'antenne. Et, surtout, que la mère de Danny Patterson ne soit pas inculpée d'un crime.

— La presse veut votre peau, reprit-il. En fait, ils veulent celle de pas mal de gens mais, pour le moment, vous êtes le premier sur la liste.

— Ça leur passera.

Mac avait d'autres préoccupations.

— Quinze jours, déclara Morel.

— Pardon ?

— Sans rémunération, ajouta son supérieur. Ce qui nous permettra de les dédommager pour la caméra.

— Je suis suspendu ?

— Appelons ça un congé exceptionnel. Je vais lancer une petite enquête sur vos agissements, bien entendu. Avec tout ce qui se passe en ce moment dans le service, je suppose qu'elle prendra bien deux semaines.

— Monsieur…

— J'ai horreur de me faire engueuler, que ce soit par la presse ou par le procureur. Personne n'aime ça. Et puis, surtout, j'ai horreur d'être mené en bateau par des gens qui sont sous mes ordres. En deux semaines, vous devriez avoir le temps de réfléchir à la façon dont vous utilisez les ressources de ce service à des fins personnelles. Hier matin, Mme Patterson a commis une tentative de meurtre. Et parce que vous avez détruit une pièce à conviction, elle est en liberté.

— Tiens, comme Tate !

La mâchoire de Morel se crispa mais il parvint à se contrôler.

— Toute manifestation d'indulgence envers ceux qui tentent de se faire justice eux-mêmes est une véritable aubaine pour les groupes d'autodéfense qui n'ont déjà que trop tendance à fleurir un peu partout, dans la région.

— Vous vous rappelez ce que Tate a fait à son fils ?

Morel s'en souvenait, bien sûr. Ce qui ne changeait rien à l'affaire.

— Tate a été déclaré innocent, jusqu'à preuve du contraire. C'est ainsi que ça fonctionne et vous le savez, Mac.

— Comment pourrais-je l'oublier ?

Mac représentait la police de La Nouvelle-Orléans dans le détachement national qui avait été formé quand ils s'étaient finalement aperçus qu'ils avaient affaire à un tueur en série. Une formation qui leur avait pris beaucoup trop de temps, d'après lui.

— Je dois aller m'occuper de cette affaire sur le terrain, poursuivit-il. C'est indispensable. Il serait aberrant de me suspendre en ce moment et vous le savez.

— Trois semaines.

La rougeur qui avait envahi le cou de Morel s'étendit à ses joues.

— Cela laissera aux Affaire internes assez de temps pour décider si nous devons ajouter la destruction de preuves à la dégradation délibérée d'objets appartenant à autrui.

— Ecoutez…

— Profitez bien de votre congé, Donovan. Je présume que nous parviendrons à retrouver la trace de Tate sans avoir recours à votre grande expérience.

— Je les dédommagerai pour cette foutue caméra, grommela Mac.

— Vous avez intérêt, en effet. Et vous allez aussi payer pour les mensonges que vous venez de me débiter.

— Vous voulez réellement envoyer une femme en prison pour avoir tenté d'abattre le taré qui a torturé son fils à mort ?

— Je veux qu'elle débarrasse le plancher, elle et tous ceux qui ont une dent contre Tate, afin que la police puisse s'occuper de lui. Je vais vraiment regretter que vous ne soyez pas là pour nous aider.

— Ne vous en faites pas : vu la maestria avec laquelle

les flics se sont occupés de Tate, j'aurai encore du travail, à mon retour.

— Quatre semaines ! tonna Morel. Et, non, vous ne reviendrez pas à temps.

3.

— Vous voulez que j'aille le promener pour vous ?

Sarah se retourna et le regretta aussitôt. Evidemment, il aurait été inutile de faire celle qui n'avait rien entendu. Le garçon ne manquait certes pas de ténacité.

— J'ai vu que vous boitiez, ajouta-t-il. Vous vous êtes fait mal au pied ?

Il fixait sur elle son regard bleu plein de sollicitude.

Sarah résista à la tentation de lui sourire. Elle y résistait, en fait, depuis son installation dans l'immeuble, trois mois plus tôt.

— C'est la « vieillerie ». Merci de ta proposition mais j'ai besoin d'exercice.

— Vous n'êtes pas vieille.

Le garçon se mit à marcher près d'elle, accélérant le pas pour l'accorder au sien. Elle essayait de ne pas forcer sur la jambe qui avait supporté le plus gros de sa chute, la veille, mais sa hanche la faisait terriblement souffrir. La douleur l'avait empêchée de dormir toute la nuit, en dépit des cachets censés la soulager.

Tout le côté droit de son corps était couvert d'ecchymoses

spectaculaires. Elle savait par expérience qu'elles allaient passer par une jolie palette de couleurs avant de s'atténuer, et qu'elle aurait beaucoup moins mal d'ici vingt-quatre heures. Pour le moment, elle n'avait qu'à serrer stoïquement les dents pendant la promenade du soir de Toby.

— Plus vieille que toi, répliqua-t-elle en l'observant un bref instant.

Mais pourquoi répondait-elle, bon sang ? Il suffisait de ne pas faire attention à lui et il finirait par se lasser de la suivre. Après tout, hormis son intérêt évident pour le chien, il n'était pas très logique qu'il insiste autant. Surtout qu'elle ne l'avait vraiment pas encouragé.

Un après-midi, peu de temps après son arrivée dans l'immeuble, elle l'avait croisé dans l'entrée en descendant avec Toby. Le chien s'était précipité pour lui faire la fête. Sans doute ce gamin lui rappelait-il son jeune maître, songea-t-elle — une pensée venue du cœur, qui tranchait avec le cynisme qu'elle cultivait généralement.

— Alors, quel âge vous avez ?

Le garçon devait trottiner pour se maintenir à sa hauteur, tandis que Toby tirait sur sa laisse, obligeant Sarah à presser le pas. Après être resté enfermé toute la journée dans l'appartement, le corniaud avait hâte d'aller renifler les buissons dans le parc du quartier.

— Trente-quatre ans.

Il lui avait fallu quelques secondes de réflexion. Ce jour-là, elle avait presque l'impression d'être centenaire.

La plupart du temps, elle avait plutôt du mal à croire qu'elle approchait des trente-cinq ans. Elle s'était mariée avec Dan à dix-neuf ans et elle avait eu Danny deux ans plus tard. Sa vie suivait un cours agréable et parfaitement normal. Les étapes importantes se succédaient dans l'ordre, au moment voulu. Jusqu'au jour…

— En principe, c'est à vous de me poser la question, maintenant, lui fit remarquer le gamin.

Elle lui jeta un rapide coup d'œil. Comme elle s'était interdit de lui sourire un instant plus tôt, elle réprima l'envie subite de passer une main dans sa tignasse en bataille.

Ridicule. Elle ne savait même pas comment il s'appelait.

Et elle ne voulait pas le savoir.

Peut-être s'accrochait-il ainsi à elle parce qu'il n'avait pas d'amis. Elle ne l'avait jamais vu avec personne, alors qu'il y avait quantité d'enfants dans le coin. Il n'était jamais parmi ceux qu'elle voyait, à travers les rideaux de sa cuisine, jouer au ballon ou se poursuivre à grands cris dans l'impasse, derrière l'immeuble.

— Bien vu, dit-elle. Un point pour toi. Quel âge as-tu ?

— Presque dix ans.

Il avait répondu à toute allure, les trois mots se bousculant dans sa hâte. Il avait dû les répéter un nombre incalculable de fois, songea Sarah.

Presque dix ans. Le CM1, sans doute ? Tables de multiplication et divisions. Pages d'écriture. Déjà trop grand pour les puzzles et les livres de coloriage, mais pas encore assez pour…

Elle repoussa brusquement l'image qui la hantait, l'empêchant de se former dans son esprit. C'était pour ça qu'elle avait évité ce gosse. Celui-là, précisément.

— Je vais à Davidson, ajouta-t-il pour relancer le dialogue.

Sarah ne comprit pas tout de suite, puis elle se rappela que Davidson était le nom de l'école primaire du quartier. Une bâtisse en brique passablement délabrée, entourée d'un terrain vague avec des balançoires et d'autres jeux tout rouillés. Dans la grisaille hivernale — l'unique saison où elle l'ait vu —, l'endroit semblait aussi inhospitalier que les bicoques de la rue, avec leurs fenêtres obturées.

— Ma maîtresse, c'est Mme Sharpton.

Du moins Sarah était-elle dispensée de faire la conversation. Cédant à la douleur qui lui vrillait la hanche, elle se remit à boiter. Ecouter ne pouvait lui faire aucun tort. Le garçon semblait prêt à meubler tous les temps morts en lui racontant des choses qui ne la concernaient pas le moins du monde. Quant à celles qui auraient pu l'intéresser…

— Comment t'appelles-tu ?

— Dwight David Ingersoll.

Aucun temps mort, là encore, entre ces trois mots. Il les avait prononcés avec un léger accent chantant qui la fit sourire malgré elle.

Quand elle était petite, son grand-père fredonnait une chanson idiote sur un certain John Jacob Jingleheimer Smith. La réponse du gamin lui rappela ce détail oublié depuis des lustres.

— C'est un nom bien long pour un…

Elle ravala juste à temps le « si petit garçon » qui l'aurait probablement froissé. Décidément, ses réflexes n'étaient plus aussi bons qu'avant.

— Pour un enfant, acheva-t-elle.

— C'est le nom d'un ancien président. Et votre chien, comment il s'appelle ?

Ça l'intéressait manifestement davantage que son nom à elle.

— Toby. Ce n'est pas le nom d'un président.

A vrai dire, elle ignorait pourquoi il s'appelait ainsi. Elle avait laissé à Danny l'initiative de choisir aussi bien le chien que son nom…

L'image très nette de Danny, longeant d'un pas presque solennel la rangée de cages à la SPA, lui vint soudainement à l'esprit. Il avait pesé sa décision avec un tel sérieux que, sur le moment, Sarah s'était demandé s'il se rendait compte de ce qu'il adviendrait de ceux qu'il ne choisirait pas.

Il avait baptisé le jour même le superbe corniaud roux et blanc, probablement mâtiné de setter. Dans la voiture, sur le chemin du retour, il s'était tout simplement mis à l'appeler Toby avec un parfait naturel, sans paraître réfléchir à la question. Et Toby avait réagi comme si tout cela lui convenait parfaitement.

— C'est un joli nom.

Le garçon posa une main sur la grosse tête de l'animal comme en un geste de bénédiction.

— Merci.

Ce n'était pas si difficile. Elle avait réussi à évoquer cet épisode sans avoir envie de pleurer ou de hurler.

Après la mort de Danny, il lui avait fallu une année entière pour parvenir à ce résultat. Sa souffrance s'était atténuée de jour en jour, au cours des deux dernières années, jusqu'à ce qu'il lui devienne même possible de se remémorer les bons moments, de savourer les souvenirs. Puis Samuel Tate avait été arrêté, et l'étalage fait par les médias l'avait brutalement ramenée à son point de départ.

— Je ne peux pas aller plus loin ! déclara brusquement le gamin.

Il s'était arrêté au virage, se balançant sur les talons tout en maintenant son équilibre par des moulinets des bras.

— Jusqu'au bout du pâté de maisons, mais pas jusqu'au parc. C'est maman qui m'interdit. Elle se fait du souci pour moi.

Sarah hocha la tête, sentant les larmes qu'elle s'était félicitée de si bien réprimer lui brûler les yeux. Le garçon se pencha et passa les bras autour du cou de Toby. Le chien s'appuya de tout son poids contre son corps frêle, comme pour quémander des caresses.

— Dwight ? David ? Ou les deux à la fois ?

— Dwight, dit le garçon en levant les yeux vers elle.

Evidemment, songea-t-elle avec une pointe d'animosité envers la maman qui se faisait soi-disant du souci pour lui. Le prénom désuet s'accordait à la veste aux manches trop courtes, aux tennis usées et à la coupe de cheveux « au bol ».

— Tu ferais bien de rentrer dare-dare, alors.

— Vous allez rester longtemps dehors ?

— Probablement pas. Il fait plutôt frisquet.

Une vague de froid sévissait depuis trois jours à La Nouvelle-

Orléans. Le vent humide venu du fleuve semblait transpercer les vêtements et vous glacer la peau.

— Si vous aviez une balle, vous pourriez la lancer pour qu'il la rapporte.

Un autre souvenir surgit instantanément. Elle l'écarta aussi vite qu'il s'était formé.

— Je crois que je n'ai plus l'âge de jouer à la balle.

— Si vous demandiez à ma mère, un de ces jours, j'aurais sûrement le droit de venir avec vous et d'en lancer une pour lui, dit-il d'un ton aussi chargé d'espoir que les grands yeux qu'il gardait fixés sur elle.

— Nous verrons, murmura Sarah. En tout cas, tu ferais mieux de rentrer chez toi, maintenant, répéta-t-elle d'une voix rauque.

Le garçon serra encore le chien très fort dans ses bras avant de se lever avec la grâce inconsciente de l'enfance.

— Mon oncle doit avoir une balle. Je lui demanderai de nous la prêter.

La gorge trop serrée pour parler, Sarah acquiesça d'un hochement de tête. Il fit de même, puis partit en courant dans la direction d'où ils étaient venus. A mi-chemin, il se retourna vers elle tout en courant à reculons.

Voyant qu'elle le regardait, il lui fit un signe d'adieu.

Malgré elle, Sarah leva la main à son tour et lui rendit son salut.

Puis il se retourna et accéléra le pas, sautant, par jeu, sur les lignes blanches qui bordaient le trottoir.

Elle faisait pareil étant petite. Et Danny aussi, naturellement. A cloche-pied, comme à la marelle, dans la cour de l'école.

Et malgré les efforts de Toby qui tirait sur sa laisse pour l'entraîner vers le parc, elle suivit des yeux le garçon jusqu'à ce qu'il ait disparu au bout de la rue, dans la pénombre du crépuscule.

— Alors, qu'est-ce que tu vas faire pendant quatre semaines ? demanda Sonny.

Mac coupa le son de la télé et regarda les gens grimacer en échangeant des répliques inaudibles. Bonne question, songea-t-il tout en faisant passer le récepteur d'une oreille à l'autre. Qu'allait-il bien pouvoir fabriquer pendant que les autres seraient en train de traquer Tate ?

— J'ai un tas de linge sale impressionnant : je vais enfin pouvoir faire des lessives.

Sonny savait certainement ce qu'il ressentait. Ce n'était pas la peine de le lui expliquer.

Mac avait eu tout le temps de réfléchir à ce qui s'était passé. Il en avait conclu qu'il ne regrettait rien — sinon, peut-être, une ou deux remarques un peu trop sarcastiques qu'il avait adressées à Morel.

— Dis-moi, où en est-on avec notre bonhomme ? demanda-t-il tout en suivant l'action sur l'écran.

Il n'y avait pas beaucoup de meubles dans le séjour mais la télé était un appareil haut de gamme et le canapé offrait un confort suffisant pour lui permettre de dormir quelques heures quand il n'avait pas envie de se mettre au lit — comme la nuit dernière, par exemple.

— On n'a rien du tout, avoua Sonny. Il n'est pas passé chez lui. Il n'a pas touché à son compte en banque ni à ses cartes de crédit. Il devait avoir un magot quelque part.

— A la consigne de la gare ou à celle de l'aéroport, suggéra Mac.

— Ouais, ben si c'est ça, il a déjà récupéré son fric.

— Il a peut-être simplement décidé de se tenir à carreau.

— Tu crois ça ?

— Non, admit Mac. Je crois que ce n'est pas pour rien qu'il rôdait dans les rues le soir où on l'a arrêté, avec son petit nécessaire à l'arrière de sa fourgonnette. Et compte tenu du temps qui s'est écoulé depuis la dernière fois...

— Il va recommencer.

La voix de Sonny était pleine de résignation.

— Tout juste, murmura Mac.

C'était bien ça le pire : savoir qu'on avait affaire à un type qui s'apprêtait à tuer de nouveau, aussi sûrement que le soleil se lèverait le lendemain, et ne pas être capable de prévoir qui et où. Un gamin parmi d'autres. Un pauvre gamin qui ne se doutait de rien...

— Faut que j'y aille, dit Sonny. Tu veux que je passe t'apporter quelque chose en rentrant ?

— Il me reste de la pizza d'hier. Tiens-moi au courant s'il y a du nouveau.

— Pas de nouvelles, bonnes nouvelles.

La tonalité revint, signalant que la communication avait pris fin. Mac raccrocha, posa l'appareil sur la table basse encombrée, et remit le son à l'aide de la télécommande.

Le silence céda aussitôt la place à un bruit de rires préenregistrés.

Pas de nouvelles, bonnes nouvelles.

Non, pas avec Tate, songea Mac. Car il n'y avait aucun doute que ce salopard allait se remettre à tuer.

— C'est tout ce que j'ai pour toi, dit Sarah. Tu le manges ou tu ne le manges pas, ça m'est égal.

Toby cessa de contempler le contenu de la boîte qu'elle venait de verser dans la gamelle pour la dévisager de ses yeux expressifs avec un espoir comparable à celui du gamin, quelques instants plus tôt. L'ignorant délibérément, elle appuya sur la pédale qui ouvrait le couvercle de la poubelle et jeta la boîte vide dedans.

Quand elle se retourna, le chien la regardait toujours. Sans lui prêter attention, elle alla ouvrir le compartiment congélation du réfrigérateur et examina les trois plats surgelés qui restaient de sa dernière expédition au supermarché. Ils n'étaient guère plus appétissants que le repas du chien.

Sarah sortit celui du milieu et alla le placer dans le four à micro-ondes, consciente que l'animal ne la quittait pas des yeux. Elle referma la petite porte, tourna un bouton et appuya sur un autre sans trop savoir si c'était le programme adéquat. Tant pis si elle s'était trompée : quand le four se mettrait à sonner, elle sortirait la barquette et ce serait son dîner, de toute façon.

La plupart des soirées se passaient comme celle-ci. Ils rentraient après la seconde des deux promenades quotidiennes dans le parc, puis elle remplissait la gamelle de Toby et faisait décongeler un plat pour elle.

— C'est au bœuf et au foie. Tu aimes bien le bœuf et le foie.

Elle ne se souvenait pas, au juste, à quel moment elle s'était mise à parler au chien. Sans doute quand le silence était devenu oppressant. Quand elle avait trop souffert de ne plus entendre le rire de Danny, les cris qu'il poussait quand il jouait sur sa console. Les disputes avec Dan. Les craquements du vieux lit quand ils faisaient l'amour. A un moment donné, il était devenu préférable de parler au chien plutôt que se rappeler tout ça.

Presque délicatement, compte tenu de sa taille, Toby commença à manger. Il avait presque vidé la moitié de sa gamelle quand le micro-ondes se mit à sonner.

Le bruit fit sursauter Sarah, mais le chien n'y prêta aucune attention. Elle ouvrit la porte du four et sortit la barquette en plastique en la tenant par les angles. Elle la posa sur le plan de travail pour ôter le film plastique qui la couvrait. Elle en remua ensuite le contenu à l'aide d'une cuillère.

Ce faisant, elle se rendit compte qu'elle avait faim — ce qui lui parut presque obscène. Comment pouvait-elle penser à manger alors que Tate déambulait librement, à la recherche de sa prochaine victime ?

Si cet abruti m'avait laissée faire…

Maîtrisant sa colère, elle posa sa barquette sur un petit plateau et alla chercher un Coca dans le réfrigérateur. Dans son coin, le chien faisait bouger sa gamelle à grands coups de langue, ne laissant finalement aucune miette de son repas.

Sa bouteille dans une main, Sarah reprit le plateau dans l'autre et, sans y penser, poussa la porte du séjour d'un bon coup d'épaule.

— Aïe, zut ! grommela-t-elle en ressentant une douleur cuisante.

La porte s'ouvrit juste assez pour lui livrer passage. Elle alla s'installer sur le canapé, posa le plateau et le Coca sur la table basse, puis s'empara de la télécommande.

Elle avait seulement besoin d'un bruit de fond. Les actualités locales devaient être terminées, à présent. Sinon, elle changerait de chaîne. Elle s'était assez vue à l'écran, la veille et ce matin.

C'était une série, constata-t-elle avec soulagement. Elle décapsula son Coca, puis chercha à tâtons sa fourchette sur le plateau. Ne la trouvant pas, elle finit par se rappeler qu'elle avait oublié d'en prendre une dans le tiroir.

Elle repartait vers la cuisine quand elle remarqua que le voyant du répondeur clignotait, sur son téléphone fixe. La chose était assez inhabituelle pour lui faire marquer une pause. Elle examina la petite lumière rouge tout en se demandant qui avait bien pu l'appeler.

Personne, à sa connaissance, ne lui avait laissé de message depuis trois mois qu'elle habitait ici. Du reste, elle ne se rappelait pas avoir donné ce numéro à quiconque excepté sa belle-mère et le directeur du restaurant où elle travaillait.

C'était probablement un reporter en mal d'interview. La veille, à la télé, on avait montré une vieille photo d'elle en noir et blanc. Aucun journaliste ne l'avait franchement accusée de tentative de meurtre — par crainte de poursuites en diffamation, sans doute —, mais nul besoin d'être extralucide pour comprendre leurs sous-entendus.

Ils avaient eu également connaissance — Dieu seul sait comment — de l'animosité qui existait entre son mari et elle. Elle reprochait à Dan d'avoir laissé leur fils sans surveillance, ce soir-là.

Elle passait devant l'appareil quand sa main, comme mue par une volonté étrangère à la sienne, appuya sur le bouton de la messagerie. Après tout, il était toujours possible que ce soit la mère de Dan. Si Louise avait regardé les actualités, la veille, peut-être souhaitait-elle en parler avec elle.

Mais la voix enregistrée était celle d'un inconnu. Et dès les premiers mots, le message emplit Sarah d'une horreur incommensurable.

— J'ai pensé que vous auriez peut-être envie de le savoir : c'est vous que Danny appelait quand il était en train de mourir.

4.

Sarah avait remonté la voie hiérarchique pour obtenir le nom et le numéro de l'agent qui traquait le tueur.

A présent, l'agent Cochran l'écoutait avec attention. Il affichait toute la sollicitude requise en pareil cas mais son expression ne reflétait rien de l'horreur qu'elle avait ressentie en entendant le message sur son répondeur.

— J'imagine combien une chose pareille a pu vous bouleverser, madame Patterson, et vous avez bien fait de venir nous en parler mais...

— Mais? répéta-t-elle, comme il s'interrompait trop longtemps.

— Ce n'était pas Tate.

— Qui, alors?

— Ça peut être n'importe qui. Quelqu'un qui vous a vue à la télé et qui a pensé que ce message serait...

Cochran écarta les mains dans un geste évasif, comme pour indiquer que la suite allait de soi.

Mais ce n'était pas du tout l'opinion de Sarah.

— Que voulez-vous dire exactement?

— Je veux parler d'une mauvaise blague. Il vous a vue

à la télé et… je ne sais pas. Il a décidé de participer, en quelque sorte. Il a peut-être eu envie de vous faire enrager. Ou de nous enquiquiner.

— Une blague… Vous croyez que quelqu'un aurait envie de plaisanter sur ce sujet ?

— Vous seriez surprise d'apprendre ce que peuvent faire les gens, madame Patterson.

Quand elle eut digéré cette réponse, la colère que la suggestion de Cochran avait soulevée en elle refit surface.

— Non, en fait, pas du tout. Plus maintenant. Il y a trois ans, j'aurais peut-être pu m'étonner des profondeurs de la dépravation dans laquelle l'espèce humaine peut sombrer. En une nuit, Tate m'a guérie de ça.

Elle se leva, consciente que la police ne s'intéressait absolument pas au message de Tate.

— Madame Patterson, je comprends que vous soyez bouleversée. Vous avez toutes les raisons de l'être…

— C'était lui, coupa-t-elle avec véhémence, d'une voix légèrement assourdie. Ce n'était pas un canular.

Cochran haussa imperceptiblement les épaules.

— Vous auriez peut-être intérêt à changer de numéro et à vous mettre sur liste rouge. Avec tout ce battage dans les médias…

Il leva de nouveau les mains, de façon un peu moins appuyée, cette fois.

— Mon numéro est déjà sur liste rouge. Il n'a jamais figuré dans l'annuaire. Et comme il est relativement récent, je suppose que l'inconnu du message possède de bonnes sources d'information. Je me demande comment il a pu faire, alors qu'il est surveillé de près par la police…

Quelque chose passa dans les yeux sombres du policier. De la surprise ? Ou… quelque chose d'autre ?

— Les tueurs en série suivent certains schémas qui leur sont propres, madame Patterson, déclara Cochran d'un ton didactique, avec la patience d'un professeur qui s'adresse à un élève récalcitrant. Ils ont des façons particulières de… d'opérer. Ils ne s'écartent pas de ces méthodes qui les rassurent, en quelque sorte. Le fait de laisser un message sur votre répondeur ne correspond pas au mode opératoire de Tate.

— C'est peut-être parce que je ne suis pas un garçon de onze ans. Il ne compte pas me violer et m'assassiner. Il se contente de me harceler au téléphone.

Elle vit qu'il avait envie de répliquer. Pinçant les lèvres, il se retint toutefois de la contredire et hocha la tête comme s'il acquiesçait.

— Souhaitez-vous poursuivre et porter plainte ?

— Cela vous fournirait-il un motif pour l'arrêter ?

Dans l'affirmative, elle remplirait volontiers tous les formulaires nécessaires, quelle que soit l'attitude de Cochran. Elle était prête à faire tout ce qu'il faudrait pour débarrasser les rues de cette vermine.

Ils ne pourraient pas le retenir bien longtemps pour harcèlement téléphonique mais cela permettrait de gagner un peu de temps et d'offrir un sursis à sa prochaine victime.

— Rien ne vous interdit de porter plainte, répondit Cochran.

Elle retourna la phrase dans sa tête, cherchant à comprendre ce qui la gênait.

— Rien ne me l'interdit mais... vous ne l'arrêterez pas pour autant ?

— Je n'ai pas dit ça.

Son regard était fuyant. Les flics avaient certainement envie d'arrêter ce monstre une fois pour toutes. Alors, pourquoi Cochran ne sautait-il pas sur l'occasion ?

— Vous ne savez pas où il est, dit-elle enfin, formulant tout haut la déduction qui s'imposait. Le policier qui m'a sauté dessus, hier, m'a affirmé qu'on allait le suivre. Il a dit que vous ne le lâcheriez pas d'une semelle. Mais en fait...

Elle secoua la tête, incrédule. Combien de fois pouvaient-ils foirer de cette façon ?

— Vous l'avez laissé filer et maintenant, bande de clowns, vous ne savez même plus où est passé ce taré d'assassin de merde.

Le silence qui suivit ne laissait planer aucun doute. Manifestement, elle ne s'était pas trompée.

Donovan. Le nom du grand flic qui lui avait dit cela figurait dans le *Picayune*, ce matin. Elle avait parcouru l'article avant de replier le journal, écœurée, et de le remettre sur la pile, au restaurant.

Peut-être que lui, il l'écouterait ?

— L'agent Donovan est-il là ?

— Donovan est en congé. Il sera de retour le mois prochain.

— Un peu de vacances, ça fait du bien, dit-elle d'un ton sarcastique.

Cochran pinça de nouveau les lèvres, mais Sarah s'en moquait bien. Les flics avaient un tueur d'enfants sur les bras, et l'un des leurs prenait un mois de vacances.

— Donovan a été suspendu de ses fonctions.

— Suspendu ? répéta Sarah, surprise.

Ils ne l'avaient certainement pas suspendu pour l'avoir empêchée de tuer Tate. Ils lui auraient plutôt décerné une médaille.

— Pour quelle raison ?

— Les dirigeants de la chaîne télévisée n'ont pas apprécié qu'il ait pris leur film.

La chaîne d'actualités ?

— Il leur a dit que c'était une pièce à conviction. Ce film aurait pu servir de preuve pour vous accuser de tentative de meurtre, madame Patterson. Après que Mac s'en est emparé, la bande a disparu comme par enchantement. Ce n'était pas du goût de tout le monde, ici.

— Je ne comprends pas.

— L'agent Donovan a refusé de vérifier si vous aviez essayé de tuer Samuel Tate. Et il a confisqué ce film pour qu'il ne puisse pas servir à prouver qu'il vous avait empêchée de tirer.

— Et ensuite, la bande aurait… disparu ? Vous voulez dire qu'il l'a détruite ?

— Mac Donovan vous a fait une fleur. Une fleur qui lui a coûté assez cher.

Elle ne voulait se sentir redevable envers aucun d'entre eux.

Et certainement pas envers Mac Donovan. Quels qu'aient été ses motifs, Donovan avait sauvé la vie à l'assassin de Danny. En pensant au message qu'elle avait trouvé sur son répondeur, elle se sentait incapable de le lui pardonner.

— Et je suis censée lui en être reconnaissante ? Je regrette. La mère de la prochaine victime sera peut-être capable de le remercier pour nous deux.

Cochran soutint son regard, mais elle ne détourna pas les yeux un instant. Au bout d'un moment, ce fut lui qui rompit le contact en jetant un coup d'œil sur son portable. Il serra les lèvres et leva de nouveau les yeux, admettant ainsi implicitement son échec à la culpabiliser pour la mise à pied de Donovan.

— Nous pouvons demander à la compagnie de téléphone d'où provenait cet appel, mais je suis prêt à parier que c'était d'une cabine publique. Enfin, si vous souhaitez vous engager dans cette voie, nous pouvons aussi faire surveiller votre ligne téléphonique, proposa Cochran d'un ton neutre.

— C'est inutile. Je suis sûre que vous avez des choses plus importantes à faire que de poursuivre des plaisantins qui font de simples « blagues ». Du reste, je ne voudrais pas que quiconque, ici, sorte de sa routine pour essayer d'attraper cet individu.

En descendant l'escaler, Sarah frémissait de colère contenue lorsque quelqu'un l'accosta.

— Madame Patterson ?

Elle leva les yeux et les plongea dans ceux de l'homme qui l'avait plaquée au sol, la veille.

— Mackenzie Donovan.

Comme elle ne réagissait pas, il ajouta :

— Nous nous sommes rencontrés hier après l'audience.

— Est-ce ainsi que vous appelez cela ? Une rencontre ?

Jusqu'ici, elle n'avait pas remarqué à quel point il était grand. Rien d'étonnant à ce que le coup ait été aussi rude. Il était brun, avec des cheveux épais, d'un noir de jais, qui formaient un contraste saisissant avec le bleu de ses yeux.

— Désolé. J'espère que vous n'avez pas eu trop de séquelles. J'ai cru... j'ai cru que vous étiez armée.

— Vous savez parfaitement que je l'étais.

Optant pour l'esquive, Sarah se remit à descendre l'escalier.

— Vous avez reçu une convocation ?

La question stoppa net son élan. Ou peut-être était-ce le ton de sa voix ? Comme la veille, son inquiétude paraissait sincère. A moins qu'il ne regrette d'avoir fait un sacrifice inutile. S'il avait réellement été mis à pied...

— Vous n'êtes pas censé être là, il me semble.

— Je viens chercher quelques affaires personnelles.

Apparemment, Cochran n'avait pas menti. Pas sur ce point, en tout cas.

— On m'a dit que vous aviez des ennuis à cause du film.

Il esquissa un petit sourire en coin — un mouvement fugitif de la bouche, immédiatement contrôlé.

L'inquiétude, dans sa voix, céda la place à un soupçon d'amusement.

— Disons qu'aujourd'hui j'ai encore moins la cote que d'habitude. Mais ce n'est pas bien grave.

— Ça l'est pour moi.

Pourquoi se montrait-elle aussi aimable ? Elle ne voulait lui exprimer aucune gratitude. Après tout, sans son intervention…

— Vous n'avez rien avoué, n'est-ce pas ? demanda-t-il. Sans ce film, ils n'ont strictement rien contre vous. C'est moi qui me trouvais le plus près de vous. Si nous racontons bien la même chose, ils renonceront aux poursuites.

Il s'imaginait donc qu'elle avait été convoquée pour un interrogatoire. Elle devait au moins le détromper sur ce point.

— Je ne sais pas au juste ce que vous avez pu inventer mais, apparemment, ils ont décidé de s'en contenter. En fait, je suis venue à propos… d'autre chose.

Etant donné la réaction de Cochran, Sarah jugea qu'elle s'était suffisamment ridiculisée ce jour-là. En outre, elle ne souhaitait pas être trop redevable à Donovan.

Elle se remit à descendre mais il ne bougea pas d'un pouce. Juste avant de mettre le pied sur la marche où il se tenait, d'un geste instinctif qu'elle ne put vraiment s'expliquer, elle leva les yeux pour le regarder de nouveau. D'aussi près, ses yeux bleus bordés de cils noirs très fournis étaient encore plus extraordinaires.

— Ils ont perdu sa trace, dit-elle avec amertume.

— La trace de Tate ? demanda-t-il.

Sarah hocha la tête.

— Il commettra une erreur, dit Donovan. Il va utiliser une carte de crédit, se rendre dans l'un des endroits qu'il fréquente habituellement. Il fera quelque chose de ce genre. Son schéma est trop rigide. Et quand il le fera, croyez-moi, madame Patterson, ils ne le perdront plus de vue.

Quelque chose, tout au fond de son regard, avait changé pendant qu'il parlait. On aurait pu croire qu'un homme habitué à côtoyer la lie de cette terre mentirait mieux que cela.

— Avant ou après ?

— Pardon ?

— Aura-t-il le temps de tuer avant qu'ils ne le retrouvent ?

La mâchoire de l'agent se crispa légèrement mais il ne répondit pas. Il ne détourna pas non plus les yeux, soutenant le regard de Sarah jusqu'à ce qu'elle se détourne elle-même. Finalement, elle passa devant lui et descendit les dernières marches.

Elle ne s'arrêta pas en atteignant la porte, et emplit ses poumons de l'air froid du dehors, dans l'espoir de chasser l'odeur des bureaux de la police.

Elle n'avait pas remercié Mac Donovan, bien qu'il ait été sanctionné pour lui avoir évité d'être accusée de tentative de meurtre. Elle aurait peut-être dû lui être reconnaissante d'avoir détruit ce film, mais le fait qu'il l'ait empêchée de tuer l'assassin de son fils balayait toute autre considération.

Peut-être Donovan n'avait-il pas mérité ce qui lui arrivait, mais elle était dans le même cas. Et Danny non plus n'avait pas mérité son sort, pas plus que les autres victimes de Tate — y compris la prochaine.

C'était là quelque chose que Sarah se sentait incapable de pardonner à quiconque.

— Elle dit qu'il a laissé un message sur son répondeur, hier soir.

— Quel genre de message ? demanda Mac.

Il avait eu envie de venir aux nouvelles.

— Pour dire à la mère que le gamin avait crié son nom au moment de mourir.

— Oh, non ! murmura Mac, horrifié.

— C'est quelqu'un qui cherche à l'enquiquiner. Un type qui l'a vue à la télé et qui a voulu faire le malin.

Mac opina. C'était plus vraisemblable que l'hypothèse de l'assassin prenant le temps de chercher le numéro de Sarah Patterson alors que la police était à ses trousses. Tate était probablement déjà au Mexique ou ailleurs. Bien loin de La Nouvelle-Orléans, en tout cas.

— Qu'est-ce qu'elle a dit quand tu as soutenu que ce n'était pas lui ?

— Que je me trompais. Que c'était bien Tate, et bla-bla-bla... Ce message l'a vraiment mise dans tous ses états. Elle a pris le temps de porter plainte pour harcèlement. Donc, si tu aperçois notre homme quelque part, tu l'arrêtes pour harcèlement téléphonique, d'accord ?

C'était le genre d'humour auquel se livrent les flics quand il n'y a rien de drôle dans leur boulot.

— Tu as parlé à Morel ? demanda Mac.

— De toi ?

— Oui, de moi. De quoi d'autre, à ton avis ?

— De Tate, par exemple. Je lui ai parlé du message de Mme Patterson. Il pense comme moi que c'est un canular. Il y a vraiment de ces tarés, j'te jure !

— Il faut que je m'occupe de ça, Sonny. Je représentais le service dans le détachement national, quand même ! Je connais ce type mieux que quiconque, ici.

C'était prêcher dans le désert, mais l'obligation de rester à l'écart pendant que tous les flics du département étaient aux trousses de Tate lui tapait réellement sur les nerfs. Et il n'en était qu'aux toutes premières heures d'un mois entier de mise à pied.

— Je lui en toucherai un mot, promit Sonny sans laisser deviner la moindre émotion.

Il n'était pas difficile de comprendre ce qu'il ressentait. Gémir sur l'injustice de cette sanction ne les avancerait à rien. Mac était conscient de prendre des risques en détruisant cette bande. Seulement, il ne lui était pas venu à l'idée que Morel irait jusque-là.

— Dis donc, comment tu la trouves ?

Il fallut quelques secondes à Sonny pour saisir le sens de ce coq-à-l'âne.

— La mère Patterson ?

Mac hocha la tête, puis feignit de parcourir l'un des dossiers qui se trouvaient sur le bureau de Morel.

— Pas mal — si tu aimes les minces. J'ai eu des échos sur elle. Je sais pourquoi elle a divorcé.

— Aux actualités, hier, ils disaient qu'elle s'était fâchée avec son mari à la suite du meurtre.

Mac se demanda pourquoi il éprouvait le besoin de défendre Sarah Patterson. Apparemment, c'était plus fort que lui.

— Il était censé surveiller le gamin, poursuivit-il. Patterson le laisse jouer tout seul pendant une heure à l'Arcade, pendant qu'il va flâner dans la galerie. Quand il revient, plus de fiston. Personne n'a rien vu.

Sonny secoua la tête.

— Elle a dû lui en faire baver.

— Il paraît que la mort d'un gosse est ce qu'il y a de pire pour la survie d'un couple, et pas seulement quand il se fait assassiner. C'est pareil en cas d'accident ou de décès par maladie.

Mac ne se souvenait pas où il avait lu ça. A cause des meurtres, sans doute, c'était resté gravé dans sa mémoire.

Dans le cas des Patterson, la chose paraissait presque évidente. Comment ne pas avoir besoin d'accuser quelqu'un si votre enfant est enlevé et torturé à mort ?

En général, les gens s'en prennent à la police ou à la société. Sarah Patterson s'en était prise à son mari, censé surveiller leur fils, ce soir-là.

— Ah ouais ? Et où elle était, elle, quand ça s'est passé ? Elle faisait des heures supplémentaires, c'est ça ? demanda Sonny d'un ton un peu moralisateur.

C'était peut-être volontaire. Son épouse était une femme au foyer qui s'occupait de leurs trois gosses.

— Je ne sais pas. Le journal ne disait rien là-dessus. Juste que le garçon aurait dû être avec son père.

Sonny hocha la tête.

— J'aimerais bien mettre la main sur l'abruti qui a voulu se rendre intéressant en laissant ce message. Il faut avoir le cerveau bien malade pour inventer des trucs pareils.

Si Mac avait appris une chose en quinze ans de métier, c'était que les cerveaux malades ne manquent pas.

Des barjots. Des tarés. Des guignols… Les flics leur donnaient toutes sortes de noms d'oiseaux. Ces gens-là déclinaient toute la palette de la folie, depuis Tate jusqu'au clochard, sur l'esplanade, qui se prenait pour Jésus.

Seulement, ce qui gênait Mac, c'était l'avis du profileur : d'après lui, Tate n'était pas fou. Bien entendu, la vraie définition de la folie n'était pas celle à laquelle on songe couramment en disant ce mot. Logiquement, un type capable de faire ce que Tate faisait à un enfant devait atteindre un degré de folie qui dépassait toutes les bornes. Et pourtant, ce n'était pas le cas — du moins selon les spécialistes du FBI.

Le psychologue interviewé par l'une des chaînes d'actualités avait qualifié Tate de sociopathe. Un individu dépourvu de toute conscience, de toute empathie pour ceux qu'il faisait souffrir, mais qui n'était pas plus perturbé qu'un individu normal qui écrase un cafard ou un moustique.

Apparemment, cela n'entrait pas dans le domaine de la

démence. Bien que détraqué, l'homme n'était pas considéré comme irresponsable.

Cette petite phrase lui revenait sans cesse et résonnait dans sa tête avec trop de force. Mac n'aimait pas l'avoir continuellement à l'esprit. Et la mère de Danny Patterson devait en souffrir bien plus que lui.

Au fil des ans, il s'était parfois demandé comment les gens enduraient de telles doses de malheur. En songeant à ce qu'il avait vu dans ses yeux quand elle les avait levés sur lui, après qu'il l'eut plaquée à terre, il comprenait très bien ce qui avait fait avancer Sarah Patterson.

Il se demanda ensuite si Tate se doutait seulement de la chance qu'il avait eue que Mac se trouve là à sa sortie du tribunal.

5.

Même à l'heure d'affluence du déjeuner, Sarah ne pouvait cesser de penser aux mots qu'elle avait entendus la veille sur son répondeur. Normalement, le principal avantage de son travail était qu'il ne lui laissait pas le temps de gamberger, de ressasser l'interminable spirale des remords et des regrets stériles.

Aujourd'hui, toutefois, elle était incapable de chasser de son esprit les événements de ces derniers jours. Sa fureur envers les flics ne s'était pas atténuée au cours de la nuit blanche qu'elle avait passée après sa visite au commissariat.

Si Tate avait pu découvrir son numéro de téléphone, quelques heures après sa relaxe, il n'aurait probablement aucun mal à savoir où elle habitait. Et bien que son immeuble soit situé dans un quartier plutôt mal famé, son système de sécurité n'était qu'une plaisanterie.

Tout comme le message qu'elle avait reçu, à en croire l'agent Cochran.

— Votre ex est dehors, sur la terrasse, lui dit Paul Reagan quand elle franchit la porte battante des cuisines du restaurant. Il veut vous parler.

Il ne me manquait plus que ça ! songea Sarah.

Dan était bien la dernière personne qu'elle ait envie de voir.

Il était 2 heures passées. La clientèle commençait à se raréfier et la plupart des commandes étaient servies. Apparemment, Dan s'était renseigné sur ses horaires.

De toute façon, elle serait bien obligée de lui parler, à un moment ou à un autre. Comme sa visite aux flics, la veille, c'était une corvée dont il fallait se débarrasser au plus vite.

— Peux-tu servir la 12 à ma place quand ce sera prêt ? demanda-t-elle à Paul. Il faut que je règle ça.

— D'accord, je te remplace. Vas-y. Il te casse les pieds, ces temps-ci ?

Personne, au travail, ne l'avait asticotée. Il n'avait pas été question du tapage médiatique, même si elle avait vu dans les yeux de certains de ses collègues qu'ils étaient au courant de sa tentative de tuer le bourreau de son fils. En croisant son regard, ils avaient tourné la tête d'un air gêné.

— Il a peut-être besoin d'un prêt, répondit Sarah tout en se dirigeant vers la porte donnant sur la terrasse.

En réalité, il n'y avait pratiquement aucune chance pour que ce soit le cas. Dan gagnait beaucoup plus d'argent qu'elle, à l'heure actuelle.

Situé à la lisière du Garden District, le restaurant où elle travaillait comptait moins d'ivrognes que dans le Quartier, et les pourboires y étaient moins importants. Cela lui était apparu comme un compromis tout à fait acceptable quand elle avait pris ce travail.

Elle n'avait même pas protesté quand on l'avait affectée au service de jour. Elle aurait eu plus de travail le soir, mais, contrairement à la majorité du personnel, elle ne devait pas faire vivre une famille. Ella n'avait personne d'autre que Toby.

Dan, en revanche, gagnait très bien sa vie. Il avait repris l'entreprise de construction de son père après le décès de ce dernier, quinze ans plus tôt, et il avait su la faire prospérer de façon remarquable.

Au début de leur mariage, Sarah avait travaillé avec lui : elle s'occupait un peu de tout — depuis la tenue des comptes et le secrétariat jusqu'au maniement du marteau ou du pistolet à clous quand Dan ne trouvait pas assez de personnel pour terminer un chantier dans les délais impartis.

Dès que Danny avait été assez grand pour les aider, il avait été embauché pendant les périodes de vacances. L'affaire était une entreprise familiale, à l'époque où ils formaient une famille.

Après la mort de Danny, Dan s'était totalement immergé dans le travail afin de s'en sortir. Apparemment, cela avait été efficace car il s'en tirait beaucoup mieux qu'elle. Sarah en éprouvait parfois un profond dépit.

Tout en sortant sur la terrasse, elle éprouva un sentiment d'échec récurrent.

La terrasse, qui se réduisait à deux rangées de tables et de chaises en fer installées sur des pavés autobloquants entre le restaurant et le trottoir, avait beaucoup de succès au printemps et en automne, mais elle n'était pas en service à cette époque de l'année.

Assis à l'une des tables, Dan observait distraitement la circulation dans la rue St-Charles, une cigarette allumée entre le pouce et l'index.

Il avait de grandes mains calleuses, à la peau hâlée par le travail en plein air. C'était l'une des choses que Sarah trouvait particulièrement attirantes, chez lui. Même à présent, malgré leurs disputes et les reproches amers qu'ils avaient échangés, elle sentit une vague de désir brûlant monter en elle.

C'était juste l'abstinence qui provoquait cette réaction physiologique tout à fait normale, songea-t-elle. Vu les circonstances, n'importe quel homme relativement séduisant lui aurait fait le même effet. C'était d'autant plus vrai pour quelqu'un avec qui elle avait eu pendant des années une vie sexuelle satisfaisante. De tout ce qui s'était mis à dérailler dans son couple — et, à la fin, pratiquement tout allait mal —, seuls les rapports sexuels avaient échappé au naufrage.

Tout en écrasant son mégot d'un geste nerveux, Dan tourna la tête et vit qu'elle l'observait depuis le pas de la porte. Elle se dirigea vers lui et approcha une seconde chaise de sa table. Avant même qu'elle ne soit assise, il passa à l'attaque.

— Mais, bon sang, qu'est-ce qui t'a pris de faire ça, ma parole ?

J'ai fait ce que tu aurais dû faire.

C'était exactement le genre de réflexion qui les avait

conduits au divorce. Une réflexion contre laquelle le conciliateur l'avait constamment mise en garde. Elle avait finalement réussi à s'empêcher de formuler tout haut ces pensées-là, sans pour autant être capable de les chasser de son esprit.

— Il me semble que ça doit être assez évident, Dan. Même pour toi.

— Si tu l'avais tué, tu risquais la chaise électrique.

Il avait dû entendre ça aux actualités. Les déductions, ce n'était pas vraiment son truc.

— Ils n'ont pas été foutus de l'envoyer, lui, sur la chaise électrique ! Et puis, sur le moment, je ne me suis pas vraiment souciée de ce qui pouvait m'arriver, figure-toi !

— Si tu tenais vraiment à faire un truc pareil, tu aurais pu choisir un autre endroit que les marches de ce foutu tribunal !

— C'est pour ça que tu es venu ? Pour me dire que j'ai fait une bourde ?

Tire, pauvre gourde ! Ne dis rien.

— Maman se fait du souci pour toi. C'est elle qui m'envoie.

C'était probablement vrai, songea Sarah. Elle le connaissait suffisamment pour deviner ses véritables motivations.

— Dis-lui que je vais bien. Dis-lui...

Elle ne trouva rien à ajouter qui puisse réconforter la mère de Dan.

La mort de Danny avait anéanti sa belle-mère autant qu'eux deux. Evidemment, Louise s'était beaucoup occupée de Danny quand il était petit, à l'époque où ils s'employaient à redresser l'entreprise après la longue maladie du père.

Leur divorce lui avait porté un coup supplémentaire, d'autant que Louise en connaissait les raisons. Elle savait que Sarah en voulait à Dan de sa négligence, et qu'elle n'arrivait pas à lui pardonner.

De ce fait, la mère de Dan semblait avoir vieilli de dix ans au cours de ces trois dernières années. Peut-être était-ce la même chose pour eux, mais cela se voyait plus sur Louise. Pour la première fois depuis que Sarah la connaissait, elle avait l'air d'une vieille femme.

— Dis-lui que ça va, répéta-t-elle. Et qu'elle ne doit pas s'inquiéter.

— Elle te voit à la télé, elle entend dire que tu as essayé de tuer quelqu'un, ce qui fait ressortir tous les détails scabreux de notre divorce… alors, comment veux-tu qu'elle ne se fasse pas de souci ? Tu sais comment elle est… Mais qu'est-ce que tu as essayé de prouver, nom d'un chien ?

— Je n'ai rien voulu prouver. J'ai juste entendu dire qu'il allait être libéré et j'ai trouvé que ce n'était pas normal.

— Tu ne peux pas te substituer à la loi, Sarah.

Il disait la même chose que les flics. Elle trouva ça encore plus absurde, venant de lui.

— Il m'a appelée, hier soir.

Elle n'avait pas l'intention d'en parler, mais elle ne put empêcher les mots qui hantaient son esprit de franchir spontanément ses lèvres.

Dan fronça les sourcils d'un air profondément soucieux.

— Qui donc ?

— Tate. Les flics prétendent que c'est quelqu'un qui me fait une blague, mais ils se trompent. C'était lui. Je sais que c'était lui.

— Vous vous êtes parlé ?

Elle secoua la tête tout en se demandant pour la première fois ce qu'il lui aurait dit si elle avait été là.

— Il a laissé un message sur mon répondeur.

Il y eut un bref silence, au terme duquel Dan posa, naturellement, l'inévitable question :

— Qu'est-ce qu'il disait ?

Elle n'avait eu aucun mal à répéter la terrible phrase au policier qu'elle était allée voir. Elle l'avait prononcée avec cette sensation de dédoublement à laquelle elle s'accrochait quand elle lisait des informations sur la personnalité et les antécédents de Tate, après son arrestation.

Ce n'étaient que des mots, s'était-elle dit. Ils n'avaient que le pouvoir qu'elle leur donnait. Elle était pourtant incapable de les prononcer, à présent.

Les hommes ont plus de mal à se protéger contre l'impact de ce genre de chose. Ils ne s'accordent pas le droit de pleurer, ce qui ne leur laisse d'autre choix que de se mettre un canon de revolver dans la bouche ou de se soûler et d'aller se jeter en voiture contre un parapet.

— Rien que des sarcasmes, répondit-elle, protégeant Dan par habitude, de façon instinctive.

— A cause de ce que tu as voulu faire ?

Sarah opina.

— Il t'a menacée ?

— Ce n'est pas ça. Il se... vantait.

Dan ne demanda pas de précisions. Dans ses yeux, elle vit qu'il ne souhaitait pas en savoir plus. Et parce qu'elle l'avait aimé, naguère, elle ne lui répéta pas les mots terribles qu'elle avait entendus.

— Tu as peur ?

Sarah haussa les épaules. Puis elle croisa les bras sur sa poitrine et les frictionna un instant. Le froid commençait à s'insinuer à travers la robe chemisier en coton blanc qui, avec une petite veste noire et un nœud papillon, constituait son uniforme de service.

— C'était... comment dire ? Entendre sa voix, c'était comme s'il avait été là, dans la pièce. Tu comprends ?

Il hocha la tête, l'air inquiet.

— Tu veux venir passer quelques jours à la maison, avec maman et moi ?

Elle eut un geste de refus.

— Tu sais bien que c'est impossible. Ce ne serait bon pour aucun de nous... mais, surtout, ce ne serait pas bon pour elle.

— Qu'est-ce que les flics comptent faire à propos de ce coup de fil ?

— Je te l'ai dit : ils prétendent que ce n'est pas lui. J'ai insisté pour porter plainte. Comme ça, s'ils l'attrapent lors d'un nouveau meurtre, ils me laisseront l'accuser de harcèlement téléphonique.

— Ils ne peuvent pas l'arrêter juste parce qu'il t'a laissé ce message ?

— Si. Seulement, ils ont perdu sa trace.

— Ils ne l'ont pas pris en filature après sa libération ? Merde alors ! Qu'est-ce que c'est que ce cirque ?

— Il leur a bel et bien filé entre les doigts, et ils n'ont pas la moindre idée de l'endroit où il se cache. Rassurant, hein ?

— Complètement nul. Tout ça n'a été qu'un énorme fiasco, depuis le départ. Ils ne savaient même pas qu'ils avaient affaire à un tueur en série alors que les cadavres s'empilaient par dizaines. Ils ont bousillé son arrestation et il a fallu le libérer. Et maintenant, ils le laissent s'évanouir dans la nature : c'est le bouquet !

Si elle partageait totalement l'opinion de Dan sur le travail des flics, Sarah préférait éviter de s'engager de nouveau dans l'interminable cercle du ressentiment et de l'amertume indéfiniment ressassée. Le risque était d'y perdre sa santé mentale.

Du reste, ils avaient rabâché ces mots-là — ou leurs cousins — des milliers de fois durant l'année qui avait suivi le meurtre de Danny. Ce qui n'avait rien changé. Quand elle se réveillait, le matin, Danny était toujours mort.

— Il faut que j'y aille, dit-elle pour échapper à ce schéma autodestructeur. Dis à Louise que tout va bien.

Elle n'était pas convaincue que ce soit vrai, mais sa belle-mère serait sans doute contente d'entendre ça. Et Danny aussi : ça devait le rassurer.

A présent, elle regrettait de lui avoir parlé du message de Tate, mais elle avait besoin de le dire à quelqu'un. Quelqu'un qui ne chercherait pas à la persuader que ce n'était pas Tate, et qui partagerait son indignation.

— Je pourrais t'installer un système de sécurité.

Sarah s'était déjà levée et se dirigeait vers la porte du restaurant quand son cerveau fatigué enregistra la proposition de Dan. Se retournant, elle le questionna du regard.

— Des capteurs de mouvement, par exemple, qui déclencheraient une alarme, expliqua-t-il.

— Tu saurais faire ça ?

— Je peux me débrouiller. En tant que professionnel, j'achèterai le matériel à prix coûtant. Si tu voulais une surveillance active, il faudrait payer, mais si j'installe seulement une alarme qui se déclenche quand quelqu'un essaie d'entrer, personne ne pourra savoir si elle est ou non reliée au commissariat.

— Je ne crois pas que ce soit nécessaire, dit Sarah.

Mais plus elle y pensait, plus ça la tentait

— Ecoute, je n'aime pas te savoir seule. Je me sentirai mieux si tu es protégée — et maman sera un peu rassurée, elle aussi.

— Les flics disent que Tate ne m'aurait jamais appelée. Que ça ne lui ressemble pas. Mais quoi qu'il en soit... l'idée que quelqu'un ait mon numéro ne me plaît pas du tout.

— Laisse-moi jeter un coup d'œil chez toi. Je verrai ce que je peux bricoler. Tu n'as rien à perdre, de toute façon.

C'était l'expression qu'elle avait évitée la veille : rien à perdre.

Depuis que Danny n'était plus là, il y avait eu tant de matins où elle avait ouvert les yeux en regrettant d'être encore en vie. Et puis, la veille, à cause du message reçu sur son répondeur, elle avait sorti le revolver de Dan du tiroir pour le placer sur la table de chevet avant de se coucher. Et ce n'était certes pas pour le poser sur sa propre tempe.

— Tu es sûr ?

Elle était un peu surprise d'envisager sans réticence la suggestion de Dan, compte tenu des pièges émotionnels qu'elle impliquait.

— Tu as une seconde clé ? Je vais passer chez toi tout de suite parce que nous sommes un peu débordés, en ce moment.

— Je ne l'ai pas prise, dit Sarah.

— Tu finis à quelle heure ?

— 16 h 30.

— Je peux te retrouver et aller jeter un coup d'œil chez toi pour voir ce qu'il faut que j'apporte. Tu me donneras la clé à ce moment-là et je pourrai t'installer quelque chose dès demain. Pas une installation haut de gamme, bien sûr : juste un système qui déclenche beaucoup de bruit si quelqu'un essaie d'ouvrir une porte ou une fenêtre sans avoir tapé le code.

Quel inconvénient trouver à cela ? Aucun, bien entendu — à part le fait que Dan devrait passer chez elle, alors qu'elle avait déménagé pour couper tous les ponts avec le passé.

— Entendu, dit-elle.

— Rendez-vous à 5 heures ?

— Il faudra que j'aille promener Toby. Il a besoin de sortir après être resté enfermé toute la journée. Si tu n'es pas là quand j'arriverai, je te laisserai une clé au-dessus de la porte.

— Je serai à l'heure, assura-t-il. Après ça, maman se

sentira mieux. Je m'attirerai ses bonnes grâces, dit-il avec un clin d'œil, comme s'ils étaient des conspirateurs.

Son petit sourire en coin intrigua Sarah. Il ne songeait quand même pas…

— 5 heures, répéta-t-il.

Malgré ses doutes, Sarah acquiesça d'un signe de tête. Cochran était peut-être convaincu que ce n'était pas Tate qu'elle avait entendu sur son répondeur, mais elle ne partageait pas du tout cette conviction.

Après tout, elle avait bel et bien essayé de lui loger une balle entre les deux yeux. Peut-être ce type était-il du genre rancunier.

6.

Dwight Ingersoll était assis en tailleur devant la porte de Sarah. Dès qu'il la vit, il se leva d'un bond en brandissant une balle.

— J'ai apporté ça pour Toby !

C'était une balle rose. Sans doute un jouet pour bébé, à l'origine. Mais ce gamin était toujours en décalage, songea Sarah.

Il portait le même blouson étriqué que la veille. En dépit de la chaleur qu'il faisait sur le palier du troisième étage, le vêtement était boutonné jusqu'au menton.

Sarah eut un serrement de cœur comparable à celui qu'elle avait ressenti en apprenant que Dan l'attendait sur la terrasse. Elle n'avait pas envie de trouver Dwight Ingersoll chaque jour sur le pas de sa porte, à son retour du travail. Et surtout pas aujourd'hui.

— Maman m'a autorisé à me promener au parc si je suis avec vous.

Sarah se demanda si elle pourrait se débarrasser de lui en lui disant qu'elle n'irait pas promener le chien. Seulement, dès qu'elle aurait ouvert la porte, Toby la ferait mentir en se précipitant sur eux.

Si elle n'y mettait pas immédiatement bon ordre, le garçon se pointerait tous les jours à la même heure pour jouer à la balle avec son chien. Or, elle ne se sentait pas une vocation d'animatrice.

Cela dit, il fallait vraiment manquer de cœur pour ne pas être attendrie par ce garçon solitaire, laissé pour compte et visiblement négligé.

— Est-ce que je pourrai le tenir en laisse dans la rue ?

L'œil brillant, Dwight la regardait comme s'il mettait tous ses espoirs en elle.

— C'est-à-dire que ce n'est peut-être pas le meilleur moment…, commença Sarah.

L'enthousiasme du gamin se dissipa instantanément sous ses yeux.

Rabat-joie. Nulle autre expression ne convenait mieux à ce qu'elle venait de faire. Elle aurait dû lui dire, la veille, qu'ils n'iraient pas jouer au parc. Il fallait arrêter l'engrenage avant qu'il ne soit trop tard. Pourquoi n'avait-elle pas suivi ce raisonnement jusqu'au bout au lieu de…

Elle respira à fond, tâchant d'apaiser son anxiété croissante. Ce n'était pas si grave, après tout ; elle ne risquait pas de prendre un engagement à vie. Une demi-heure, un seul après-midi, et voilà tout…

— Bon, d'accord, dit-elle enfin. Mais je ne pourrai pas rester longtemps dehors. Un ami doit venir me voir d'un moment à l'autre.

Le visage de Dwight s'éclaira de nouveau, comme

illuminé de l'intérieur. Sarah sentit ses yeux s'humecter malgré elle.

— Ça ne fait rien, dit-il d'un ton compréhensif, avec une maturité surprenante. De toute façon, il faut que je rentre avant qu'il fasse nuit.

Sarah hocha la tête, tout en glissant à l'aveuglette la clé dans la serrure. Elle avait espéré que Dan serait là à son arrivée. Plus elle y pensait, moins elle se sentait tentée de lui laisser une clé.

Après avoir déverrouillé, elle poussa la porte d'entrée, et le museau de Toby pointa par l'ouverture. Il aboya une fois pour dire bonsoir, puis se mit à remuer l'arrière-train quand la porte s'ouvrit assez grand pour qu'il aperçoive Dwight derrière elle.

— Je vais chercher sa laisse, dit-elle sans inviter le garçon à entrer.

Elle avait choisi cet appartement comme un refuge contre les émotions qu'un garçon de cet âge-là risquait, précisément, de lui inspirer.

— D'accord.

Il s'assit sur ses talons, passant les bras autour du cou du chien, comme il l'avait fait la veille, sur le trottoir. Toby avait trop hâte de sortir pour être aussi calme que la dernière fois. Mais malgré son impatience, il procéda à un débarbouillage en règle des joues du garçon. Manifestement, il était ravi de le voir.

Tandis que l'enfant et l'animal faisaient plus ample connaissance sur le pas de la porte, Sarah posa son sac sur la commode de l'entrée. Son regard se dirigea machinalement vers le répondeur. Le signal lumineux ne clignotait pas.

Le soulagement profond qui l'inonda lui permit de mesurer à quel point elle redoutait de trouver un second message. Dans un accès de rage, elle avait effacé celui de la veille, en rentrant du commissariat. Ce geste inconsidéré avait ensuite hanté sa nuit blanche, parmi d'autres sujets d'angoisse.

Elle fourra sa clé dans sa poche, tout en se débarrassant du nœud papillon qui lui serrait le cou. Elle le jeta sur la commode, dégrafa le col de son chemisier, puis traversa le séjour pour aller prendre la laisse de Toby sur la table basse, parmi les piles de livres et de magazines.

En la voyant prête à partir, Toby s'arracha à l'étreinte de Dwight et entama sa danse rituelle du soir, ses griffes faisant un bruit de castagnettes sur le parquet rayé.

La seconde clé, songea Sarah, sur le point de sortir. Ah, ce Dan ! Il ne pourrait donc jamais arriver à l'heure !

Elle hésita à mettre sa laisse à Toby puis à le confier à Dwight pendant qu'elle allait chercher le double des clés dans la cuisine. Dans sa hâte, le chien risquait de faire tomber le gamin…

— Sarah ? Tu es là-haut ?

C'était Dan qui montait l'escalier, une main posée sur la rampe, l'autre munie d'un mètre pliant en métal.

— J'étais sur le point de sortir Toby, dit-elle.

— Salut, Tob ! lança Dan. Qu'est-ce que tu deviens, mon vieux sac à puces ?

Le chien passa devant Dwight pour lui faire la fête.

Dan se baissa et lui ébouriffa le poil tout en souriant au garçon.

— Moi, c'est Dan. Et toi ?

— Dwight David Ingersoll.

Il n'avait pas prononcé son nom avec le même accent chantant, mais Dan esquissa néanmoins un sourire avant de reprendre son sérieux.

— Alors... tu es un ami de Toby ?

L'enfant se tourna vers Sarah comme pour lui demander l'autorisation de répondre.

Malgré elle, Sarah lui adressa un sourire rassurant, puis détourna bien vite les yeux.

— Je suis son ami à elle, répondit Dwight. Toby est un chien.

La seconde affirmation contenait un soupçon de dédain pour quiconque n'aurait pas saisi la nuance.

Visiblement amusé, Dan croisa le regard de Sarah, mais continua à s'adresser au garçon.

— Tu ne connais pas l'expression « Le meilleur ami de l'homme » ? C'est Toby tout craché.

— Il faut qu'on y aille.

La petite phrase sèche avait claqué comme une gifle, et Dwight tourna vers Sarah un visage inquiet. Elle se demanda s'il pouvait être assez sensible pour détecter la tension ambiante.

— Toby a besoin de sortir, expliqua-t-elle pour atténuer la rudesse de son comportement.

Comme par hasard, ils reproduisaient leurs anciens schémas de couple, songea-t-elle. Dan, charmant et décontracté, s'attirait la sympathie de l'enfant et du chien, tandis qu'elle se sentait tenue de rappeler tout le monde à l'ordre. Du vivant de Danny, elle avait souvent eu l'impression d'élever deux enfants au lieu d'un.

— Tu auras peut-être fini avant que je sois de retour, poursuivit-elle, voulant rappeler clairement à Dan pourquoi il était là. Ce n'est pas la peine d'attendre. Vérifie seulement que la porte est bien verrouillée avant de partir.

— La clé ? demanda-t-il en se redressant.

Elle avait dû le regarder d'un air interdit car il ajouta :

— Le double, pour que je puisse venir t'installer ça demain.

— Je vais le chercher. Il est dans la cuisine.

Elle lui tendit la laisse et rentra dans l'appartement.

Derrière elle, elle l'entendit parler à Dwight : il admirait la balle rose et prenait le chien à témoin — « Hein, Toby » ? Le pauvre animal, qui n'était plus habitué à une telle animation, devait se sentir un peu désorienté. Sarah espéra que tout cela, ajouté à une longue attente, n'allait pas provoquer un petit accident.

Elle prit la clé dans le pot en porcelaine où elle la cachait. En reposant le récipient sur l'étagère de la cuisine, elle remarqua que sa tasse de café et son bol de céréales étaient restés dans l'évier. Elle faillit les laver et les ranger pour que son ex-mari ne les voie pas. Ce qui aurait été le comble de l'hypocrisie, il fallait l'admettre. Elle avait toujours insisté pour que Dan et Danny rangent derrière eux car elle était trop occupée pour tout remettre en place chaque fois. Mais ce n'était pas une raison pour vouloir paraître irréprochable, maintenant qu'elle vivait seule.

En regagnant l'entrée, elle vit Toby qui galopait comme une flèche d'un bout à l'autre du couloir. Il aboyait après la balle que Dan et le garçon se lançaient en la faisant rebondir une fois à mi-chemin.

Sarah s'interposa dans cette pagaille, s'apprêtant à leur rappeler que le bruit risquait de déranger les voisins. Avant qu'elle ait pu ouvrir la bouche, Toby se dressa sur ses pattes arrière et intercepta la balle que Dwight venait de lancer un peu maladroitement. Bien qu'elle soit un peu trop grosse pour lui, il réussit à la tenir entre ses dents. Remuant la queue, il alla la poser aux pieds de Dwight.

Le rire joyeux du garçon résonna dans l'escalier. Il regarda tour à tour Dan et Sarah d'un air extasié.

— Dis-lui que c'est bien, qu'il est un bon chien, suggéra Dan.

— Bon chien, répéta docilement l'enfant en se baissant pour le caresser. C'est bien, Toby.

— Si vous ne faites pas attention, tous les deux, vous n'allez pas tarder à nettoyer le palier derrière ce « bon chien ».

Avait-elle toujours été comme ça ? se demanda-t-elle. Ne pouvait-elle les laisser tranquillement s'amuser au lieu de toujours prévoir les ennuis ?

Il fallait bien que quelqu'un y pense, pourtant. Il fallait qu'il y ait un adulte dans le lot, qui leur rappelle le danger. Naturellement, Dan n'avait jamais été celui-là. Sinon, peut-être que…

Elle chassa brusquement ces idées avant d'avoir remis l'engrenage en marche. Le psy lui avait dit que cette faculté n'était pas donnée à tout le monde. Certaines personnes ne peuvent pas prévoir les désastres parce que leur imagination se refuse à les envisager.

— Tiens, voilà la clé, dit-elle en la tendant à son ex-mari. Et n'oublie pas de fermer à double tour en partant.

— Oui, m'dame, dit-il en adressant un clin d'œil à Dwight.

La colère qui monta en elle était tout à fait disproportionnée. Sarah en eut conscience mais c'était plus fort qu'elle.

— Tu viens ou tu restes ? demanda-t-elle au garçon d'un ton âpre qui contrastait avec la bonhomie de Dan.

Pourquoi voudrait-il venir ? Qui pourrait avoir envie de venir avec toi ?

— Je viens !

Dwight ramassa la balle, puis attendit sans s'éloigner de Toby.

Il voulait tenir la laisse, naturellement. Sarah se rappela qu'elle n'avait pas répondu quand il lui avait posé la question. Au lieu de la prendre d'emblée, comme aurait fait Danny, il attendait son autorisation.

— Je te préviens, il a de la force, dit-elle.

— Moi aussi, répliqua Dwight en pliant le bras pour faire saillir ses muscles.

Il regarda son biceps, caché sous la manche du blouson, et leva sur Sarah un regard malicieux.

— Donne-moi la balle, lui dit Sarah. Et ne le laisse pas

te tirer dans l'escalier. Je n'ai pas envie de devoir expliquer à ta maman comment mon chien t'a cassé une jambe.

— Je serai prudent.

Encore une de ces formules qu'il avait dû prononcer des milliers de fois. C'était une promesse qu'elle avait souvent exigée de Danny, quand elle le laissait à l'arrêt du car de ramassage scolaire. Et même quand il allait juste passer un moment chez sa grand-mère.

— Sois prudent.

— Promis.

Et pourtant, malgré tous ces avertissements, ces précautions…

— Amusez-vous bien, dit Dan en les regardant descendre.

Sarah ne se retourna pas. Et elle n'aurait su dire si Dwight, déjà sur le palier du dessous, s'était retourné.

7.

— Ça paraît peu probable, dit Daryl Johnson. Mais il ne faut pas oublier qu'en ce moment il nage dans l'euphorie. Ce type se croyait déjà le plus malin de tous ; il jugeait les flics bien trop bêtes pour l'attraper.

— Et nos bourdes lui ont donné raison, grommela Mac.

Cette histoire de message sur le répondeur de Sarah Patterson le préoccupait, au point qu'il avait décidé d'appeler l'une de ses connaissances au FBI pour lui demander son avis. Ce faisant, il avait opportunément omis de mentionner sa mise à pied.

— Tout le monde commet des erreurs.

— Même vous autres, au Bureau ?

Il y eut un silence au bout du fil, puis Johnson répondit :

— Ça nous arrive. Vous pensez que je suis en train de me planter, là ?

— C'est vous les spécialistes. Moi, je ne suis qu'un flic de la Crim' avec une flopée de jeunes victimes sur les bras.

Et j'aimerais bien savoir si cet enfoiré peut être assez stupide pour s'en prendre à la mère de l'une d'entre elles.

Johnson marqua encore une pause avant de répondre :

— Il aime les jeunes garçons parce qu'il peut les dominer facilement. Se pourrait-il qu'il considère aussi cette femme comme une proie facile ?

— Il se tromperait, dit Mac sans hésiter.

L'image de Sarah brandissant ce gros revolver droit sur Tate restait gravée dans son esprit. Pour lui, il ne faisait aucun doute que, sans son intervention, elle aurait descendu cette ordure. A cette distance, elle ne risquait pas de le louper.

A cette distance... Assez près pour que Tate ait pu la regarder dans les yeux et comprendre qu'elle était bien décidée à lui faire sauter la cervelle ?

— Et pour tout ce qui n'est pas du domaine de la domination facile ? Je veux dire... ce type tue des jeunes garçons parce qu'il en pince pour eux, non ?

— Il tue parce qu'il aime tuer les gens. Il aime les dominer, leur faire du mal, les humilier. C'est ça qui le fait jouir. Mais bon, pour répondre à votre question, il a effectivement une préférence pour les garçons. Sur le plan sexuel, en tout cas. Mais sa sexualité n'a rien à voir avec ce que nous associons, vous et moi, à ce mot.

— Il ne s'intéresserait donc pas à une femme ?

— Pas comme on s'y intéresse d'habitude.

— Pourrait-il avoir envie d'en tuer une ?

La pause fut encore plus longue, cette fois. Cela ne

plaisait pas beaucoup à Mac. Cette attente le mettait mal à l'aise.

— Contrairement à ce que croient les gens, certains tueurs en série peuvent s'attaquer à n'importe qui. Ils font feu de tout bois, si l'on peut dire. Toute personne qui croise leur chemin est une proie potentielle. Je pourrais vous citer une demi-douzaine de noms que vous reconnaîtriez, mais bon… je ne crois pas qu'avec Tate nous ayons affaire à quelqu'un de cette espèce-là. A mon avis — car c'est uniquement mon opinion que je donne là —, l'auteur du message en question n'est pas animé par le même type d'obsession que Tate.

— Et quelle serait sa motivation ?

— Aussi étrange que cela paraisse, l'affreuse notoriété de Tate fait des envieux. Le type qui a appelé s'est peut-être figuré que la presse serait alertée et qu'il aurait son petit moment de gloire, même par procuration.

— Vous croyez que Tate va se tenir à carreau pendant quelque temps ?

— Non. Il va continuer, j'en suis sûr. S'installer ailleurs. Il a probablement déjà trouvé son point de chute. Ces types-là n'arrêtent pas de tuer tant qu'ils sont en vie. Pour eux, il n'y a pas de groupe de soutien du style « Alcooliques Anonymes », pas d'autre issue que la chaise électrique.

— La peine de mort a été abolie, ici. Trop inhumain, dit Mac d'un ton sarcastique. Pourtant, j'appuierais moi-même sur le bouton, si je pouvais.

Et Sarah Patterson aussi, songea-t-il en se rappelant la façon dont elle avait visé Tate, ce matin-là.

— Encore faut-il lui mettre la main dessus, Mac.

— Et vous estimez que nous avons laissé passer notre chance.

— Je crois qu'il va devenir le cauchemar d'une autre équipe, maintenant.

D'un ton moins abrupt, moins professionnel, il ajouta :

— Prenez soin de bien entrer toutes vos informations dans la base de données nationale. Grâce à cela, les flics du prochain secteur où il sévira le repéreront peut-être un peu plus vite. Le problème, c'est que ce salopard peaufine sa technique à chaque meurtre. Les types de son espèce apprennent à distinguer ce qui marche et ce qui ne marche pas. Tate est particulièrement futé, ce qui lui confère une efficacité redoutable en ce domaine.

En un sens, comment ne pas se réjouir du départ de cet enfoiré ? se dit Mac. Il en avait par-dessus la tête des photos fixées au tableau de la salle de réunion du détachement spécial. D'autant que sa rencontre avec Sarah Patterson — le spectacle de sa vie brisée après le meurtre — leur avait conféré une réalité encore plus tangible. Il n'avait pas envie de devoir épingler les clichés d'un nouveau corps d'enfant mutilé.

En même temps, il avait horreur de s'avouer vaincu. Cela se passait dans sa ville ; il s'agissait de son boulot. La bavure policière qui avait provoqué la relaxe de Tate n'était peut-être pas de son fait, mais le jeune flic appartenait à son service.

Et puis, surtout, il voulait Tate. Il voulait être celui

qui l'effacerait du paysage. Il n'avait pas envie qu'il aille s'attaquer à une autre population sans méfiance, une ville dont la police devrait tout apprendre sur son compte, d'un meurtre à l'autre, comme cela s'était passé chez eux.

— Mais bon… un appel téléphonique ? reprit Johnson, l'arrachant à ses réflexions. Je n'ai pas l'impression que ce soit quelque chose qui lui passerait par la tête en ce moment.

— Je peux donc rassurer Mme Patterson.

— Ce n'est pas ce que j'ai dit ! Croyez-moi, Mac, je ne conseillerais à personne de relâcher sa vigilance tant qu'un individu comme Samuel Tate se promène librement dans la nature.

Ils ne rentrèrent pas avant la tombée du jour. Sarah n'avait pas eu le courage d'interrompre la partie de balle entre Dwight et Toby avant le tout dernier moment. Elle avait ensuite raccompagné le garçon jusqu'à sa porte, au rez-de-chaussée, afin qu'il ne se fasse pas gronder parce qu'il rentrait tard.

Il ne voulut pas qu'elle sonne à la porte — au cas où sa grand-mère dormirait déjà, dit-il. Il avait une clé accrochée au cou.

— Tu es sûr que ta maman ne sera pas fâchée que tu sois en retard ?

Serré contre le chien pour lui dire au revoir, l'enfant leva les yeux sur elle.

— Du moment que j'étais avec vous, ça ira.

Un peu sceptique, Sarah n'avait pas insisté. Elle avait attendu qu'il soit bien rentré et qu'il ait tourné le verrou de l'intérieur pour s'éloigner, soulagée de ne pas avoir eu à parler à Mme Ingersoll.

Ce n'était sans doute que partie remise, songea-t-elle, car, naturellement, elle n'avait pas trouvé le moyen de dissuader Dwight de revenir l'attendre à sa porte. Du moins avait-elle échappé, pour ce soir, aux présentations.

Second coup de chance de la soirée : en arrivant à son appartement, elle découvrit que Dan n'avait pas oublié de fermer à clé. Pour une fois, tout semblait marcher comme sur des roulettes, se dit-elle en entrant chez elle. Ce n'était, certes, que de menues satisfactions, mais même la promenade au parc s'était plutôt bien passée. Le fait de voir Dwight jouer avec Toby risquait, évidemment, de raviver des souvenirs douloureux. Mais ce garçon était si différent de Danny — à peu près sur tous les plans — qu'elle avait pu le regarder faire avec un détachement qu'elle n'aurait jamais cru possible.

Elle poussa la porte et lâcha la laisse de Toby.

— Dan ?

Tandis qu'elle attendait une réponse, le chien traversa tranquillement le séjour en direction de la cuisine. Quelques secondes plus tard, elle l'entendit laper l'eau dans son écuelle à grands coups de langue.

— Dan ? Tu es encore là ?

Ne recevant pas de réponse, Sarah se retourna pour tirer le verrou, puis appuya son front sur le battant, soulagée de se sentir enfin chez elle, à l'abri de toute intrusion. Curieusement, la crainte d'être envahie par la présence de Dan ou même celle de Dwight avait presque été plus vive que le sentiment de violation provoqué par le message téléphonique de la veille.

Elle jeta machinalement un coup d'œil sur le signal lumineux du répondeur. Le voyant rouge clignotait de nouveau dans la pénombre de l'appartement, au rythme lancinant des pulsations d'un cœur malade. Une brusque décharge d'adrénaline lui fit perdre instantanément le plaisir de se retrouver chez elle, comme dans un cocon douillet.

« Oh! non, tout mais pas ça... »

Elle ferma les yeux en serrant très fort les paupières. Ça pouvait être n'importe qui, se dit-elle. Dan. La mère de Dwight. L'agent Cochran. Le restaurant. Elle n'allait quand même pas redouter le pire à chaque coup de fil qu'elle recevrait, jusqu'à la fin de ses jours.

Immobile, pétrifiée sur place, elle entendit Toby revenir au bout d'un moment. Quand elle ouvrit les yeux, il l'observait depuis le seuil de la cuisine, la tête penchée, comme s'il se demandait ce qu'elle faisait là au lieu de venir le rejoindre. Après cette séance d'exercice inhabituelle, il devait avoir une faim de loup.

Il fallait lui donner à manger. Il serait bien temps, ensuite, de se préoccuper du message. Rien ne l'obligeait à l'écouter tout de suite. Elle aurait toute la soirée devant elle, après avoir nourri le chien.

Et puis, quelle que soit la teneur du message, ce n'était jamais qu'une voix. Une sale blague, d'après Cochran, se dit-elle, alors qu'elle avait rejeté cette explication, la veille, avec tant de colère.

Elle traversa la pièce en faisant un détour pour éviter le

téléphone. Une fois dans la cuisine, elle eut l'impression d'avoir réussi une véritable gageure en dominant ainsi son émotion. Elle n'était pas tenue de regarder la lumière qui clignotait ; elle n'avait pas besoin d'y penser, tant qu'elle n'en aurait pas envie. Tant qu'elle ne serait pas prête.

Elle prit une boîte pour chien sur l'étagère et la plaça sous l'ouvre-boîte électrique sans regarder l'étiquette. Ce soir, Toby était assez affamé pour se jeter sur ce qu'elle allait lui donner. Après avoir vidé le contenu dans son écuelle, elle se retourna pour jeter la boîte à la poubelle et vit un verre sur le bord de l'évier.

Dan avait peut-être pensé à fermer à clé mais il ne rangeait toujours pas derrière lui. Ce constat avait presque quelque chose de rassurant, ce soir. D'un geste mille fois répété, elle rinça le verre avant de le poser à côté de la tasse et du bol qu'elle avait utilisés elle-même.

Derrière elle, Toby ingurgitait bruyamment sa pâtée avec un appétit féroce, appréciant manifestement ce qui lui était offert.

Sarah respira à fond et réussit à se détendre un peu en exhalant l'air le plus lentement possible. Le voyant du répondeur n'était pas forcément signe d'un message alarmant.

« Ne vois pas toujours tout en noir », lui avait répété Louise maintes et maintes fois. Du moins, jusqu'à la mort de Danny.

Avec un soupir, Sarah passa une main lasse dans ses cheveux, écartant les mèches de son visage. L'odeur de graisse qui imprégnait toujours ses vêtements après une journée passée au restaurant lui donnait un peu la nausée.

Elle allait prendre un bain et se changer. Peut-être qu'ensuite elle retrouverait un semblant d'appétit.

Dans ses efforts pour ne pas perdre une goutte de sauce, Toby poussait son écuelle qui raclait bruyamment le carrelage et heurtait divers obstacles au passage. Un bruit familier, rassurant, précieux.

Elle esquissa un sourire en songeant aux bonds que faisait ce gros lourdaud pour attraper la balle, quelques instants plus tôt.

Il avait besoin d'autre chose que d'une promenade quotidienne. Il lui fallait davantage d'exercice — et de la compagnie. Dan aurait pu lui fournir tout cela mieux qu'elle. Et pourtant, c'était elle qui l'avait gardé. Cherchait-elle désespérément à conserver quelque chose de Danny ?

Quelle que soit sa motivation, elle était responsable du chien, à présent. Et elle se devait d'améliorer son sort autant que possible. C'était une obligation, un devoir envers ce compagnon qui partageait désormais sa vie. N'avait-elle pas toujours été celle sur qui l'on pouvait compter en toutes circonstances ?

Sarah s'appuya des deux mains sur le bord du plan de travail, puis s'éloigna en direction de la salle de bains. Toby leva la tête comme pour la suivre. Il n'était pas tout à fait certain, cependant, d'avoir parfaitement léché son assiette. Elle n'avait pas encore franchi le seuil de la pièce qu'il retournait déjà vérifier. Les bruits de chocs et de raclements accompagnèrent Sarah dans le séjour qu'elle retraversa sans un regard pour le téléphone.

Mac Donovan jeta un coup d'œil sur l'adresse que Sonny lui avait donnée et qui figurait sur le formulaire de plainte rempli par Sarah Patterson. Son collègue s'était cru obligé de l'avertir au passage que Morel ne serait pas content de le voir s'immiscer dans l'affaire.

« Comme si ce n'était pas mon affaire ! » songea Mac, plein de rancœur contre l'attitude de son supérieur.

Il s'arrêta le long du trottoir et examina l'immeuble décrépit. Ce décor ne cadrait pas avec l'image qu'il gardait de Sarah Patterson. Evidemment, il n'avait pas fait sa connaissance dans le contexte des relations sociales courantes. Son opinion avait sans doute été influencée par l'admiration que lui inspirait le geste courageux de la jeune femme. N'empêche que…

Ce bâtiment avait été, naguère, une demeure cossue de dimensions imposantes. Elle avait connu le sort réservé à la plupart de ces belles maisons de style victorien divisées, au fil des générations, en appartements de plus en plus petits et de moins en moins beaux. La chose était fréquente à La Nouvelle-Orléans, surtout dans des quartiers de ce genre, que les investisseurs et les pouvoirs publics ne jugeaient pas dignes d'être préservés.

Mac posa l'enveloppe sur le tableau de bord et ouvrit la portière dans la pénombre du soir. La lampe du réverbère, sur le trottoir, avait été brisée, mais l'entrée de l'immeuble était éclairée par deux appliques.

Tandis qu'il observait le perron en piteux état, le rideau d'une fenêtre, au rez-de-chaussée, s'écarta légèrement, et un petit visage blafard apparut derrière la vitre. C'était celui d'un jeune garçon. Il fit un petit salut de la main quand Mac sortit de voiture. L'agent se retourna, jetant un coup d'œil derrière lui pour voir si le geste s'adressait à quelqu'un d'autre. Comme il ne vit personne, il agita la main à son tour, rendant son salut au gamin qui sourit d'un air radieux.

Ce genre d'accueil envers un représentant de l'ordre était assez inhabituel dans les parages, songea Mac avec une pointe de cynisme. Il appuya sur la commande de verrouillage automatique des portières tout en opérant un rapide examen de la rue, selon les habitudes en vigueur dans la police.

Il faisait trop froid pour que les riverains soient assis dans leur véranda ou près de leur porte, comme cela aurait été le cas à un autre moment de l'année. Ce soir, ils restaient tous bien au chaud dans leur appartement.

Quand Mac se retourna enfin vers la maison, l'enfant n'était plus à la fenêtre ; sans doute l'avait-on appelé pour faire ses devoirs ou se mettre à table. L'évocation de la nourriture provoqua un gargouillement sonore dans son estomac. Il se demanda si Sarah Patterson avait déjà dîné. Un peu étonné que ce genre de question puisse lui venir à l'esprit, il se secoua et fit quelques pas en direction de la maison.

D'après l'adresse indiquée sur le formulaire, elle habitait au numéro 3 B. Mac promena son regard sur la façade, comptant les étages. A moins qu'il y ait quelque mansarde cachée sous le toit, le second était aussi le dernier. Dans ces demeures dépourvues d'ascenseur, le prix des loyers était inversement proportionnel au nombre d'étages.

Sonny avait dit qu'elle était serveuse. Au centre-ville, c'était un métier qui pouvait rapporter gros. Dans certains restaurants, une place de serveur pouvait même se vendre comme un fonds de commerce. Divorcée depuis moins d'un an, Mme Patterson n'exerçait peut-être pas cette profession depuis bien longtemps. D'ailleurs, elle ne semblait pas vraiment faite pour ce genre d'activité.

Mais après tout, il ne pouvait pas en juger… Il s'arrêta dans le hall pour examiner la rangée de boîtes à lettres. La plupart d'entre elles ne portaient aucun nom ni numéro d'appartement. Comme la porte était maintenue ouverte par un bout de bois destiné à empêcher le pêne de s'engager, Mac supposa qu'il n'était pas difficile d'identifier les occupants de l'immeuble.

Question sécurité, c'était une autre histoire.

Il poussa la porte tout en se demandant combien de personnes risquaient de se retrouver à la porte s'il la claquait derrière lui par inadvertance. Mais cela ne le concernait pas. Du moins, pour le moment.

Evidemment, les affaires de Sarah Patterson ne le concernaient pas davantage — ce qui ne suffit pas à le dissuader de pénétrer dans les lieux, laissant la porte se bloquer de nouveau contre le morceau de bois.

*
* *

Le couloir qui menait à la salle de bains n'était pas éclairé, mais Sarah ne prit pas la peine d'allumer. Elle entra dans la pièce et actionna l'interrupteur de la rampe au néon placée au-dessus du lavabo. Tout en commençant à déboutonner sa veste, elle ferma les yeux et fit rouler sa tête d'une épaule à l'autre pour s'assouplir la nuque.

Quand elle les rouvrit, son regard tomba sur la serviette de toilette posée en boule à côté du lavabo. Ce détail souleva en elle une vague de nostalgie. C'était l'une de ces innombrables vétilles qu'elle avait tant reprochées à « ses hommes » et plus particulièrement à Dan.

Elle traversa l'étroite salle de bains et se pencha pour ouvrir le robinet de la baignoire à pieds de lion. Bien qu'un peu rouillée par endroits, elle avait été l'un des principaux atouts en faveur du choix de l'appartement. Sarah avait dû faire un effort pour trouver quelque charme au petit deux pièces, mais cette grande baignoire ancienne n'en manquait certes pas.

Tout en allant jeter sa veste dans le panier à linge, elle entendit les pattes du chien dans le couloir. Il retournait dans la chambre pour aller faire un petit somme sur le lit ; sans doute avait-il fini par comprendre qu'il était inutile de chercher à se faire ouvrir la porte de la salle de bains quand sa maîtresse s'y trouvait.

Danny, en revanche, n'avait jamais pu se faire à l'idée qu'elle ait besoin d'être seule pour quelque raison que ce soit. Elle s'aperçut avec stupéfaction que ce souvenir la faisait sourire. Tout comme elle avait souri, tout à l'heure, en regardant le chien jouer avec Dwight dans le parc.

Dwight courait avec une allure un peu gauche, comme si ça ne lui arrivait pas souvent, mais ce n'était pas ce qui la faisait sourire. Simplement, la joie sans mélange qu'ils avaient à jouer ainsi devait être communicative.

Quand s'était-elle sentie aussi bien pour la dernière fois ? Elle n'arrivait pas à s'en souvenir. Peut-être fallait-il être un enfant pour ressentir ça. *Et Dieu sait qu'il n'y a plus rien d'enfantin en moi*, songea-t-elle.

Un bruit dans le couloir lui fit tourner la tête vers la porte close. Elle attendit qu'il se répète pour déterminer ce dont il s'agissait, puis elle entendit Toby pousser un gémissement et aboyer avec véhémence.

— Va te coucher ! lui ordonna-t-elle à travers le battant.

En se retournant du côté du lavabo, elle aperçut son reflet dans le miroir. Son visage accusait la fatigue — séquelle d'une nuit blanche suivie d'une longue journée de travail. Elle avait les yeux un peu rouges, soulignés de profonds cernes violacés.

Elle commençait à se détourner de cette image déprimante quand une trace sur le rideau de douche attira son attention. C'était comme si quelqu'un l'avait tiré avec des mains sales.

Dan ? se demanda-t-elle, examinant la chose de plus près. Ce n'était pas une trace de saleté. Dan avait dû se couper le doigt et venir se laver à l'eau et au savon avant de chercher un pansement dans l'armoire à pharmacie.

Dans la baignoire plutôt qu'au robinet du lavabo ?

Elle baissa les yeux sur l'eau qui était en train de remplir la baignoire. En se penchant pour la faire couler, elle aurait sans doute remarqué des gouttes de sang sur les robinets.

Toby aboya encore avec insistance, puis se mit à gratter à la porte de plus en plus vite, comme s'il essayait de creuser un trou dans le bois. Sarah alla lui ouvrir la porte d'un geste brusque. Dérouté, le chien recula d'un pas ou deux, les yeux luisant dans la pénombre.

— Mais enfin, qu'est-ce qui te prend, bonhomme ?

A peine avait-elle ouvert la bouche qu'il se rua dans la pièce, la bousculant au passage.

— Oh, non, ça, pas question !

Sarah essaya de lui barrer le chemin avec son genou, sans aucun succès. Toby dérapa sur le carrelage en faïence et alla se réfugier derrière la cuvette des toilettes, comme s'il craignait d'être battu. Sarah aurait voulu le gronder, mais aucun son ne sortit de sa bouche.

Le chien avait laissé dans son sillage des traces de sang sur les carreaux blancs…

Sarah tourna les yeux vers le couloir obscur.

8.

Dès que Mac eut franchi le seuil de la maison, une puissante odeur de renfermé et de moisissure le prit à la gorge ; elle formait un désagréable contraste avec l'air vivifiant du dehors.

Il s'attarda un moment dans cette pénombre fétide, s'imprégnant du climat ambiant. Quelque part, un bébé pleurait, poussant de longs cris perçants qui portaient sur les nerfs. Un poste de télévision braillait dans l'appartement du fond. Aucun bruit ne provenait de celui de droite, d'où le gamin lui avait fait signe.

Mac leva les yeux sur l'escalier dont la rampe de bois sculpté témoignait de l'élégance d'un temps révolu. Le tapis devait être d'époque, lui aussi, à en juger par l'épaisseur de crasse qui en masquait les arabesques.

Deuxième étage. Mac commença à monter et s'aperçut, en approchant du premier, que le bébé devait habiter là. Il criait de plus en plus fort, sans s'arrêter pour reprendre son souffle. Il devenait urgent de le calmer avec quelque tétine, berceuse ou biberon, songea Mac qui était pourtant profane en la matière.

Il dépassa ce palier et gravit le dernier étage où la chaleur devenait intolérable. Du moins, les bruits du dessous s'étaient estompés. Par contraste, le second semblait inoccupé : aucun bruit de radio ou de télévision — pas le moindre signe de vie.

S'était-il déplacé pour rien ? Il vérifia que la porte du 3B se trouvait bien à droite sur le palier, séparée du haut de l'escalier par un étroit couloir. L'air du dehors, qui entrait par une fenêtre à guillotine à demi relevée, ne suffisait pas à rafraîchir l'atmosphère confinée de l'immeuble.

Il aurait bien voulu ôter son blouson, mais impossible de le faire sans dévoiler le holster qu'il portait en bandoulière. Après tant d'années passées dans la police, il se sentait presque nu s'il ne le glissait pas sous sa veste en s'habillant, le matin.

Il s'approcha de la porte de Sarah et, avant de frapper, colla un instant son oreille au battant. Aucun bruit ne lui parvint de l'intérieur. Soit il s'agissait d'une femme particulièrement discrète, soit elle n'était pas chez elle.

Après avoir grimpé deux étages, il n'avait pas l'intention de partir sans tenter sa chance. Il appuya sur le bouton de la sonnette et entendit le carillon retentir quelque part dans l'appartement. Puis il se pencha en avant, posant de nouveau son oreille contre le panneau de bois.

Presque immédiatement, des pas résonnèrent de l'autre côté. Dès qu'ils approchèrent — plus rapidement qu'on aurait pu s'y attendre —, il recula d'un pas et se plaça face au judas afin de se montrer.

Quand elle le reconnaîtrait, elle refuserait peut-être de

lui ouvrir. Il devait accepter ce risque. De toute façon, après le message qu'elle avait reçu, elle n'ouvrirait certainement pas sans savoir qui c'était.

Les pas s'arrêtèrent et il supposa qu'elle regardait par le judas. Au bout d'un instant, il leva la main pour frapper. Avant d'avoir achevé son geste, il entendit le déclic du verrou qu'on tirait, et resta un moment le poing en l'air, hésitant.

Quand la porte s'ouvrit, le visage de Sarah Patterson apparut dans l'entrebâillement, blême, avec des yeux immenses aux pupilles légèrement dilatées.

Pour avoir été souvent témoin de scènes analogues au cours de sa carrière, Mac reconnut l'expression de terreur avant même que la jeune femme ait ouvert la bouche.

— Qu'est-ce qui se passe ?

— Il y a du sang sur mon chien.

— Votre chien est blessé ?

— Non, je ne crois pas. Mon ex-mari était là en fin d'après-midi.

Un peu dérouté par ce coq-à-l'âne, Mac essaya d'imaginer ce qui avait pu la mettre dans un état pareil.

— Vous pensez que votre mari a fait du mal au chien ?

— Non, non, ce n'est pas le chien qui saigne. J'étais sur le point d'aller dans la chambre pour savoir ce que c'était et puis… vous avez sonné.

— Vous croyez que votre mari est blessé ? demanda Mac, s'efforçant de relier les éléments de cette explication incohérente.

— Je n'en sais rien. En voyant ce sang, j'ai d'abord cru…

— Qu'est-ce que vous avez cru, madame Patterson ?

Elle secoua la tête comme pour récuser ce qu'elle avait failli dire.

— Voudriez-vous venir voir avec moi ? Quand j'ai découvert ce sang, je me suis affolée. A cause du message d'hier soir, bien sûr. Mais bon… Dan est peut-être blessé. Si vous pouviez juste m'accompagner dans la chambre…

A ce stade, Mac commençait à comprendre un peu mieux. En découvrant du sang dans l'appartement, Mme Patterson, encore sous le choc du message de la veille, avait fait un rapprochement hâtif entre les deux affaires.

Connaissant Samuel Tate, il y avait effectivement de quoi s'affoler. Même s'il existait une explication tout à fait rationnelle à ce qui se passait.

Mac glissa la main sous sa veste et sortit son browning de l'étui. Le poids familier de l'arme dans sa main avait quelque chose de rassurant.

— Restez là.

— Mon chien est toujours dans la salle de bains.

Etait-ce une mise en garde ?

— Est-ce qu'il mord ?

Une lueur fugitive passa dans les yeux de la jeune femme. Confusion ? Amusement ? Un mélange des deux, peut-être. Puis elle secoua la tête.

— Il est terrorisé. Je l'ai appelé pour qu'il vienne à la porte avec moi mais il se cache derrière les toilettes. Il ne bouge plus de là. En rentrant chez moi, j'ai remarqué une trace de sang sur le rideau de douche. J'ai d'abord pensé que Dan s'était coupé le doigt mais après… Il y en a bien trop.

— D'accord.

Mac parlait de façon délibérément calme et raisonnable.

— Y a-t-il quelqu'un d'autre dans l'appartement ?

— J'ai crié le nom de Dan en revenant de ma promenade avec le chien mais personne ne m'a répondu. J'en ai déduit qu'il était déjà parti, mais à présent…

— Il y a donc le chien dans la salle de bains et peut-être votre ex-mari, ailleurs. Et vous pensez que c'est lui qui a saigné ?

Mac se rendit compte qu'il se laissait gagner par son anxiété. Mais enfin, pourquoi Tate irait-il s'en prendre au mari de Sarah Patterson ?

— Je ne sais pas. J'ai juste vu du sang, et comme personne d'autre n'est venu ici…

— Bon, restez là, répéta-t-il.

— Non ! Je veux savoir ce qui se passe.

Maintenant qu'elle n'était plus seule, elle commençait à se ressaisir. Ses joues avaient repris quelques couleurs, toute trace de confusion avait disparu de son regard. L'état de choc cédait la place à un besoin de comprendre.

Mac ne pouvait pas le lui reprocher. Tout cela n'était sans doute qu'un incident mineur. Le chien s'était coupé la patte sur un éclat de verre, dans la rue, et avec tout ce qui s'était passé ces derniers jours, elle avait cédé à la panique à la vue du sang.

— Alors, restez derrière moi et ne vous éloignez pas. Surtout, ne touchez à rien!

Il passa devant elle et pénétra dans le séjour. Il examina attentivement la pièce sans rien remarquer de spécial. Une porte, à gauche, donnait sur une petite cuisine. Une applique était allumée au-dessus de l'évier, et les vitres de la fenêtre étaient opaques.

Mac se retourna à demi et inclina la tête vers la droite pour savoir si la chambre se trouvait par là. Sarah lui fit signe que oui.

Le couloir lui-même n'était pas éclairé mais il y avait une lumière, un peu plus loin. Mac traversa le séjour en direction de cette lumière, marchant avec précaution, suivi de près par la jeune femme.

En atteignant le couloir, il vit l'interrupteur sur le mur et appuya dessus. Il n'y avait rien de particulier non plus dans le corridor. Des murs couverts jusqu'à mi-hauteur de lambris de bois peint, une porte entrouverte, à gauche, d'où provenait la lumière; une autre, fermée, juste en face — celle d'une penderie, sans doute. Tout au fond, la porte de la chambre était ouverte en grand.

Mac fit quelques pas, jeta un coup d'œil dans la salle de bains. Des traces de pattes ensanglantées, de moins en moins nettes, maculaient le carrelage blanc depuis le seuil jusqu'à l'endroit où était blotti le chien. Au lieu de venir renifler l'intrus, comme la plupart de ses congénères l'auraient fait en pareille circonstance, il resta totalement immobile et regarda le visiteur, haletant, la gueule ouverte et la langue pendante. Visiblement en état de choc, le pauvre animal tremblait de tous ses membres.

Mac inspecta le reste de la pièce sans remarquer d'autre détail intéressant. Il ferma les robinets car la baignoire était pleine et l'eau fumait depuis un moment, à en juger par la buée qui recouvrait le miroir. Le rideau avait été repoussé jusqu'au mur ; dans cette position, on ne pouvait pas voir grand-chose dessus. Hormis la petite armoire à pharmacie, l'unique meuble de la pièce était un grand panier à linge. Aucun endroit où quelqu'un aurait pu se cacher.

De retour dans le couloir, Mac s'arrêta devant la porte d'en face, qu'il supposait être celle d'une penderie. L'ouvrant à la volée, il découvrit une série d'étagères couvertes de linge soigneusement plié. Là non plus, il n'y avait pas moyen de se cacher mais, par mesure de précaution, il se baissa pour regarder sous l'étagère du bas.

Même un rat aurait eu du mal à se dissimuler là-dessous.

Il ne restait plus que la chambre. Mac se tourna vers la pièce plongée dans la pénombre. Ce faisant, il vit que Sarah Patterson avait raison. Les traces de sang laissées par son chien venaient effectivement de là. On les apercevait aussi dans le couloir, bien qu'il soit plus difficile de les distinguer sur le parquet de bois sombre que sur les carreaux blancs de la salle de bains.

Merde ! songea Mac. Normalement, il aurait dû appeler immédiatement du renfort. Sauf qu'il n'y avait rien de normal dans cette situation.

Compte tenu de sa mise à pied, il n'avait aucune raison

valable de rendre visite à Sarah Patterson, et il lui était interdit d'effectuer une perquisition quelconque à son domicile, revolver au poing.

De toute façon, aucun acte criminel n'avait été commis ici. Il pouvait y avoir des dizaines d'explications à ces traces de sang — y compris l'hypothèse que Sarah Patterson avait elle-même avancée. Son mari aurait pu se blesser. Il était peut-être en train de se vider de son sang pendant que Mac perdait de précieuses secondes à inspecter une penderie à la recherche du crétin qui avait laissé un message sur le répondeur.

Il n'y avait aucune raison de penser que Samuel Tate se trouvait dans cette chambre. Et, à en croire les spécialistes du FBI, ce n'était pas lui non plus qui avait laissé ce message. Mac en vint à se demander s'il ne s'était pas laissé influencer par le climat de panique qui régnait ici.

Il traversa le couloir, fit signe à Sarah de le suivre et avança jusqu'à la porte de la chambre. Le dos plaqué au mur, il s'arrêta pour écouter, retenant son souffle. Aucun bruit — hormis le souffle haletant de la jeune femme. Il tourna la tête vers elle et leva une main, paume tournée de son côté, lui faisant signe de ne pas bouger. Elle ferma brièvement les yeux avec un petit hochement de tête.

Mac fit passer le 38 mm dans sa main gauche et glissa la droite dans la pièce, cherchant à tâtons l'interrupteur. Il le trouva, appuya, et deux appliques s'allumèrent instantanément. Rien ne se produisit dans la chambre brusquement illuminée. A première vue, la pièce était déserte.

Il entra et examina plus attentivement les lieux, tenant

à deux mains son arme brandie devant lui. Une penderie ouverte, à gauche, regorgeait de vêtements pendus sur des cintres, au-dessus d'une rangée de chaussures posées à même le sol. Le lit était fait mais le jeté de lit, légèrement tiré du côté opposé à la porte, laissait apercevoir le dessous du meuble… et des traces de sang, plus distinctes ici que dans le couloir.

Mac jeta encore un coup d'œil sur la penderie. Elle était équipée d'une de ces portes coulissantes bon marché dont une moitié recouvre l'autre pour donner accès à chaque côté. Ce qui signifiait qu'il y avait assez de place pour se cacher à l'intérieur.

Sans quitter le lit des yeux, il s'en approcha à pas feutrés et tira d'une main, d'un seul coup, les deux vantaux à la fois.

Il ne découvrit que des vêtements accrochés, encore des chaussures, quelques boîtes en carton, fermées. Rien de plus.

Mac retourna vers le lit et se baissa juste un peu pour regarder en dessous, là où le couvre-lit était soulevé. Apparemment, personne ne s'y cachait.

C'était l'instant de vérité, songea-t-il, replaçant sa main gauche sous celle qui tenait le revolver. En trois enjambées, il gagna le pied du lit. De plus près, on voyait que la carpette avait absorbé le sang ; ses fibres en étaient imprégnées. A présent, il pouvait sentir l'odeur à laquelle s'ajoutait la puanteur caractéristique presque toujours liée à une mort violente. Les muscles du sphincter et ceux de la vessie se relâchent brutalement au moment où la vie quitte le corps.

« Pourvu que ce ne soit pas un enfant ! » Il en avait tant vu… tant de proies faciles. C'était l'injustice suprême — l'intolérable.

Il franchit le dernier mètre qui le conduirait de l'autre côté du lit, préparé — croyait-il — à ce qu'il allait voir.

Il ne l'était pas. Comment aurait-il pu l'être ?

Mac tourna la tête, complètement bouleversé. Il s'aperçut alors que Sarah s'était approchée pour voir ce qui lui avait fait cet effet.

— Dan, murmura-t-elle. Oh, mon Dieu… Dan !

— C'est votre ex-mari ?

La jeune femme opina, puis porta vivement les deux mains à sa bouche. Elle vomit une fois avant de partir en courant vers la salle de bains.

Tant bien que mal, Mac reporta les yeux sur le cadavre qui gisait entre le lit et le mur. Les sévices avaient-ils été faits avant ou après la mort ? Le sang versé semblait vouloir dire… avant. En tout cas, l'auteur du meurtre ne semblait pas avoir traîné. Cela n'avait rien à voir avec les longues tortures à caractère sadique dont Samuel Tate s'était fait une spécialité. Cette mort-là avait dû être assez rapide, du fait de la violence qui l'avait précédée. Dan Patterson avait la gorge tranchée d'une oreille à l'autre — et si profondément qu'il était presque décapité.

En outre, comme pour faire bonne mesure, le couteau qui avait servi à l'égorger était planté jusqu'à la garde dans l'un de ses yeux grands ouverts.

9.

— Donc, vous êtes sortie pendant… quoi ? Disons, quarante, quarante-cinq minutes, maximum ?

Sonny Cochran interrogeait Sarah avec toute la patience dont il était capable. Ils étaient assis avec Mac dans la salle de séjour, pendant que les experts examinaient le lieu du crime.

— A peu près.

La jeune femme parlait d'une voix relativement ferme, compte tenu de la situation.

Depuis l'endroit où il était assis, Mac pouvait voir le chien, que les enquêteurs avaient tiré de son refuge pour l'attacher au pied de la table, dans la cuisine. Sa laisse était assez longue pour lui permettre d'atteindre le pas de la porte. Au début, il se levait en remuant la queue chaque fois que quelqu'un arrivait, dans l'espoir d'être délivré. Maintenant, il semblait résigné et restait couché sur le seuil, le museau posé sur ses pattes de devant.

A l'abandon. L'expression convenait à tout, par ici, songea Mac. Depuis le quartier délabré jusqu'à ce pauvre chien terrifié, en passant par l'immeuble qui abritait cet appartement. Sans parler de la femme que Sonny était en train d'interroger.

— Vous n'avez rien remarqué d'inhabituel quand vous êtes entrée ici ?

— Il y avait un verre sur le bord de l'évier.

— Un verre ?

La voix de Sonny trahissait un intérêt subit — du moins pour Mac, qui en connaissait les moindres nuances.

— J'ai pensé que Dan avait eu soif pendant qu'il travaillait.

— Ce verre est encore là ?

— Dans l'évier. Mais je l'ai rincé. J'ignorais…

Elle laissa sa phrase inachevée, mais la suite était évidente. Comment aurait-elle pu deviner que ce verre revêtirait une importance quelconque ?

— Et dans la salle de bains…, reprit-elle.

— Vous avez vu quelque chose dans la salle de bains ? demanda Sonny, comme elle hésitait.

— Il y avait du sang sur le rideau de douche. Assez haut, comme si quelqu'un l'avait repoussé pour atteindre les robinets de la baignoire.

— C'est ce qui vous a fait supposer que votre mari s'était coupé, ajouta Mac, précisant la chose à l'intention de son coéquipier.

Personne n'avait tenté de le mettre à la porte. Il laissait Sonny mener l'enquête lui-même, se tenant légèrement à l'écart.

Tant que Morel ne décidait pas de venir, il n'avait rien

à craindre en restant là. Les experts de la Crim' n'étaient pas encore au courant de sa mise à pied.

— Dan est toujours en train de se blesser. Il est entrepreneur en maçonnerie.

Mac remarqua qu'elle parlait au présent. Rien de tout ceci n'était encore assimilé. Le traumatisme était trop important. Ce qui expliquait, malheureusement, pourquoi elle réagissait aussi bien.

— Le rideau de douche avait donc été repoussé, reprit Sonny, revenant à leurs moutons. Pourquoi, à votre avis, aurait-on fait cela ?

— J'ai pensé que Dan avait voulu laver sa blessure dans la baignoire. Sur le moment, j'ai trouvé étrange qu'il n'ait pas plutôt fait ça dans le lavabo.

— Il va falloir examiner les tuyaux, déclara Sonny tout en griffonnant sur son calepin.

— La baignoire est pleine, lui dit Mac. Aucune empreinte possible de ce côté-là.

— Je comptais prendre un bain, expliqua Sarah.

Elle semblait un peu sur la défensive.

— Veille bien à ce qu'ils emportent le rideau de douche, dit Mac à Sonny.

— C'est Tate, déclara inopinément la jeune femme. Je vous avais bien dit que c'était lui qui m'avait appelée, hier soir.

— L'enquête n'est pas encore assez avancée pour se prononcer…, commença Sonny.

— A votre avis, que s'est-il passé, agent Cochran ?

Elle ne cherchait pas à dissimuler son animosité.

— Vous pensez qu'un passant s'est pointé, comme ça, pour tuer Dan ?

— C'est une possibilité, répondit posément Sonny. Pour le moment, aucune hypothèse ne peut être écartée.

— La porte de l'immeuble n'était pas fermée quand je suis arrivé. Apparemment, il n'y a aucun souci de sécurité, ici.

Tout en parlant, Mac se rappela le garçon, à la fenêtre du rez-de-chaussée. Sur le moment, il s'était dit que l'enfant avait entendu sa voiture s'arrêter ou aperçu la lumière des phares. Mais il était possible qu'il soit régulièrement à l'affût de tout ce qui se passait dehors, auquel cas il avait sans doute remarqué quelque chose. Un détail susceptible de les intéresser.

— Ils mettent une cale pour empêcher la porte de se refermer, dit Sarah.

— Qui ça, « ils » ? demanda Sonny.

— Je ne sais pas. J'ai toujours pensé que c'était quelqu'un du rez-de-chaussée mais bon… il n'y a pas de raison, en fait.

— Donc, n'importe qui peut entrer dans l'immeuble sans être obligé de sonner chez l'un de ses occupants.

Sonny parut réfléchir à toutes les possibilités que cela impliquait.

— Il y a beaucoup de passage, en général ?

— Pas au deuxième étage. Mais dites, l'idée d'un passant qui se serait pointé, comme ça, au hasard, c'était de l'ironie, n'est-ce pas ?

— Et le gamin du rez-de-chaussée ? demanda Mac.

Pour la première fois depuis le début, Sarah tourna la tête pour le regarder.

— Qu'est-ce que vous voulez savoir sur lui ?

Elle avait dit ça de façon presque agressive, et Mac ne put s'empêcher de se demander pourquoi.

— Il regardait par la fenêtre quand je me suis garé. Il est peut-être coutumier du fait ?

Sarah continua de le dévisager, cherchant visiblement à suivre le cours de ses pensées.

— Vous pensez qu'il a pu voir l'individu qui est entré dans la maison, en fin d'après-midi ?

— Il m'a bien vu, moi !

— Seulement, il était dans le parc, à ce moment-là.

A ce moment-là ?

— Vous voulez dire, au moment où le meurtre a été commis ? demanda Sonny.

Elle hocha affirmativement la tête.

— Comment savez-vous ça, madame Patterson ? demanda Mac.

— Parce qu'il était avec moi. Nous sommes allés promener le chien pendant que Dan travaillait ici.

— Vous avez déclaré que votre ex-mari venait pour vous installer un système d'alarme.

— Oui, c'est ça. En fait, il voulait prendre des mesures et revenir l'installer demain. Je lui avais donné…

Elle se tut et Mac la vit pâlir brusquement.

— Oui ?

— Je viens de me rappeler que j'ai remis à Dan mon double des clés. Est-ce qu'on pourrait essayer de le retrouver ?

— Quoi, le trousseau de clés ?

Sonny la considéra d'un air perplexe mais dès qu'elle eut mentionné l'existence d'une autre clé, Mac comprit ce qu'elle redoutait : la personne qui avait tué son ex-mari avait très bien pu la subtiliser. Si les enquêteurs ne la trouvaient pas…

— Nous allons nous en occuper, promit-il. Vous affirmez donc que le petit n'aurait pas pu être à sa fenêtre pendant que M. Patterson se trouvait dans l'appartement.

— Dwight — c'est son prénom — attendait devant ma porte, quand je suis rentrée du travail. Dan est arrivé cinq minutes plus tard. J'ai emmené Toby et le gamin au parc. A notre retour, il faisait déjà nuit. J'ai raccompagné Dwight chez lui avant de remonter.

— C'est alors que vous avez appelé votre mari sans obtenir de réponse, dit Mac, complétant son récit grâce aux explications qu'elle lui avait déjà données.

— J'ai cru qu'il avait fini son travail et qu'il était parti. Dwight n'a rien pu voir. Le monstre qui a fait ça a dû s'introduire ici pendant notre promenade au parc.

Essayait-elle de le dissuader d'interroger le petit ? se demanda Mac. Il relégua la question dans un coin de son esprit car ce qu'elle venait de dire ouvrait une nouvelle perspective qu'il n'avait pas encore envisagée.

— Ou bien il était déjà là.

Il y eut un silence.

— Que voulez-vous dire ? murmura-t-elle.

— Vous êtes allée dans la chambre avant de sortir promener le chien ?

— Vous pensez qu'il était dans l'appartement, en train de m'attendre ? demanda-t-elle avec une expression d'horreur sur le visage.

— Etes-vous entrée dans la chambre ?

Elle fit non de la tête, fixant des yeux le fond du couloir.

— Je suis allée chercher la clé dans la cuisine. J'étais déjà entrée une fois pour prendre la laisse du chien. Je ne suis pas allée au fond, mais s'il était déjà là…

Alors, ce ne serait pas l'œuvre d'un cambrioleur surpris. C'était aussi ce que pensait Mac. Le couteau planté dans l'œil ne faisait pas penser à la réaction de quelqu'un qui se fait prendre la main dans le sac, au milieu d'un cambriolage. Pas même si le type était un peu fêlé.

— Il n'y a aucune raison de penser qu'il vous attendait, madame Patterson, intervint Sonny.

Son regard indiquait qu'il n'aimait pas du tout ce que Mac venait de suggérer.

— Aucune raison non plus de croire que vous étiez personnellement visée, dans l'affaire.

— Sauf que c'est arrivé chez moi.

— D'accord, mais il était parti à votre retour du parc. Ce qui montre qu'il ne voulait pas s'en prendre à vous.

Bien entendu, aucun flic n'aurait envie de croire que c'était Tate, compte tenu des gaffes qui avaient conduit à sa libération puis à sa disparition, songea Mac.

— Cela peut aussi signifier qu'il avait une raison de partir avant qu'elle ne rentre, avança-t-il.

Il vit son coéquipier s'empourprer. Mac n'était pas censé

leur mettre des bâtons dans les roues. Sa présence étant tout juste tolérée, il aurait dû se sentir tenu d'observer une certaine neutralité.

— Quel genre de raison ? demanda Sonny avec une pointe d'ironie.

Mac se leva et se dirigea vers le téléphone. Le voyant rouge du répondeur clignotait toujours. Il l'avait remarqué plus tôt, sans penser que cela pouvait être important. Mais à présent…

— Je ne suis pas sûr qu'ils aient relevé les empreintes là-dessus, lui dit Sonny en voyant qu'il s'apprêtait à appuyer sur le bouton d'écoute.

— S'il avait touché au répondeur, il ne clignoterait plus, dit Mac sans le regarder.

Il enfonça la touche et entendit sa propre voix.

— Madame Patterson, ici l'agent Donovan. Je me demandais si vous accepteriez de me recevoir un instant. Je suis dans le quartier, donc si je pouvais passer vers 17 h 30, j'aimerais vous poser quelques questions à propos du message que vous avez trouvé hier soir sur votre répondeur.

La voix métallique de l'appareil énonça ensuite la date et l'heure. 17 h 15.

Mac n'avait pas voulu la prévenir trop à l'avance ; il ne lui avait pas non plus laissé son numéro de portable afin de lui offrir le minimum de chances de s'opposer à sa venue. Il s'était dit qu'une fois sur place il trouverait bien le moyen de l'amadouer.

— Je suis prêt à parier que l'heure du décès est assez

proche de celle-là, dit-il. A mon avis, le type était là quand j'ai appelé.

— Tu crois qu'il est parti à cause de ça ? demanda Sonny. Parce qu'il a entendu ton message ?

Mac remarqua que son coéquipier semblait envisager cette éventualité.

— Je crois que c'est possible, répondit-il. Surtout si Mme Patterson constate que rien n'a disparu chez elle. Auquel cas, la théorie du cambriolage pourrait être écartée.

Tout semblait en ordre dans l'appartement. Aucune pièce n'avait été mise sens dessus dessous comme cela se produit quand des voleurs cherchent de l'argent ou des bijoux. Bien sûr, ils auraient pu manquer de temps, mais Mac avait l'intime conviction que la piste du cambriolage n'avait aucun sens.

— Avez-vous constaté la disparition d'un objet de valeur ? demanda Sonny à Sarah.

— Je ne possède aucun objet de valeur, répondit-elle.

— Votre chien aurait-il laissé entrer quelqu'un dans l'appartement en votre absence ?

— Il n'a rien d'un chien de garde. Quand nous l'avons adopté, nous pensions qu'il nous apporterait une certaine protection mais…

Elle secoua la tête.

— Nous avons vite compris qu'il ne fallait pas y compter.

— Autrement dit, quelqu'un aurait pu s'introduire chez vous sans qu'il ameute tout l'immeuble ?

— Comment aurait-on pu entrer ici ? La porte était fermée à clé.

— Les verrous ne dissuadent que les honnêtes gens, madame Patterson. Si quelqu'un veut réellement entrer chez vous, il saura comment s'y prendre. Y a-t-il une sortie de secours côté chambre ? demanda encore Sonny.

— Oui.

— La fenêtre est toujours fermée ?

— Naturellement.

— Je n'ai pas vu de débris de verre, intervint Mac.

A vrai dire, il n'en avait pas cherché. Il n'avait pas regardé grand-chose d'autre que tout ce sang et la position grotesque du couteau.

— On aurait pu utiliser un système de ventouse : découper un morceau de vitre pour passer la main et ouvrir de l'intérieur.

Ils en revenaient à la théorie du cambriolage. Tout le monde, à la Crim', serait ravi que ça prenne, mais Mac n'y croyait vraiment pas. Et il commençait à soupçonner Sonny d'être extrêmement sceptique, lui aussi.

— Le couteau est-il à vous ?

— Quoi ?

Manifestement, la jeune femme ne s'était pas encore posé la question.

— Je ne… enfin, c'est possible, murmura-t-elle.

A en juger par son regard, l'image du cadavre venait de lui revenir à l'esprit.

Mac jeta un coup d'œil sur Sonny, qui acquiesça tacitement.

— Pourriez-vous aller vérifier, je vous prie ?

— Là-bas ? dit-elle en tournant la tête vers le couloir, l'air angoissé.

— A l'endroit où vous rangez les couteaux, répondit Mac.

Sarah se leva et gagna la cuisine, tandis que Mac lui emboîtait le pas. Comme elle s'apprêtait à ouvrir un tiroir, près de l'évier, il lui captura vivement le poignet. Un poignet aussi délicat que celui d'un enfant, se dit-il.

Elle leva sur lui des yeux effarouchés. Peut-être n'aimait-elle pas qu'on la touche ? Ou alors elle n'avait pas compris la raison de son geste.

— Il pourrait y avoir des empreintes.

Il glissa son stylo à bille à l'intérieur de la poignée chromée, prenant soin de ne pas toucher le centre, puis tira délicatement vers lui jusqu'à ce qu'il lui soit possible de saisir les bords intérieurs du tiroir. Il l'ouvrit ensuite suffisamment pour voir son contenu. Les couverts étaient disposés dans les casiers d'un bac qui occupait les trois quarts de la place. Les couteaux de cuisine, plus aiguisés que les autres, se trouvaient dans l'espace restant.

— Le plus grand n'y est pas, dit Sarah d'une voix à peine audible.

Tate emportait toujours ses outils. Dans sa fourgonnette, après l'accrochage, l'agent avait découvert une valise qui contenait tout son matériel.

Mac se demanda si on le lui avait rendu lors de sa libération.

Soudain, Sarah vacilla légèrement à côté de lui. Il plaça aussitôt une main sous son coude.

— Ça ne va pas ?

— Je trouve ça encore pire, d'une certaine façon.

Il hocha la tête comme s'il comprenait.

— Ils vont en parler aux actualités ? demanda-t-elle en levant les yeux sur lui. Est-ce qu'ils citeront le nom de Dan ?

Le fait que Patterson soit le père d'une des victimes et qu'il ait été tué dans les jours suivant la libération de Tate avait de quoi exciter les médias. Et, pour couronner le tout, sa femme avait essayé d'abattre Tate…

— Je ne voudrais pas que sa mère l'apprenne à la télé, poursuivit-elle. Louise ne va pas bien. Ça va lui faire tant de mal… Elle habite avec lui.

— Voulez-vous que j'envoie un agent le lui annoncer ?

Sarah réfléchit un instant, puis elle finit par secouer la tête.

— Non. Il vaut mieux que ce soit moi. Je lui dois au moins ça. Après la mort de Danny…

— Je vais vous emmener.

Mac se demanda ce qui lui prenait. Morel n'aurait pas voulu qu'il approche Sarah Patterson à moins de cent mètres — encore moins qu'il la conduise en voiture. Surtout avec le vent de folie qui allait leur souffler dessus dès que la presse serait au courant.

Cela dit, l'instinct protecteur qui s'était éveillé en lui depuis qu'il l'avait vue sur les marches du palais de justice n'avait pas faibli ; il avait même plutôt tendance à se renforcer. Dans la situation où il se trouvait...

— Merci. Croyez-vous que nous pourrons partir bientôt ?

— Dès que vous serez prête.

Sonny n'allait pas apprécier, mais Mac se sentait capable de faire avec. Ils n'avaient aucune raison valable de placer Mme Patterson en garde à vue. Elle ne pouvait être considérée ni comme suspect ni même comme témoin du crime.

Si ce qu'elle leur avait dit à propos de sa promenade au parc avec le gamin était vrai, elle avait un solide alibi, puisque le meurtre avait sans doute été commis pendant ce laps de temps.

Il se rappela alors qu'il voulait aussi parler au garçon. Cela se passerait peut-être mieux si la jeune femme était avec lui. Le gamin la connaissait et ses parents avaient manifestement assez confiance en elle pour lui confier leur fils.

— Au fait, j'avais oublié... il faut que j'emmène Toby, dit-elle. Ça ne vous ennuie pas ? Je ne peux pas le laisser ici. Pas avec...

Elle laissa sa phrase en suspens, pointant le menton vers le fond de l'appartement.

— Et puis, il est terrifié.

Mac hésita.

— Il n'est pas embêtant, ajouta-t-elle d'un ton persuasif. Il se couchera sur le siège arrière et il dormira tout le long du trajet. Il adore se promener en voiture, et il n'en a plus tellement l'occasion, à présent.

— Vous allez rester chez votre ex-belle-mère, cette nuit ?

Elle n'aurait sans doute pas envie de revenir ici — c'était tout naturel. Pourtant, elle n'en prit apparemment conscience qu'avec la question de Mac.

— Je n'y avais pas pensé. Ce serait préférable, en effet.

— Elle ne dira rien, pour le chien ?

— Toby a vécu longtemps là-bas. Louise a l'habitude. C'était le chien de la maison. Et je ne le laisserai pas ici, de toute façon.

— Vous désirez prendre quelques affaires ?

Elle regarda machinalement du côté de la porte ouverte. Il comprit alors qu'elle redoutait de retourner dans cette chambre.

— Je peux le faire à votre place, dit-il. Voulez-vous une chemise de nuit ? Votre brosse à dents ? Des vêtements de rechange ?

Il ne lui parla pas de sous-vêtements mais ne put s'empêcher d'y penser — ni de se demander, au passage, le genre de dessous qu'elle portait.

Il se reprocha aussitôt sa goujaterie, songeant que c'était le corps de son mari qui gisait à quelques mètres de là. Enfin, son ex-mari, corrigea-t-il mentalement — et définitivement ex, maintenant.

Au bout d'un moment, elle refusa d'un signe de tête.

— J'emprunterai des affaires à Louise. Dans l'immédiat, j'ai surtout hâte de partir d'ici.

— Si vous alliez chercher votre chien et une veste ? Je vais donner une réponse à l'agent Cochran, pour le couteau.

Elle opina d'un air absent et promena son regard autour d'elle, dans la cuisine.

— Voilà le verre que j'ai trouvé, dit-elle en désignant l'évier.

— Je lui en parlerai aussi. Allez prendre ce qu'il vous faut.

Il ne voulait pas la laisser seule dans la cuisine. L'appartement tout entier était le lieu d'un crime, et ils ne pouvaient pas se permettre la moindre erreur, cette fois-ci. Posant une main sur son épaule, il l'éloigna en douceur du tiroir à couverts et du verre, dans l'évier.

— Dites-lui que c'est Tate, ajouta-t-elle en levant sur lui un regard suppliant.

Il acquiesça, et elle accepta alors d'avancer. Pas vers la porte mais vers le chien.

L'animal se redressa en position assise, de nouveau plein d'espoir. Sarah se baissa pour détacher sa laisse puis, sans le lâcher, elle s'agenouilla près de lui et enfouit le visage dans son épais pelage.

Quelques secondes passèrent, et Mac commençait à se poser des questions quand il vit les épaules de la jeune femme bouger. Elle ne faisait aucun bruit. Son corps était seulement secoué de sanglots silencieux.

Le chien se laissait aller contre elle, avide de contact. « Quand “nous” l'avons adopté », avait-elle dit. Rétrospectivement, Mac comprit que Toby avait dû être le chien de son fils.

Cela peut arriver à tout le monde d'être à bout. Avec

tout ce qu'elle avait enduré, on aurait pu croire que Sarah Patterson avait dépassé ce stade depuis longtemps mais, apparemment, elle avait réussi à tenir le coup, envers et contre tout. Elle avait un emploi, un logement décent. Elle s'occupait du chien de son fils assassiné.

Ce soir, en rentrant chez elle après une journée de labeur, cette femme avait découvert son ex-mari égorgé comme un animal de boucherie dans sa propre chambre.

Il y avait de quoi sangloter. Et elle avait bien le droit de sangloter dans son appartement, même si c'était le lieu du crime.

10.

— Je vais la conduire chez sa belle-mère. Elle tient à lui faire part elle-même de ce qui s'est passé. Tu n'y vois pas d'inconvénient ?

Sonny, qui supervisait le décrochage du rideau de douche, jeta de mauvaise grâce un coup d'œil derrière lui.

— Ça ne va pas plaire à Morel.

— Qu'il aille se faire voir ! Elle ne veut pas que sa belle-mère apprenne ça par les médias. De toute façon, tu n'as pas l'intention de la convoquer au commissariat ce soir, et elle ne peut quand même pas dormir ici cette nuit.

Pour répondre, Sonny attendit que l'expert chargé du rideau de douche soit passé devant Mac, les laissant tous les deux seuls dans la salle de bains.

— Alors, qu'est-ce que tu en penses ?

— Je pense que l'opinion publique va te mener la vie dure.

— Bon sang, Mac, tu commences à parler comme Morel !

— Je suis à bonne école.

— Je faisais allusion à l'auteur du crime.

— Elle dit que c'est Tate.

— Je sais très bien ce qu'elle dit. Je veux savoir ce que toi, tu penses. Tu devais appeler le FBI.

— Ils doutent que Tate s'amuse à laisser des messages, mais c'est une hypothèse qu'on ne peut pas écarter totalement.

— Ça nous aide drôlement.

— Le couteau vient du tiroir de la cuisine, dit Mac.

— Et Tate a son propre matos.

— Au fait, tu sais ce qu'il est devenu, son matos ? La jolie panoplie que notre blanc-bec a sortie de la fourgonnette.

— Aucune idée. On a dû la garder. Ce qui ne veut pas dire qu'il se pointerait les mains vides. Ça ne lui est jamais arrivé.

Samuel Tate appartenait à la catégorie, répertoriée par le FBI, des « tueurs organisés » chez lesquels chaque étape du crime est soigneusement préparée selon un plan bien précis. En dépit des mutilations qu'il infligeait à ses victimes, sa nature méticuleuse se manifestait tout au long de la perpétration du crime. Aucun accès de frénésie sanguinaire ne lui faisait perdre la tête. D'après les profileurs, la maîtrise de soi était aussi importante pour lui que la domination exercée sur autrui.

— Si c'est Tate…, commença Mac.

— Ce n'est pas lui. C'est quelqu'un qui a vu ce que Mme Patterson voulait faire et qui avait envie d'entrer en action. Malheureusement pour lui, son ex s'est trouvé au mauvais endroit, au mauvais moment.

— Tu as intérêt à bien réfléchir avant de crier ça sur les

toits, Sonny ! Dis à Morel d'être prudent. Les gens ne se sentiront pas rassurés d'apprendre que deux tueurs rôdent dans les parages.

— Il y a un homicide pratiquement chaque nuit, par ici. Celui-là n'a rien de différent des autres.

— Tu rigoles ou quoi ? On ne tardera pas à établir le rapprochement.

— Possible. Mais on va tout faire pour retarder ce moment-là. Et quand il arrivera, on aura déjà mis la main sur le bonhomme.

Mac comprit que Sonny ne croyait pas plus que lui à ce qu'il racontait.

— Appelle-moi demain, dit-il.

— Tu t'aventures en terrain mouvant. Je te conseille de faire profil bas.

— Promis, dit Mac.

— Je ne parle pas de l'affaire en cours. Ce n'est pas le moment de te battre contre des moulins à vent.

— Don Quichotte avait un grain.

— C'est bien ce que je dis.

— Elle est drôlement secouée, la pauvre !

— Autrement dit, elle est à la merci du premier venu. Ce n'est pas ton genre, Mac.

Vulnérable, elle l'était certainement. Et bien plus qu'ils ne le supposaient jusqu'ici.

— Tu crois que c'est pour ça que je m'occupe d'elle ?

— Je dis simplement que le moment est mal choisi pour la draguer.

— Va te faire foutre ! lança Mac.

Puis il se détourna pour aller rejoindre Sarah. Elle l'attendait sur le seuil du séjour, sa veste sur le dos, tenant le chien en laisse.

— Quelque chose ne va pas ? demanda-t-elle en le dévisageant avec attention.

— Tout va très bien.

Tout, excepté le fait qu'il soit mis à l'écart de la principale affaire de sa carrière et que tout le monde semble déterminé à la saboter. En plus, on l'accusait d'avoir des intentions cachées alors qu'il s'efforçait seulement de venir en aide à autrui.

— Vous êtes prête ?

Elle l'examina encore un instant, puis hocha la tête.

— Dois-je leur donner un numéro où ils pourront me joindre, le cas échéant ?

— S'ils en ont besoin, ils n'auront qu'à chercher dans l'annuaire.

Sans réfléchir, il posa une main au creux des reins de la jeune femme, l'entraînant vers la porte. Quand elle marcha près de lui, il fut de nouveau frappé par son apparente fragilité.

Il respira à fond, réprimant la rancœur qui l'assaillait de nouveau. Puis il ouvrit la porte et regarda le chien la tirer vers l'escalier. Quoi que Sonny puisse en penser, sa proposition de la conduire en voiture n'avait rien à voir avec l'attirance qu'il éprouvait pour elle.

Un flirt était bien la dernière chose dont Sarah Patterson eût besoin en ce moment. Et Mac avait toujours eu horreur de ces dragueurs sans scrupule qui ne reculent devant aucune audace. Il ne faisait rien de plus que l'accompagner chez sa belle-mère, et ensuite il ne la reverrait probablement plus jamais.

Peut-être était-ce préférable, du reste.

— Tu ne pouvais donc pas laisser tomber ? dit la mère de Dan Patterson. C'est le boulot de la police, pas le tien.

— Louise, je suis profondément navrée mais… la police estime que ça n'a rien à voir avec le fait que j'aie voulu régler son compte à Tate.

Sarah parlait d'un ton conciliant mais la réaction de sa belle-mère lui causait un désarroi évident.

Mac ne s'attendait pas à ça, lui non plus. La colère de Louise Patterson était probablement le fruit du chagrin et de la stupeur, auxquels Sarah avait réagi par un calme anormal. Les traits de la vieille dame s'étaient décomposés à l'annonce de la mort de son fils, mais ses larmes avaient très vite cédé la place aux reproches.

— Je te l'avais dit ! reprit Louise, sans prêter attention à la douleur qui perçait dans la voix de Sarah. Je t'avais dit de tourner la page, il y a déjà deux ans, mais tu ne voulais rien entendre. Et maintenant, tu vois le résultat ?

— Madame Patterson, votre belle-fille n'est en rien responsable du drame qui s'est produit ce soir, déclara Mac, jugeant que Sarah avait déjà été suffisamment traumatisée.

La vieille dame le dévisagea une seconde ou deux avant de reporter son attention sur Sarah, et les jérémiades reprirent comme si de rien n'était.

— Ce n'était pas assez que nous ayons perdu Danny. Maintenant, il a aussi tué Dan. Et tout ça à cause de toi. Emporter une arme au palais de justice, comme si tu avais le droit d'abattre cet homme !

— J'avais le droit.

Sarah laissa enfin éclater sa colère.

— Cette ordure a égorgé mon fils et ils l'ont laissé en liberté.

— Maintenant, Dan est mort à son tour. C'est ce que tu voulais, peut-être ?

— Madame Patterson..., reprit Mac.

— Ce n'est pas vrai, coupa Sarah avec plus de véhémence que lui. Je n'ai jamais voulu qu'il arrive quoi que ce soit à Dan, et vous le savez.

— Je sais que tu lui as brisé le cœur. Et je sais qu'il est mort. Comme mon petit-fils. J'espère que tu es contente de toi, Sarah. Tu voulais punir Dan pour la mort de Danny. Eh bien, voilà, il est assez puni à ton goût, j'imagine ?

— Je vais téléphoner à votre sœur, dit Sarah d'une voix éteinte, comme si l'ardeur qui l'animait un instant auparavant était brusquement retombée. Je lui dirai de venir et de rester quelque temps avec vous.

Elle se leva, prit sa veste et l'enfila sans un regard pour Mac ou pour Louise. L'air frais du dehors pénétra dans la maison quand elle ouvrit la porte. Elle la fit ensuite claquer derrière elle, laissant Mac en tête à tête avec la mère de Dan.

La vieille dame baissa la tête et enfouit son visage dans

ses mains. Elle demeura prostrée, sans rien dire, comme si elle avait oublié la présence de Mac.

Il resta assis quelques minutes, s'interrogeant sur l'éventuel réconfort qu'il pourrait apporter à l'une ou à l'autre. Enfin, il se leva à son tour, terriblement embarrassé d'avoir assisté à cette scène. Le siège en Skaï fit assez de bruit pour que Mme Patterson l'entende, bien qu'elle n'ait pas relevé la tête.

— Vous allez tenir le coup jusqu'à l'arrivée de votre sœur ?

Pas de réponse.

— Madame Patterson ?

La silhouette tassée au fond du fauteuil resta totalement immobile.

— Je vais m'en aller pour raccompagner votre belle-fille. Quelqu'un sera bientôt là, avec vous, ajouta-t-il pour faire taire sa conscience.

Elle ne leva pas les yeux sur lui, et c'était sans doute préférable, jugea Mac. Il cherchait seulement une excuse pour s'échapper de cette pièce surchauffée où flottait une odeur un peu désagréable, probablement liée à la vieillesse et à la solitude.

Il gagna rapidement la porte que Sarah venait de claquer, mais ne put s'empêcher de regarder en arrière avant de l'ouvrir. La mère de Dan Patterson était recroquevillée dans son fauteuil, les épaules voûtées, le visage toujours caché dans ses mains. Elle n'avait pas changé de position quand il referma doucement derrière lui.

*
* *

— Elle a tort, vous savez, dit Mac.

L'esprit vide, Sarah contemplait les rares lumières brillant aux fenêtres de quelques maisons disséminées le long de la route de campagne.

Ils ne s'étaient pratiquement pas parlé depuis qu'elle avait demandé à Mac s'il voulait bien lui prêter son portable pour appeler Pauline, la tante de Dan.

— Vous n'êtes pas responsable des actes d'un détraqué, poursuivit-il.

— Même si c'est moi qui l'ai incité à faire ce qu'il a fait ?

— Vous n'en savez rien. Vous ne savez même pas si le meurtre de votre ex-mari a un rapport quelconque avec ce que vous avez fait.

Elle regarda de nouveau par la vitre. Où allaient-ils ? Où pourrait-elle bien aller, désormais ?

— Louise finira par en prendre conscience, dit encore Mac.

— Elle en est au premier stade d'une sorte de démence, alors… c'est peu probable. Et, d'ailleurs, c'est sans importance.

Rien ne semblait plus avoir d'importance, à présent. Pas même Tate.

Elle se serait sentie moins abattue si elle avait pu retrouver au moins une étincelle de la colère qui lui avait fait emporter une arme dans son sac, l'autre jour, songea-t-elle. Maintenant, c'était comme s'il ne restait plus aucun élan vital au fond d'elle-même.

Un désespoir incommensurable la submergeait. Elle n'éprouvait plus qu'une grande tristesse accompagnée d'un sentiment d'inutilité, de vacuité. Un profond épuisement aussi, qui semblait la priver de toute force, aussi sûrement…

Elle respira à fond, s'interdisant ce genre de comparaison. Elle avait fini par acquérir une solide expérience pour chasser de son esprit les souvenirs insoutenables. Parfois, elle en arrivait presque à ne plus pouvoir penser à rien, lui semblait-il.

— Maladie d'Alzheimer ?

Il parlait de Louise, bien sûr.

— Il est encore difficile de le dire, mais… c'est probable. Ça progresse très lentement. Je n'étais pas allée la voir depuis bien longtemps — trop longtemps, ajouta Sarah, exprimant le second remords qui la tenaillait ce soir-là. Elle voulait toujours parler de Danny et savoir quand nous allions recommencer à vivre ensemble, Dan et moi. Nos entrevues devenaient trop pénibles : j'ai fini par cesser d'y aller.

— Vous devez tenir compte de son état.

Il faisait allusion à ce qu'elle avait dit, et c'était logique, évidemment. Sauf que…

— Sauf qu'elle n'a pas tort à propos de mon comportement.

Un silence s'installa entre eux. Il se tourna vers elle, cessant un instant de regarder la route.

— Votre comportement ?

— Après la mort de Danny. J'ai accablé Dan de reproches.

J'ai fait exactement comme Louise, ce soir, parce que j'avais besoin de m'en prendre à quelqu'un… Comme s'il n'avait pas perdu son fils, lui aussi. Alors, ce qu'elle a dit tout à l'heure… ce n'était que justice.

— Il ne s'agit pas de justice ou de reproches, ni même du besoin de s'en prendre à qui que ce soit, madame Patterson. Il est seulement question des détraqués qui sévissent en ce monde. Quoi qu'en dise votre belle-mère, vous n'êtes pas responsable de la mort de son fils. Le seul coupable, c'est celui qui a pris ce couteau dans votre cuisine pour l'égorger.

— Croyez-vous vraiment qu'il puisse s'agir d'un inconnu ? Un cambrioleur ?

Il mit si longtemps à répondre que Sarah se demanda s'il avait vraiment penché ne serait-ce qu'un instant pour cette théorie.

— Sonny a raison, dit-il enfin. A ce stade, ça peut être n'importe qui : quelqu'un qui a eu envie de se joindre à Tate, par exemple.

— Ou bien ?

Un certain manque de conviction, dans la voix de l'agent, encourageait la jeune femme à insister.

— Ou bien Tate vous considère comme un danger potentiel.

— Il peut ! Je le tuerais sans l'ombre d'une hésitation.

Sans doute pensait-il, comme elle, au jour où il l'avait empêchée de l'abattre. Elle lui en avait terriblement voulu pour ça, et elle lui en voulait encore plus aujourd'hui. Même divorcée de Dan, elle lui restait attachée comme au seul homme qu'elle ait aimé. Et puis, il était le père de Danny — et il serait encore en vie si Mac Donovan n'avait pas épargné Tate.

Dans l'immédiat, pourtant, elle n'arrivait pas à éprouver de véritable ressentiment. Peut-être était-elle simplement trop fatiguée pour ça. Ou bien la sollicitude de l'agent avait-elle désamorcé sa colère. Comment savoir ? En tout état de cause, elle était dans la voiture du flic qui avait protégé l'assassin de son fils, et elle n'avait plus assez d'énergie pour le maudire.

Mais elle n'avait plus aucune envie de penser à ça. Elle voulait juste fermer les yeux et oublier tout ce qui s'était passé. Si seulement elle pouvait rayer de sa vie ces cinq derniers jours, à partir du moment où elle avait sorti le revolver de son sac… Car, quel que soit l'auteur du meurtre de Dan, Louise avait raison : si elle n'était pas allée attendre Samuel Tate à la sortie du tribunal, l'autre jour, rien de tout cela ne serait arrivé.

11.

— J'ai réfléchi, dit Mac.

Sarah tourna la tête vers lui mais il mit plusieurs secondes à trouver le courage de lui dire à quoi il avait réfléchi.

— Vous ne pouvez pas retourner chez vous.

Il s'abstint de préciser qu'elle ne pouvait manifestement pas non plus aller passer la nuit chez son ex-belle-mère.

— Avez-vous envisagé d'aller à l'hôtel ? Avec le chien, ça risque d'être un peu compliqué.

Elle laissa passer un long moment avant de répondre :

— Je n'ai pas de carte de crédit pour l'hôtel, et je ne sais pas au juste combien j'ai d'espèces sur moi. Je n'ai pas eu le temps de faire le compte cet après-midi parce que j'étais pressée de retrouver Dan à l'appartement après le travail mais… je ne pense pas avoir assez pour payer.

Qui ne possède pas une carte de crédit, de nos jours ? se demanda Mac.

— Si vous alliez chez des amis ? suggéra-t-il.

— Non, répondit-elle simplement, après une autre pause.

Lui qui attendait des explications, il en fut pour ses frais.

— Très bien. Dans ce cas... j'ai un canapé dans le séjour.

Les mots avaient franchi ses lèvres avant qu'il ait eu le temps d'apprécier la pertinence de sa proposition. Mais ça allait de soi, après tout.

Il ne pouvait pas la laisser comme ça. Certes, il y avait plusieurs foyers d'hébergement en ville, mais outre le fait que Sarah Patterson devait être entendue dans une enquête criminelle, elle était aussi une victime potentielle.

Pendant qu'il s'efforçait de se justifier ainsi à ses propres yeux, les paroles de Sonny résonnaient dans sa tête de façon déplaisante. Ce n'était pas parce que son coéquipier l'avait accusé de draguer Sarah qu'il devait, pour lui donner tort, se sentir dégagé de toute obligation à l'égard de la jeune femme. Après tout, s'il ne l'avait pas empêchée de tirer sur Tate...

— Vous proposez de m'héberger, c'est ça ?

Il ne put discerner aucune émotion dans sa voix. Elle ne semblait ni offusquée ni reconnaissante.

— Eh bien... C'est strictement...

Strictement quoi ? se demanda-t-il, cherchant le mot qui conviendrait : professionnel ? Neutre ? Quoi ? Comme il ne trouvait aucune expression satisfaisante, il se reprit :

— C'est juste pour vous laisser le temps de réfléchir et de prendre des décisions.

Elle ne répondit pas, mais Mac sentit qu'elle l'observait.

Il tourna la tête et croisa son regard. Il le regretta aussitôt.

Elle paraissait complètement paumée. Abattue. Vulnérable.

— Etes-vous certain que…

Elle dut chercher les mots justes, comme Mac quelques secondes plus tôt.

— Vous êtes sûr qu'il n'y aura pas de problème ?

— Tout à fait sûr.

— Vous n'êtes pas marié ?

— Divorcé. C'est dans la police que le taux de divorces est le plus élevé.

Cela faisait partie des choses qu'il avait lues quelque part et qui lui étaient restées à la mémoire. Peut-être y avait-il puisé une consolation, en se disant que sa rupture avec Karen venait de là.

— Pas d'enfant ?

— Non, Dieu merci.

Il craignit aussitôt d'avoir fait une gaffe. Dire qu'il était content de ne pas avoir d'enfant à une femme qui avait perdu le sien, ça manquait un peu de délicatesse.

— Un divorce, c'est dur pour les enfants.

— Votre femme n'aimait pas que vous fassiez ce métier ?

Il n'en savait trop rien. Mais même si c'était le cas, il n'y avait pas que ça.

— A la fin, elle n'aimait pratiquement plus rien de ce qui faisait notre vie.

Un autre silence. Evidemment, le récit de ses malheurs n'appelait pas tellement de commentaires.

— Je n'ai rien emporté, dit-elle finalement. Aucun vêtement.

— Je vous trouverai quelque chose pour la nuit.

— Et vous êtes vraiment sûr... ?

La question resta en suspens.

Il n'était sûr de rien mais il n'y avait pas d'autre solution.

— Je passe souvent la nuit sur le canapé, de toute façon.

— Ah bon ? Pourquoi ?

— Je m'endors en regardant la télé. Le bruit me tient compagnie, et puis le lit vide n'a rien de tentant.

C'était la première fois qu'il cherchait les causes de cette habitude un peu bizarre.

— C'est vraiment très gentil à vous, dit-elle.

— Voulez-vous que je m'arrête au supermarché pour que vous achetiez une brosse à dents ? Quelque chose à manger pour le chien ?

— Il a déjà eu son repas du soir mais... je lui donne aussi des croquettes le matin.

— Nous allons faire des courses : vous avez sans doute besoin de quelques petites choses. Moi, je vais acheter des croissants pour le petit déjeuner... Avez-vous seulement dîné, ce soir ?

Si elle avait eu le temps de nourrir le chien, peut-être s'était-elle confectionné un sandwich avant d'aller prendre son bain.

— Je n'ai pas faim.

— Il faut que vous mangiez un peu.

En l'occurrence, il était difficile de lui reprocher son manque d'appétit, mais elle ne semblait pas avoir beaucoup de réserves. Il n'avait pas envie qu'elle se trouve mal. L'entendant soupirer, il crut que son insistance l'exaspérait. Mais elle le surprit en déclarant :

— Tout compte fait, je mangerais bien un croissant.

— Entendu.

— Avez-vous proposé de m'héberger parce que vous pensez réellement que Tate m'attendait chez moi, cet après-midi ?

Mac dut réfléchir un instant. Pourtant, il n'était pas vraiment surpris par la question. Pendant que Sonny l'interrogeait, Sarah était déjà passée avec une facilité déconcertante d'un état de choc évident à une clairvoyance étonnante.

Il envisagea de mentir, puis changea aussitôt d'avis. Elle avait le droit de connaître sa conviction intime.

— Je pense que c'est possible, dit-il.

— Et vous vous sentez responsable ?

Ce n'était pas le cas. Du moins, pas avant qu'elle ait formulé cette idée. Maintenant qu'elle en parlait...

— Je suis policier, madame Patterson. Mon métier consiste à protéger les gens. Et actuellement vous avez besoin de cette protection.

La froideur de sa réponse n'était pas volontaire. N'empêche qu'il venait de l'envoyer promener purement et simplement.

La jeune femme garda le silence. Au bout d'un moment, elle tourna de nouveau la tête pour regarder défiler les ombres nocturnes par la vitre du 4x4.

Mac sentit contre son visage quelque chose de froid, d'humide et d'assez inhabituel pour le tirer de son sommeil de plomb.

Il leva une main et entra en contact avec une masse poilue.

— Mais qu'est-ce que c'est que ce bazar ?

Il était enfin suffisamment réveillé pour se rendre compte que le chien lui reniflait le visage. Il essaya de le repousser, sans le moindre succès. Le chien revint à la charge et réussit à lui lécher le menton avant que Mac ait pu se protéger.

— Il a toujours eu un faible pour la gent masculine.

La voix provenait du fond de la pièce. Comme pour le chien, un instant auparavant, Mac mit quelques secondes à l'identifier. Et quelques autres à se rappeler pourquoi Sarah Patterson et son chien se trouvaient dans son appartement.

— Ici, Toby !

Elle fit claquer sa langue sans que le chien lui prête la moindre attention.

Le bruit permit à Mac de la repérer. Assise sur le parquet, le dos appuyé au mur, elle était vêtue du T-shirt qu'il lui avait prêté pour la nuit. On distinguait la forme blanche à la lueur des lampes halogènes qui éclairaient le parking, au pied de l'immeuble. Le visage n'était qu'une pâle esquisse, mais il discerna la tache plus sombre de la bouche quand elle reprit la parole.

— Je suis désolée qu'il vous ait réveillé.

Le chien fit une autre tentative d'approche mais, cette fois, Mac fut assez rapide pour esquiver le coup de langue. Il s'arrangea pour transformer son geste instinctif de défense en un semblant de caresse car le pauvre animal lui faisait pitié. Les événements de la soirée puis ce long trajet en voiture et, finalement, l'arrivée dans un lieu totalement inconnu, tout cela avait dû le plonger dans une situation d'insécurité.

Mac leva les yeux vers la fenêtre qui laissait pénétrer la faible lumière des réverbères. Il faisait encore nuit noire. L'état d'hébétude où il se trouvait aurait suffi à l'en persuader, mais le fait que Sarah soit déjà debout le perturbait.

— Qu'est-ce que vous faites là ?

— Je n'arrivais pas à dormir.

Comment s'en étonner ? Il était toutefois surprenant qu'elle ne se soit pas contentée de lire dans son lit en attendant de trouver le sommeil.

— Est-ce que ça va ?

Il se souleva davantage pour essayer de la voir un peu mieux. Il avait pas mal insisté pour dormir sur ce canapé, supposant qu'elle se sentirait moins embarrassée si elle pouvait s'isoler dans la chambre.

Après leur arrivée, il y avait eu quelques moments de gêne, notamment pour décider où chacun dormirait. Et aussi quand il avait sorti un T-shirt d'un tiroir pour le lui donner.

Ils avaient encore dû s'entendre à propos du chien. Attaché, il se tiendrait tranquille, disait Sarah, soucieuse de ne pas déranger son hôte. Mac s'y était opposé, jugeant que l'animal avait été assez traumatisé comme ça. Il avait installé pour lui, dans la cuisine, un bol plein d'eau et la boîte qu'ils avaient achetée en chemin.

— Oui, enfin… je n'ai pas dormi très longtemps, je suppose.

— Vous avez fait un cauchemar ?

Cela expliquerait qu'elle ait peur d'être seule. Comme s'il était nécessaire de trouver une explication supplémentaire, après la découverte qu'ils avaient faite dans sa chambre, cette nuit-là.

— Ça n'arrête pas de tourner dans ma tête. Je n'arrive pas à faire le vide.

Mac hocha la tête, puis se rendit compte qu'elle ne le voyait probablement pas.

— Les souvenirs traumatisants deviennent des obsessions. Difficile de les chasser.

— J'ai fini par y arriver, après avoir découvert ce qu'il avait fait à Danny.

A force de vivre pendant des mois parmi toutes ces photos dans la salle du département spécial, Mac avait dû se battre, lui aussi, contre ces images récurrentes. Et il ne connaissait même pas ces gamins. Le fait de savoir que ces supplices avaient été infligés à quelqu'un que l'on aimait lui semblait presque inconcevable.

— Voulez-vous un peu de café ? demanda-t-il en se redressant enfin en position assise.

Pendant qu'il fouillait dans sa commode à la recherche d'un T-shirt pour Sarah, il en avait profité pour prendre un pantalon de survêtement qu'il avait enfilé. Ce n'était pas sa tenue habituelle pour dormir, mais cette nuit n'avait rien d'habituel non plus.

— Etes-vous prêt à vous lever ?

— Pourquoi pas ? Nous n'allons pas nous rendormir, je suppose.

— Je pourrais dire que je ne voulais pas vous réveiller, sauf que… ce ne serait pas vrai.

— Vous m'avez envoyé Toby exprès ? demanda Mac en caressant le chien derrière les oreilles.

Elle rit — et ce rire, venant de la pénombre, avait quelque chose de rassurant.

— Disons que je n'ai pas cherché à le retenir. C'est probablement moi qui l'ai réveillé.

— Ce n'est pas grave. Je ne dors pas beaucoup, de toute façon. C'est une chose qu'on apprend vite dans ce métier.

— A se priver de sommeil ?

— A le prendre quand on peut, où l'on peut. A s'en passer quand il le faut.

— C'est-à-dire ?

— Quand on n'arrive pas à faire le vide dans sa tête.

— Ça vous arrive ?

— Pas aussi souvent qu'au début. Avant…

Il s'interrompit, songeant à l'époque où il avait débuté dans la police. Il avait vomi à la vue de son premier macchabée — un noyé que les hommes-grenouilles venaient de remonter du fleuve. Le pire, c'était souvent la puanteur, mais il n'y avait pas que ça. Le climat de Louisiane n'était pas tendre pour les cadavres abandonnés dans la nature : la chaleur et l'humidité accéléraient la putréfaction. Les insectes et les bestioles pullulaient.

C'était en partie pour cela que Tate avait réussi à dissimuler ses crimes pendant si longtemps. Mais Mac n'était certes pas près de partager ces réflexions avec la mère de Danny Patterson.

— Les premiers mois, reprit-il, il n'y avait pas moyen de me sortir tout ça de la tête. On ne tient pas le coup bien longtemps si l'on n'arrive pas à se faire une raison.

— Et vous y êtes arrivé ?

— Il m'a fallu du temps.

Elle ne lui demanda pas comment il avait fait. Il n'aurait pas su le lui dire, du reste. On apprend juste à ne pas penser à certaines choses. A ne pas s'imprégner des images. A ne pas associer mentalement ce qu'on a vu à des personnes réelles.

Il n'aimait pas beaucoup s'appesantir là-dessus mais il ne pouvait pas non plus nier l'évidence. Il avait eu énormément de mal avec les gamins. Impossible de prendre tout le recul nécessaire.

Le silence s'installa entre eux pendant un long moment. Il aurait pu être pesant mais ce n'était pas le cas. Au contraire, il semblait presque les rapprocher — ce qui était, somme toute, aussi étrange que tous les autres événements survenus au cours de cette longue nuit.

— Je boirais bien un café, déclara-t-elle enfin.

— Moi aussi, dit Mac.

Il se sentait complètement sonné mais il savait, par expérience, que ça allait passer. Une dose massive de caféine pouvait accomplir des prodiges. Il avait déjà commencé à s'extirper tant bien que mal du canapé quand la voix de la jeune femme stoppa net son élan.

— Je ne sais pas pourquoi vous faites tout ça pour moi. Est-ce à cause de la culpabilité ? Je l'ignore. En revanche, je sais pertinemment que ça va bien au-delà de ce qu'exige votre devoir de policier, alors…

Elle hésita un moment.

— Je devrais vous remercier, murmura-t-elle enfin. Je sais qu'il y a beaucoup de gens qui font l'impossible pour épingler Tate. J'en suis parfaitement consciente, quoi que j'en dise. Personne ne peut souhaiter qu'il commette de nouvelles horreurs.

— Non, admit Mac.

Aucun des flics qui avaient travaillé sur ces affaires ne le voulait, bien entendu. Même s'ils avaient mis un temps infini à comprendre ce qui se passait, et malgré toutes leurs maladresses que la presse se plaisait à monter en épingle. Quant au malheureux novice qui avait saboté l'enquête en fouillant le véhicule de Tate sans prendre les précautions d'usage, il avait plutôt péché par excès de zèle.

— Alors, merci, conclut simplement Sarah.

Dans la région, les habitants n'appréciaient pas beaucoup les forces de l'ordre. Mac pouvait compter sur les doigts d'une main le nombre de fois où quelqu'un lui avait dit merci. Il n'en attendait pas tant, du reste. Sauf peut-être à l'époque où il vomissait tripes et boyaux sur un cadavre en décomposition découvert dans quelque bayou. Mais plus maintenant.

Il n'aurait su expliquer pourquoi le fait d'entendre cette femme le lui dire — d'une voix neutre, dans le noir — le bouleversait à ce point. La gorge brusquement nouée par l'émotion, il ne put d'abord prononcer un mot.

— Je vais préparer ce café, lança-t-il enfin tout en abandonnant le canapé moelleux.

Il entendit le cliquetis des ongles du chien qui le suivait dans la cuisine. Un long moment passa avant que la mère de Danny Patterson vienne les rejoindre.

Etant donné ce qu'il avait ressenti quand elle lui avait exprimé sa gratitude, c'était beaucoup mieux ainsi.

12.

Sarah respira à fond et retint son souffle une fraction de seconde avant de tourner la clé. Puis elle poussa la porte de son appartement. Au lieu de se ruer à l'intérieur, comme d'habitude, pour aller voir ses gamelles dans la cuisine, Toby resta dans ses jambes. Bien qu'elle se soit crue parfaitement préparée, Sarah hésita, elle aussi, sur le seuil.

Mac passa devant elle puis se retourna en atteignant le centre de la petite salle de séjour.

— Si vous me dites où regarder, dit-il, je peux rassembler tout ce qu'il vous faut.

Un simple coup de fil lui avait permis d'apprendre que l'examen des lieux du crime était terminé. Sarah en avait conclu que tout ce que la police considérait comme ayant un rapport quelconque avec le meurtre avait été enlevé.

Mais comment aurait-elle pu être préparée au blocage émotionnel qui la paralysait sur le pas de cette porte ? Elle s'imaginait qu'après avoir subi la pire des épreuves elle s'était moralement endurcie. Mais à présent, pétrifiée sur le palier du deuxième étage et incapable de pénétrer dans son propre appartement, elle devait bien admettre qu'elle s'était fourvoyée.

— Sarah ?

La voix de Mac la fit réagir. Elle franchit le seuil, puis referma derrière elle. D'un geste machinal, elle poussa le verrou et se retourna pour le regarder.

Il avait un petit sourire en coin, exactement comme le jour où ils s'étaient croisés dans l'escalier du commissariat.

— Alors, de quoi avez-vous besoin et où dois-je chercher ? demanda-t-il.

— Je m'en occupe.

Elle lui tendit la laisse de Toby, bien décidée à se ressaisir. De quoi avait-elle peur ? Tate n'était sûrement pas caché dans la penderie de sa chambre.

Mais il s'y trouvait peut-être la veille, à la même heure. « Et si tu étais entrée la première, à la place de Dan… »

Mac lui prit la laisse et alla attacher le chien au pied de la table.

— Passez devant, lui dit-il en la rejoignant.

Elle était sur le point de lui signifier qu'elle n'avait pas besoin d'être accompagnée, mais elle se ravisa et obtempéra sans un mot.

Elle dépassa la salle de bains sans même y jeter un coup d'œil. La veille, les experts avaient emporté le rideau de douche taché de sang. Elle ignorait s'ils avaient pris autre chose.

En entrant dans la chambre, elle vit que les portes de la penderie étaient refermées. S'interdisant la moindre hésitation, elle alla ouvrir, faisant glisser un panneau sur l'autre. Puis elle se haussa sur la pointe des pieds pour attraper une petite valise, sur l'étagère du haut.

Avant qu'elle ait pu saisir la poignée, Mac vint se placer derrière elle. Quand il tendit la main par-dessus sa tête, Sarah eut conscience de l'effet que lui faisait sa présence physique — sa stature, sa virilité, l'odeur à la fois fraîche et épicée qui émanait de lui.

Il prit le bagage sur l'étagère et alla le poser sur le lit. Sarah se retourna pour le voir ouvrir la fermeture à glissière et rabattre le dessus.

Pour quelque raison mystérieuse, l'image de la main de Dan portant sa cigarette à sa bouche, la veille, lui vint subitement à l'esprit. Elle l'écarta délibérément et se concentra sur l'instant présent.

Mac l'avait accompagnée chez elle pour qu'elle puisse récupérer ce dont elle aurait besoin pour les jours suivants.

Elle avait appelé son patron en début de matinée pour lui expliquer la situation et solliciter quelques jours de congé — au moins jusqu'à l'enterrement. Bien qu'il l'ait autorisée à prendre tout le temps qu'il lui faudrait, elle ne pouvait pas se permettre de s'absenter trop longtemps, sachant qu'il n'aurait aucun mal à trouver quelqu'un pour la remplacer.

— J'aimerais inspecter un peu les lieux pendant que vous préparez vos affaires. Vous êtes sûre que ça va aller ?

— Oui, ne vous en faites pas, mais… qu'est-ce que vous cherchez, au juste ?

— Je ne sais pas. Quelque chose que les enquêteurs auraient laissé passer.

La veille, il avait suggéré que Tate l'attendait peut-être chez elle. Si tel était le cas, il devait exister des indices sur la façon dont le tueur s'était introduit dans les lieux et l'endroit où il s'était caché.

Sarah ne put s'empêcher de l'imaginer de nouveau dissimulé dans la penderie, derrière elle, et elle se mit à redouter le moment où elle se retrouverait seule dans cette pièce.

— N'hésitez pas à m'appeler en cas de besoin, ajouta Mac. Pour attraper quelque chose, par exemple.

La jeune femme hocha la tête et attendit qu'il soit sorti pour se diriger vers la commode. Elle entreprit méthodiquement de trier ses affaires et de les placer dans la valise. Puis elle ajouta deux ensembles pris sur des cintres dans la penderie.

En allant chercher sa trousse de toilette dans la salle de bains, elle entendit Mac s'affairer de l'autre côté de l'appartement. Elle évita soigneusement de regarder le miroir, au-dessus du lavabo — d'une part pour ne pas contempler l'endroit où le rideau avait été enlevé mais aussi pour échapper au spectacle affligeant qu'offrait son visage marqué par les séquelles de ces derniers jours.

Elle était en train de rassembler ses produits de maquillage quand elle entendit sonner. Ses mains se figèrent. Elle leva machinalement les yeux et vit, dans le miroir, que Mac se tenait sur le pas de la porte.

— Vous attendez quelqu'un ?

La gorge sèche, Sarah fit signe que non.

Il disparut dans le couloir sans qu'elle ait eu le temps de

lui demander ce qu'il comptait faire. Posant son rouge à lèvres sur la tablette du lavabo, elle lui emboîta le pas.

Arrivée dans le séjour, elle le vit coller un œil au judas et dégainer son arme. Il se tourna vers elle et secoua la tête, apparemment incapable de voir qui avait sonné.

Elle se frappa la poitrine de l'index, indiquant que c'était à elle de répondre. S'ils avaient affaire à quelque journaliste, la presse allait jubiler d'apprendre que Mac était là. Cela ne ferait qu'alimenter les spéculations qui allaient bon train depuis la tentative avortée de Sarah, sur les marches du palais de justice. Et cela ne favoriserait pas non plus la réintégration de Mac dans ses fonctions.

Probablement conscient, lui aussi, de ces risques, Mac opina avant de se placer sur le côté de la porte, où il ne serait pas visible quand elle ouvrirait. Sarah s'approcha à son tour. Elle s'apprêtait à tourner la poignée quand on sonna une seconde fois.

— Qui est là ?

— Je vous ai vue rentrer.

Dwight. En reconnaissant sa voix, elle éprouva un mélange de soulagement et d'exaspération.

— Je peux dire bonjour à Toby ?

— Pas maintenant, Dwight. J'ai beaucoup de choses à faire.

— Vous n'allez pas le promener ? J'ai apporté sa balle.

— C'est le gamin du rez-de-chaussée ? demanda Mac en rangeant le revolver dans son étui.

Sarah hocha affirmativement la tête. Sans lui laisser le

loisir de protester, Mac fit tourner le verrou et ouvrit la porte.

Surpris, Dwight regarda tour à tour les deux adultes.

— Je m'appelle Dwight David Ingersoll.

— Mac Donovan.

Mac lui tendit une main où disparut la menotte que lui tendait l'enfant.

— Tu as vu tout ce va-et-vient, hier ?

— Un peu. Je vous ai vu, vous.

— Tu étais à une fenêtre du rez-de-chaussée. Tu m'as fait un petit salut, n'est-ce pas ?

Dwight acquiesça, ravi de n'être pas passé inaperçu.

— Tu fais signe à toutes les personnes qui arrivent par l'allée ?

— Juste aux gens qui ont l'air sympa.

Mac esquissa un demi-sourire mais parvint à garder son sérieux.

— Merci pour le compliment. Je trouve que tu as l'air sympa, toi aussi.

— C'est vous qui allez promener Toby au parc ?

— Si nous y allions tous les trois ? suggéra Mac.

Sarah savait qu'il voulait parler au garçon, la veille, mais il devait bien comprendre son désir de le tenir à distance. Dan avait été tué sans autre motif que les relations qu'il entretenait avec elle. Pourquoi mettre cet enfant en danger sous prétexte qu'il avait peut-être vu quelque chose d'intéressant ?

— Je ne crois pas que nous ayons le temps.

— Ah bon ? Je ne vois pas pourquoi, dit Mac en haussant

les sourcils comme s'il essayait de lui faire comprendre ses intentions.

Exaspérée, Sarah renonça aux subtilités. Tant pis pour ce que Dwight pourrait en penser.

— Je vous ai dit qu'il n'était pas chez lui hier à cette heure-là. Il n'a rien pu voir. Il se promenait au parc avec moi.

— Pour la première fois ?

— Pardon ?

— Etait-ce la première fois que vous alliez au parc ensemble ?

— Il fallait que je demande la permission, dit Dwight. Ma mère ne voulait pas que je dépasse le coin de la rue.

— Alors, s'il vous épiait, dit Mac à Sarah, il vous a déjà vue avec lui.

— Qui ça ? demanda Dwight, ses yeux passant de nouveau de l'un à l'autre.

— Personne, répondit machinalement Sarah.

— Un homme qui vient quelquefois dans cette maison, corrigea Mac. Tu crois que tu pourrais te rappeler tous les gens que tu as vus arriver par l'allée, ces jours-ci ?

— Je ne suis pas tout le temps là. Je vais à l'école : je suis en CM1 au groupe scolaire Davidson. Ma maîtresse s'appelle…

— Si vous tenez absolument à parler avec lui, faites-le au moins entrer, dit Sarah.

L'idée que quelqu'un puisse les épier lui donnait la chair de poule. Cela dit, Mac avait probablement raison : si Tate la suivait depuis deux ou trois jours, il était déjà au courant de ses relations avec Dwight Ingersoll.

— Et ce sont les seuls hommes de race blanche que tu as vus récemment dans le coin ?

— Il ne faut pas faire attention à la couleur de la peau, déclara le gamin. Ma maîtresse dit que ça n'a pas d'importance.

Sauf que sa maîtresse n'était pas à la recherche d'un tueur en série, songea Mac.

— Ecoute, nous essayons de retrouver un homme blanc, voilà pourquoi je t'ai donné cette précision, expliqua patiemment Mac.

— Je n'en ai pas vu d'autre que ceux que je vous ai dit.

Le garçon se mit à grignoter le dernier biscuit au beurre de cacahuètes qui se trouvait dans le paquet que Sarah lui avait donné. Il les avait tous mangés délicatement, en gardant l'intérieur pour la fin et en les faisant tourner consciencieusement entre ses doigts pendant que Mac l'interrogeait.

Mac comprit alors que quelque chose clochait — depuis l'allure générale du gamin, l'obsession qu'il manifestait pour Toby et Sarah, jusqu'à son petit signe par la fenêtre, la veille au soir. La façon dont il mangeait ses biscuits venait juste compléter un faisceau d'indices évidents. Dwight Ingersoll n'était pas un garçon tout à fait comme les autres.

De ce fait, même s'il leur avait fourni un renseignement quelconque permettant de penser que Tate rôdait peut-être dans les parages, son témoignage n'aurait pas eu la moindre chance d'être pris en compte par un tribunal. Surtout avec un avocat de la défense qui connaissait son métier.

— Bon, je pense que ça suffira, déclara Mac. Ton aide nous a été précieuse.

Visiblement aux anges, le gamin leva sur lui un visage rayonnant. Ce n'était probablement pas tous les jours qu'il recevait des compliments.

Sarah consulta Mac du regard, s'efforçant d'attirer son attention.

Au début, elle l'avait laissé seul avec Dwight pour qu'il l'interroge. Elle était revenue au bout de dix minutes avec sa valise. Assise dans le fauteuil le plus proche du vestibule, elle n'avait pas dit un mot durant le reste de leur entretien.

— Je crois que Toby aimerait sortir, maintenant, dit Dwight, le regard plein d'espoir. Il en a assez d'être enfermé.

— Ce n'est pas le moment, répondit Sarah. Je vais m'absenter pendant quelques jours. Quand je reviendrai, nous retournerons au parc et tu pourras lui lancer la balle. Je sais que Toby adore jouer avec toi. Tu vas lui manquer.

Le garçon changea de visage. Sa déception était presque palpable. Sur le moment, Mac craignit de le voir fondre en larmes mais, apparemment, Dwight Ingersoll surmontait les frustrations plus facilement que la plupart des enfants de son âge.

— Nous descendons avec toi, poursuivit Sarah. Il faut que je parle à ta mère.

— Vous n'allez pas lui dire que je vous embête, hein ? Elle n'aime pas que j'embête les gens.

— Bien sûr que non, je ne vais pas lui dire ça ! Tu ne m'embêtes pas du tout, Dwight.

— Je pourrais garder Toby chez moi pendant votre absence. Je m'en occuperais vraiment bien. J'irais le promener tous les jours. Vous pourriez me donner sa gamelle et ses croquettes.

Les mots se bousculaient presque dans sa hâte à tout programmer.

Sarah s'approcha de Dwight et posa une main sur sa joue avec un sourire.

— Je sais que tu prendrais bien soin de lui, seulement… j'ai besoin de l'avoir avec moi.

— Parce qu'il vous manquerait ?

— Exactement. Merci quand même pour ta proposition. C'est très gentil de ta part. (Elle leva les yeux vers Mac). Je crois qu'il est temps d'y aller.

Mac aurait bien accordé au gamin une petite promenade d'un quart d'heure, mais il préféra ne pas insister. Manifestement, la crainte d'attirer l'attention de Tate sur Dwight la tenaillait. Compte tenu des événements, qui aurait pu l'en blâmer ?

Mac se leva à son tour et tendit la main à l'enfant.

— Merci encore pour ton aide, mon grand. Tu crois que je pourrais venir la prochaine fois que vous emmènerez Toby au parc ?

— Bien sûr ! Vous jouerez avec lui si vous voulez. Vous

pouvez sûrement lui lancer la balle plus loin que moi, mais je me débrouille pas mal, quand même.

— Ne l'oublie pas, ta balle ! lui rappela Sarah.

— Oh, non, je ne risque pas ! dit-il en ramassant le jouet. Je vais la ranger dans son casier en attendant votre retour.

— D'accord. Allez, Toby, on y va !

Elle se pencha pour mettre le chien en laisse.

— Tu veux t'en charger pendant que nous descendons ? proposa-t-elle à Dwight.

Le garçon s'empressa d'acquiescer, tandis que ses yeux pâles retrouvaient une lueur d'enthousiasme.

— Rappelle-toi ce que je t'ai dit. Ne le laisse pas te tirer ; il pourrait te faire tomber.

— Je sais. C'est un bon chien, hein ? Un très très bon chien.

Dwight se dirigea vers la porte, le chien trottant allègrement près de lui.

— La mère ? questionna Mac du bout des lèvres.

— Il faudrait l'informer de ce qui se passe.

Elle avait raison, jugea Mac. Si Tate rôdait dans les parages, aucun risque n'était à exclure.

Dwight voulut se servir de la clé qu'il portait autour du cou, mais Sarah insista pour sonner. C'était sans doute le seul moyen de faire connaissance avec sa mère.

Elle dut s'y reprendre à trois fois avant qu'une voix éraillée, presque désincarnée, leur parvienne à travers le battant.

— Qui est là ?

Sarah jeta un coup d'œil à Dwight, qui hocha la tête.

— C'est Sarah Patterson, madame Ingersoll. J'habite au second. Je voulais vous dire un mot à propos de votre fils.

Ils attendirent encore, dans un silence qui commençait à devenir pesant. La porte finit par s'ouvrir de quelques centimètres.

— Qu'est-ce qu'il a encore fait ? Hein, qu'est-ce que tu as fait, Dwight ?

— Il n'a rien fait du tout. Excusez-moi de ne pas m'en être expliquée tout de suite. Je me fais seulement un peu de souci pour lui. Pourrions-nous entrer un instant, je vous prie ?

Visiblement à contrecœur, la mère de Dwight ferma la porte et ôta la chaîne de sécurité avant de rouvrir.

Mme Ingersoll portait un peignoir en chenille rose corail, noué à la ceinture. Elle était pieds nus et ses cheveux passablement ébouriffés pouvaient laisser penser qu'elle venait de se lever.

— Eh bien, qu'est-ce qui vous cause tellement de souci ?

— Pourrions-nous entrer ? répéta Sarah.

— Désolée, c'est le bazar chez moi. Je n'ai pas eu le temps de faire le ménage, aujourd'hui.

— Ça nous est égal. Nous désirons juste être tranquilles pour vous parler.

— Vous avez besoin de tranquillité pour parler de mon fils ? Il doit y avoir quelque chose qui m'échappe…

— Vous avez vu la police, hier soir, n'est-ce pas ? intervint Mac.

— Ouais.

— C'est en partie à cause de cette affaire que nous sommes inquiets.

— Il a fait quelque chose de mal ?

Mme Ingersoll pointa le menton en direction de Dwight.

— Non, madame. Nous voulons juste vous avertir que la sécurité de cet immeuble laisse à désirer, ces temps-ci.

— Ah oui, les dealers… je suis au courant. Mais nous n'avons rien à voir avec ça. Tu n'as pas approché ces gens-là, Dwight ? Je te l'ai interdit.

— Non, m'man.

La joie ne brillait déjà plus dans les yeux du garçon.

— Votre fils n'a rien fait de mal, affirma Sarah. Nous voulions seulement vous prévenir qu'il peut y avoir un certain danger dans le quartier, ces temps-ci. Surtout pour les enfants.

— Quel genre de danger ?

Sarah regarda de manière appuyée le garçon qui tenait toujours Toby en laisse, puis elle leva les yeux sur sa mère.

— Je préférerais ne pas en parler devant lui.

Mme Ingersoll pinça légèrement les lèvres.

— Occupe-toi un peu de mamie, dit-elle enfin à son fils. Va voir si elle n'a besoin de rien.

Docile, Dwight tendit la laisse à Mac qui le gratifia d'un sourire.

— Tu peux lui dire au revoir, si tu veux.

L'enfant se baissa et passa ses deux bras autour du cou de Toby.

— Tu seras bien sage, hein, le chien ? Je garde la balle pour toi. Je vais la mettre dans ma cachette, et on y rejouera ensemble quand tu reviendras.

— Dépêche-toi ! dit Mme Ingersoll.

Dwight lâcha l'animal et se faufila à l'intérieur, passant devant sa mère qui tenait la porte. Elle attendit que ses pas ne soient plus audibles avant de répéter, en s'adressant directement à Mac, cette fois :

— Quel danger ?

— Vous n'êtes certainement pas sans savoir qu'un tueur en série pédophile sévit dans la région depuis quelques années. Nous avons des raisons de penser qu'il était peut-être ici hier soir.

— Ici ? Dans cette maison ? Alors, c'est lui qui a tué l'homme qu'ils ont emporté ?

— C'est possible.

— Et vous croyez qu'il s'intéresserait à mon fils ?

Elle parut vaguement étonnée que Dwight puisse faire l'objet d'une quelconque attention.

— Nous l'ignorons. En tout cas, cet enfant a exactement l'âge et la taille de ses précédentes victimes. Nous avons jugé bon de vous alerter afin que vous puissiez redoubler de vigilance. Gardez-le à la maison.

— Il faut qu'il aille à l'école. J'ai déjà connu ça… Trop de jours d'absence, je veux dire.

Sarah songea que, dans ces quartiers-là, il fallait manquer

la classe les trois quarts du temps avant que quelqu'un intervienne.

— Vous pourriez peut-être l'accompagner, dans ce cas.

— J'ai ma mère à la maison. Je ne peux pas la laisser seule. Elle est… Elle n'a plus toute sa tête.

— Vous ne sortez jamais ?

— Pour faire des courses. (Mme Ingersoll semblait de nouveau sur la défensive). Enfin, les choses nécessaires. Quand ça m'arrive, c'est Dwight qui reste là. On se relaie. Personne ne pourrait tenir le coup vingt-quatre heures sur vingt-quatre. Oh, attendez… Je vous reconnais ! Je vous ai vue à la télé. Vous êtes la femme…

Elle s'interrompit, opérant manifestement le rapprochement entre les derniers communiqués concernant Sarah et les mises en garde qu'elle venait de recevoir.

— Il suffirait peut-être de faire un peu plus attention à lui, suggéra Mac. Maintenant que vous êtes au courant de la situation, si vous remarquez quoi que ce soit d'insolite…

Il lui tendit une carte.

— … n'importe quoi, vraiment, vous pouvez me joindre à ce numéro.

La mère de Dwight acquiesça d'un hochement de tête, prit la carte et la glissa dans la poche de son peignoir. Elle dévisagea encore Sarah d'un air fasciné, comme s'il s'agissait d'une vedette de cinéma.

— C'est tout ? demanda-t-elle ensuite à Mac.

— A moins que vous ayez des questions.

— Vous allez partir ? demanda-t-elle à Sarah.

— Quelques jours, seulement.

— Ça doit être chouette de pouvoir s'en aller un peu d'ici.

Mme Ingersoll leva les yeux sur Mac et le gratifia d'un sourire.

— Ravie d'avoir fait votre connaissance, dit Sarah sans aménité. Votre fils est un enfant charmant. Vous avez beaucoup de chance.

La femme s'esclaffa, mais Sarah s'était déjà éloignée pour ne pas être tentée de dire ce qu'elle pensait.

« Un petit garçon que vous ne méritez pas. Un petit garçon bien vivant. Et si vous ne faites pas attention… »

— Soyez prudente, dit Mac à Mme Ingersoll. Et prenez bien soin de Dwight. Si c'était mon fils, je m'arrangerais pour ne pas le quitter des yeux. Du moins, ces temps-ci.

— C'est ce que je vais faire. Merci de m'avoir prévenue. Je ne manquerai pas de vous appeler si je vois quelque chose d'inhabituel. Au fait, je m'appelle Beverley. Bev pour les intimes.

Tandis qu'elle continuait à minauder, Sarah poussa la porte d'entrée de l'immeuble et inspira profondément l'air frais du dehors pour chasser l'odeur de renfermé qui émanait de cet appartement.

Elle n'était pas sûre que sa mise en garde ait servi à grand-chose. En tout cas, elle aurait essayé.

— Cela explique pas mal de choses, dit Mac en la rejoignant sur le perron.

— Comme l'immense besoin d'attention que manifeste Dwight ?

— Entre autres, oui. Pauvre gosse !

— Vous croyez qu'elle va veiller sur lui ?

— A mon avis, elle ignore où il se trouve, la plupart du temps.

— Pourquoi ? Apparemment, elle ne travaille pas. Vous êtes-vous demandé ce qu'elle entendait par « les choses nécessaires » ? De quelle façon peut-elle bien gagner sa vie ?

— Elle doit toucher des allocations. Sa mère a sûrement droit à une pension d'invalidité. Et le père de Dwight lui verse peut-être de l'argent. Evidemment, tout cela n'exclut pas qu'elle puisse se livrer à des activités illicites.

Telles que la prostitution ? Ou le trafic de drogue ? Sarah ignorait à quoi pouvait penser Mac, mais elle préféra ne pas insister.

Elle en avait appris bien plus qu'elle ne le souhaitait sur la situation de Dwight Ingersoll.

13.

Sarah avait suggéré qu'ils s'arrêtent quelque part sur le chemin du retour pour faire courir le chien. Voilà pourquoi Mac était assis sur un banc, face au fleuve, pendant que Toby fonçait d'un buisson à l'autre, sans doute à la recherche de quelque bestiole.

La jeune femme marchait dans son sillage, sa laisse à la main. Le vent jouait dans ses cheveux, l'obligeant parfois à écarter une mèche de son visage. Malgré sa veste matelassée et son col relevé, sa silhouette était jeune et svelte. On n'aurait jamais dit qu'elle avait été la maman d'un garçon de onze ans.

Elle n'avait pas sollicité Mac pour qu'il se promène avec elle. Pour être honnête, il avait même le sentiment qu'il ne serait pas vraiment le bienvenu. Il envisageait toutefois de passer outre quand son portable sonna.

Il le sortit de sa poche intérieure, jeta un coup d'œil sur le numéro qui s'affichait et ouvrit le boîtier d'une pichenette.

— Salut !

— Salut, dit Sonny. Alors, comment va le désœuvré ?

— Pas trop mal.

— Et la pauv' petite dame ?

— Elle promène son chien.

— Vous êtes encore ensemble ?

Le ton de son coéquipier était tout aussi réprobateur que la veille.

— Et je ne la quitterai pas tant que j'ignorerai ce qui se trame, dit Mac assez vertement.

— Tu as sans doute raison.

— Tiens, c'est nouveau, ça !

— Tu te souviens de la clé qu'elle nous a demandé de chercher ?

La clé de l'appartement que Sarah affirmait avoir donnée à son ex-mari… Mac comprit ce qui allait suivre.

— Je me souviens.

— Elle est introuvable. Ça ne signifie pas forcément que l'assassin de Patterson l'ait prise, mais…

— Mais tu ne dormirais pas là-haut cette nuit.

— Pas avant d'avoir changé la serrure, admit Sonny.

— Peux-tu envoyer quelqu'un faire ça ? En disant que le lieu du crime doit être protégé ou un truc dans ce genre ?

— Pourquoi ne pas t'en occuper toi-même ?

— Je crains que Sarah n'ait pas les moyens, et je doute qu'elle me laisse payer à sa place. Et puis, si c'est bien Tate qui a trucidé son ex, il me semble que la police lui doit au moins ça, tu ne crois pas ?

— Justement, à ce propos…

Mac sentit qu'il n'allait pas apprécier la suite.

— Ouais ?

— Personne ici ne pense que Tate est le coupable de ce dernier meurtre.

Mac se contenta d'en rire.

— Alors, c'est qui, d'après vous ?

— L'individu qui avait laissé ce message à Mme Patterson, peut-être. Ce qui ne veut pas dire que Tate soit inoffensif, bien sûr. Mais, sur ce coup-là, on ne le sent pas, voilà tout.

— C'est un peu fort de café, même de la part de notre brillant service.

— Le meurtre de Dan Patterson n'avait aucun rapport avec le mode opératoire de Tate. Absolument aucun. Patterson n'était pas un enfant. Il a été tué de façon plutôt rapide. Et le meurtre n'a pas eu lieu en territoire neutre.

Tate n'avait jamais, à leur connaissance, mis les pieds chez l'une de ses victimes. Il les enlevait toujours ailleurs qu'à leur domicile. On avait toujours découvert les cadavres en pleine nature, dans des endroits isolés — généralement par hasard et bien longtemps après le meurtre.

La seule victime qu'ils aient trouvée avant que son corps soit trop attaqué par les charognards et les insectes leur avait appris tout ce qu'ils avaient besoin de savoir sur la façon d'opérer du tueur. Sonny avait également raison sur ce point : ces procédés excluaient manifestement toute notion de rapidité.

— C'est qu'il n'avait pas l'intention de supprimer Patterson. Il venait se venger de la femme qui avait voulu le tuer.

A quoi bon prendre la peine de répéter ces arguments ? se demanda Mac tout en parlant. Sonny, lui, ne faisait que réciter sa partition. Il poursuivit néanmoins :

— C'est l'arrivée inattendue de son ex qui l'a contraint à modifier ses plans. Ensuite, quand il m'a entendu annoncer sur le répondeur que j'arrivais, il a décidé de filer. Vos raisonnements n'offrent aucune garantie que ce n'était pas Tate.

— Les tiens ne garantissent pas non plus que c'était lui. Ça ne marchera pas, Mac. Cette affaire-là ne sera même pas transférée au département spécial.

— Bon sang, mais comment ont-ils pu prendre une décision pareille ? C'est lui qui a appelé Sarah, nom de nom !

Sonny garda le silence. La discussion tournait en rond.

— Je vais essayer de faire changer la serrure, dit-il enfin. Pour le reste…

— Pour le reste, vous pouvez tous aller vous faire foutre !

Mac referma le portable d'un coup sec.

Il ferma les yeux, s'efforçant de chasser de son esprit l'image de Dwight Ingersoll et de cette ridicule balle rose. Comme il n'y arrivait pas, il rouvrit l'appareil et composa le numéro de Sonny.

— Cochran à l'appareil.

— Ecoute, Sonny, quelle que soit leur théorie sur le meurtre de Patterson, je t'assure qu'il faut absolument faire surveiller cet immeuble. En permanence.

— Tu sais bien que nous n'avons pas assez d'hommes pour…

— Il ignore peut-être qu'elle est partie. Et dans ce cas, il va revenir.

— Il n'y a aucune raison pour qu'il…

— Ce n'était pas Patterson qui l'intéressait : c'était elle. Et quand il a une idée derrière la tête, notre homme n'aime pas qu'on lui mette des bâtons dans les roues.

— Notre homme, à en croire le FBI, se trouve probablement à des milliers de kilomètres d'ici, à l'heure qu'il est.

— Sauf s'il est en train de faire le guet près de son immeuble, en attendant qu'elle revienne… D'accord, vous refusez l'idée que Tate ait assassiné Dan Patterson, mais qu'est-ce que vous allez faire quand un autre gamin aura disparu ? A propos, il y en a justement un qui habite au rez-de-chaussée : un petit garçon de neuf ans. L'âge idéal, n'est-ce pas ? S'il lui arrive quelque chose, vous n'empêcherez pas les gens de faire le rapprochement entre Tate et le meurtre qui a été commis hier dans le même immeuble. Le meurtre d'un homme dont le fils était l'une des victimes de Tate et dont l'ex-femme a voulu abattre le tueur.

Il y eut un long silence, que Mac respecta consciencieusement.

— Je vais voir ce que je peux faire, grommela enfin son coéquipier.

— Merci.

— Je ne peux rien te promettre, mais je ferai mon possible.

— Et pour la serrure ?

— Je leur dirai qu'il faut protéger le lieu du crime. Ça devrait être fait dans les quarante-huit heures.

— Merci.

— Est-ce qu'elle est sympa avec toi ?

Mac leva la tête, cherchant Sarah du regard. Il l'aperçut, marchant dans sa direction, à une trentaine de mètres du banc où il était assis. Toby, qu'elle avait repris en laisse, remuait joyeusement la queue et traînait pratiquement sa maîtresse pour aller le rejoindre. Un peu haletant, il avait la langue pendante mais semblait en bien meilleure forme que la veille.

Le froid, ajouté à l'exercice qu'elle avait dû faire pour rattraper le chien, colorait les joues de la jeune femme. Des reflets cuivrés et dorés brillaient dans ses cheveux, qu'il avait crus bruns. Décoiffés par le vent, ils dégageaient l'ovale très pur de son visage. Sans aucun maquillage pour les camoufler, des taches de rousseur éclaboussaient son nez et le haut de ses pommettes.

Considérant ce joli minois, Mac dut reconnaître, une fois de plus, que les doutes de Sonny concernant ses motivations n'étaient pas dénués de tout fondement. Sarah Patterson avait vraiment tout pour plaire.

— Oui, répondit-il au téléphone, je n'ai pas à me plaindre. On en reparle demain, d'accord ?

— Elle est là ? Je vois. Sois aussi sage que je le serais à ta place, hein, vieux ?

— Ne t'en fais pas.

Mac referma le téléphone et le remit dans sa poche.

S'appuyant à sa jambe, le chien essaya encore de lui lécher la figure. Il se leva, le gratta légèrement derrière les oreilles.

— Vous avez bien couru ?

— Toby, oui. Moi, j'ai traîné la patte. Avec qui parliez-vous, si ce n'est pas indiscret ?

— Je rappelais Cochran, mon coéquipier. Enfin, mon ex-coéquipier, en l'occurrence.

— Qu'est-ce qu'il voulait ?

Mac hésita, cherchant un moyen de lui annoncer la nouvelle avec ménagement. S'il ne lui disait rien, elle allait lui poser la question dès qu'elle se sentirait prête à regagner ses pénates.

— Ils n'ont pas retrouvé votre seconde clé.

Elle changea aussitôt d'expression.

— Autrement dit, c'est lui qui l'a.

— Pas forcément… Enfin, si, c'est ce qu'ils pensent, et c'est aussi mon avis.

— Ils sont donc bien conscients que c'était Tate ?

— Ce n'est pas la version officielle.

— La version officielle ?

— Disons que ce n'est pas l'interprétation qui sera fournie à la presse… en admettant que les journalistes s'intéressent encore à cette affaire.

— Pourquoi s'en désintéresseraient-ils ? Ils n'ont pas hésité à me poursuivre, il me semble. Et vous aussi, en l'occurrence.

— Ça, c'est un petit plus pour eux, en effet. N'empêche que les flics s'apprêtent à classer l'affaire dans la catégorie des meurtres non élucidés, comme il y en a tant à La Nouvelle-Orléans.

Mac haussa les épaules.

— Effarant! lança Sarah. Ils ne pensent même pas qu'il y ait un lien quelconque avec Tate. (Elle secoua la tête). Quelqu'un devrait peut-être inciter les médias à relier ces divers éléments.

Mac pouvait imaginer la réaction de Morel si cela se produisait. Et si son chef venait à apprendre que Sarah Patterson séjournait actuellement chez lui...

— Vous n'avez pas l'intention de vous en charger vous-même, j'espère?

— Et pourquoi pas? Pourquoi cacher aux gens que cette ordure de sadique continue à rôder dans le coin? Et qu'il ne s'en prend plus seulement aux jeunes garçons, désormais. A présent, personne n'est à l'abri... Je me demande comment la police prendrait la chose.

Le jeu n'en valait pas la chandelle. Ce n'était pas une bonne idée d'alerter les médias. Pas dans ce contexte-là.

— Le public sait très bien que nous avons laissé échapper Tate. Les journalistes seraient prêts à monter ça en épingle. Et, dans l'immédiat, les autorités n'ont pas tort : rien, dans les particularités de ce meurtre, ne permet de l'associer aux agissements de Tate.

— Rien sauf moi, riposta Sarah. Vous ne croyez pas que ce petit détail intéresserait la presse?

— Au moins autant que votre tentative d'abattre Tate sur les marches du palais de justice.

Sur ce point-là, le déchaînement des médias commençait

à se calmer. Dès qu'un journaliste aurait relié le meurtre de son ex-mari à Samuel Tate — ce qui finirait sans aucun doute par se produire —, Sarah Patterson se retrouverait immédiatement dans le collimateur de la presse.

Et dès le moment où elle ferait de nouveau l'objet de l'attention générale, quelqu'un s'apercevrait qu'elle habitait chez Mac, ce qui le placerait, lui aussi, sous les feux de la rampe. Morel allait en faire une jaunisse. Et il ne se gênerait pas pour prolonger sa mise à pied.

— Pourquoi ne pas attendre deux ou trois jours ? suggéra-t-il. L'examen des traces relevées dans votre appartement fournira peut-être la preuve que Tate est passé par là. Grâce à son arrestation, nous sommes maintenant en possession de son ADN et de ses empreintes.

— Mais pourquoi attendre ? demanda Sarah. Pourquoi ne pas obliger la police à présenter son raisonnement alambiqué au public ?

— Eh bien, d'une part, pour éviter de transformer les obsèques de votre ex-époux en un véritable cirque médiatique. J'ai le sentiment que ce ne serait pas l'idéal pour votre belle-mère.

Et, dans l'intérêt de Sarah, mieux valait que les accusations de Louise ne fassent pas la une de tous les quotidiens de la région.

Mac s'abstint cependant de formuler cette réflexion. Il se doutait que la jeune femme agirait toujours selon sa conscience sans tenir compte de ce qui pouvait en résulter pour elle. Mais si elle estimait qu'en faisant trop de vagues elle risquait d'attiser le chagrin de Mme Patterson, peut-être préférerait-elle retarder de quelques jours ses révélations à la presse.

— Savez-vous combien de temps ils vont garder le corps ? demanda-t-elle en ramenant une mèche rebelle derrière son oreille.

— Une autopsie dure habituellement deux jours, maximum. Ensuite, le corps sera rendu à la famille.

— C'est-à-dire à Louise. Seulement, je ne sais pas si elle sera capable de s'occuper de tout.

— Il n'avait pas d'autre famille qu'elle ?

— Sa tante Pauline, une septuagénaire. Il doit y avoir quelques cousins mais ils n'habitent pas la région. Croyez-vous qu'on me laisserait m'en charger ? Qu'ils me remettraient le corps, je veux dire ?

— Officiellement, sa mère est sa plus proche parente.

— Et je ne suis que son ex-femme.

— Exactement.

— Danny a été enterré dans le caveau de famille. J'imagine qu'il en sera de même pour Dan.

— Au cimetière de Madisonville ?

Sarah hocha la tête.

Cela favoriserait la discrétion souhaitée par la police sur le rapport entre les deux crimes. Pour le moment, Mac partageait leur point de vue.

Si les dimensions du cimetière correspondaient à celles de la petite bourgade, il serait aussi plus facile d'identifier les membres de l'assistance — même s'il ne fallait pas s'attendre à ce que Tate vienne se mêler au cortège. Toutefois, la police vérifiait systématiquement qui était présent pour l'occasion.

En tout cas — et quelle que soit la personne qui se chargerait de les organiser —, Mac était bien décidé à se rendre aux obsèques.

14.

L'impression de détente qu'elle avait ressentie en prenant son café, le matin, avec Mac Donovan, s'était dissipée au cours de la journée. Peut-être était-ce dû en partie au souci qu'elle se faisait pour Dwight Ingersoll ou bien à la façon dont Mac avait réagi au refus de ses pairs d'attribuer à Tate le meurtre de Dan. Quel que soit le motif de la tension qui s'était progressivement installée entre eux, elle y était de plus en plus sensible à mesure qu'approchait la perspective de passer une seconde nuit chez lui.

Elle avait réussi à avaler quelques morceaux de pizza, moins par appétit véritable que par conscience de la nécessité de manger quelque chose. Mac avait stoïquement terminé le reste, mais, à en juger par l'amabilité du livreur, Sarah supposa qu'il devait être un gros consommateur de pizzas. Ou bien il offrait des pourboires princiers.

— Encore un peu de vin ? demanda-t-il en tenant la bouteille penchée au-dessus du verre de Sarah.

— Non, merci.

— Pas terrible, hein ? Quelqu'un m'en a fait cadeau pour Noël. Je n'avais pas encore eu l'occasion de le goûter.

Sarah se demanda en quoi l'occasion pouvait lui paraître propice, cette fois, et bien qu'elle n'y connaisse pas grand-chose, elle avait bu des vins bien plus mauvais que ce petit merlot.

— Rien à dire. Je ne bois pratiquement jamais. Mon métier y est peut-être pour quelque chose.

— Serveuse, c'est bien ça ?

— Oui, depuis mon divorce.

— Et avant ?

— J'aidais mon mari, qui est entrepreneur — était entrepreneur.

— Avec l'explosion du marché de la construction, j'imagine qu'ils embauchent à tour de bras.

— C'est possible. Je ne me suis pas renseignée.

— Il paraît qu'on peut gagner pas mal d'argent aussi dans les restaurants du Quartier français.

— Je n'ai pas cherché non plus de ce côté-là.

Mac but une gorgée de vin et abandonna le sujet. D'ordinaire, elle n'aurait pas demandé mieux que d'en faire autant. Elle se sentit pourtant inexplicablement tenue de fournir quelques explications sur sa façon de vivre depuis la mort de Danny.

— Je suppose qu'en matière d'emploi, comme pour tout le reste, j'ai observé la loi du moindre effort. Je gagne tout juste de quoi subvenir à mes besoins et à ceux de Toby. Je n'étais jamais assez motivée pour faire autre chose.

Elle se rendit compte qu'elle parlait au passé. Comme si quelque chose avait changé, récemment.

— On tombe facilement dans ce piège-là, dit Mac en la

regardant par-dessus son verre. Le divorce est une lourde épreuve. Quant au reste…

— En avez-vous beaucoup souffert, de votre divorce ?

— Notre couple s'est dissous de façon si progressive qu'à mon avis nous avons été plutôt soulagés de ne plus avoir à jouer la comédie.

— C'est bien triste.

— Ouais, comme vous dites.

— Excusez mon indiscrétion. Je suis pourtant bien placée pour savoir à quel point les questions personnelles peuvent être pénibles.

— Vous savez, il y a déjà trois ans que je suis divorcé.

— Elle vit toujours par ici ?

— Elle s'est remariée avec un courtier en assurances. Ils ont une maison en ville et une résidence secondaire sur la côte. Il rentre chez lui tous les soirs.

— Et c'est très important pour elle ?

— En fait, ce qui la gênait le plus, c'était d'être tenue à l'écart. Du moins, c'est ce qu'elle a raconté au psy : que je ne lui parlais jamais de ce que je faisais pendant mes heures de travail. Je me demande qui pourrait bien avoir envie d'entendre parler de ça. La plupart du temps, les situations auxquelles nous sommes confrontés ne représentent pas des sujets de conversation agréables.

« Le meurtre de Danny, par exemple. »

— Je vais faire la vaisselle.

Elle se leva et entreprit de débarrasser la table.

— Après, j'emmènerai Toby faire un tour. Y a-t-il un square ou un espace vert à proximité ?

— Ce quartier est peut-être un peu moins dangereux que le vôtre mais je préfère quand même sortir le chien à votre place : ce sera moins risqué. Pour le reste, je vais vous aider à remplir le lave-vaisselle.

— Merci, mais j'ai vraiment besoin d'aller prendre l'air. Vous avez raison, du reste : c'est beaucoup plus tranquille que chez moi, par ici.

— Ecoutez, je ne voudrais pas jouer les pots de colle mais, compte tenu des circonstances, il est préférable que je vous accompagne.

— D'où vous est venue l'idée que je ne voulais pas de compagnie ?

— Je ne sais pas. Vous aviez l'air plus détendu, cet après-midi, quand vous vous promeniez seule avec Toby.

— Il vous aime bien : il sera ravi que vous veniez. Quant à moi, ça ne me gêne pas du tout.

Elle porta les assiettes jusqu'à l'évier et les rinça avant de les placer dans le lave-vaisselle. Mac se chargea des verres et finit de boire son vin pendant qu'elle remplissait le panier à couverts.

— Je vais chercher mon blouson et le fauve, dit-il en posant son verre vide sur le plan de travail.

Ils avaient enfermé le chien dans la chambre pour la durée du repas afin de pouvoir manger tranquillement.

— J'aimerais bien que ce soit un fauve, dit Sarah. J'aurais moins peur de regagner mon appartement, avec un bon gardien pour me protéger.

— Votre chien préfère l'amour à la guerre, dit Mac en riant.

— En fait, je dois avouer que j'ai été plutôt soulagée de découvrir que c'était une bonne pâte. Un chien peut avoir l'air d'un brave toutou, comme ça, mais on ne connaît vraiment son tempérament qu'après avoir vécu quelques mois avec lui, et avoir vu la manière dont il réagit dans certaines circonstances.

— C'est le compagnon idéal pour un enfant.

— Oui, c'était le cas, en effet.

Elle se félicita de pouvoir évoquer de nouveau le passé sans être submergée par le chagrin et la colère que l'acquittement de Tate avait ravivés en elle. Depuis quelque temps, elle ne se sentait plus capable d'échanger des banalités sans frémir de rage comme une écorchée vive au moindre souvenir douloureux.

— Je vous apporte une veste, dit Mac. Celle que vous portiez aujourd'hui ?

— Ce sera parfait. Je vais finir de ranger, pendant ce temps-là.

— Ne vous en faites pas : la femme de ménage vient demain.

— Il vaudrait peut-être mieux qu'elle ne voie pas mes affaires ?

— C'est la femme de ménage, pas ma mère ! Elle se fiche pas mal que je reçoive, tant qu'il n'y a pas trop de bazar.

Il disparut dans le couloir, et Sarah s'adossa au plan de travail avec un soupir. Comment en était-elle arrivée à s'installer chez un flic divorcé et à se soucier des ragots que sa femme de ménage pourrait colporter ? Tout cela, au fond, lui semblait tellement dérisoire…

Comme Mac l'avait souligné, leur relation ne regardait personne d'autre qu'eux — deux adultes consentants, et libres, de surcroît.

Des adultes consentants. L'expression — et tout ce qu'elle impliquait — la poursuivit un moment.

— Vous êtes prête ?

Mac se tenait sur le seuil de la pièce, la veste de Sarah dans une main, la laisse de Toby dans l'autre. Le chien faisait des huit autour de ses jambes, manifestement impatient de sortir.

— Si vous l'êtes, moi aussi.

Là encore, cette réponse qui semblait chargée de multiples connotations interpella la jeune femme tandis qu'elle quittait l'appartement en compagnie de son hôte.

Mac ne savait pas au juste ce qui l'avait réveillé. En tout cas, il ne s'agissait pas de la truffe fraîche et humide du chien, cette fois.

C'était quelque chose de plus discret. Un bruit qui avait perturbé son sommeil sans qu'il en soit tout à fait conscient.

En temps normal, il se serait tourné de l'autre côté pour se rendormir, mais pas cette fois. Tout en se levant, il prit le revolver qu'il avait glissé sous un coussin.

Il jeta machinalement un coup d'œil sur la porte d'entrée. A la faible lueur des réverbères qui éclairaient le parking, il put voir que la chaîne de sécurité était bien en place. Puis le bruit lui parvint de nouveau, en provenance de la chambre à coucher. Son sang ne fit qu'un tour. Pieds nus, il traversa le séjour en courant et alla coller l'oreille au battant de la porte.

Plus rien. Il posa la main droite sur la poignée et la fit tourner lentement. Pointant ensuite le canon de son arme devant lui, il ouvrit le battant d'un seul coup d'épaule.

Les lampes halogènes venant du séjour fournissaient assez de lumière pour qu'il puisse voir qu'il n'y avait personne dans le lit défait et que la porte de la salle de bains attenante était close.

Etait-ce ce qu'il avait entendu ? Sarah qui se levait pour se rendre dans la salle de bains et qui refermait derrière elle ?

Cela n'expliquait pas réellement l'inquiétude qui l'avait saisi au point de le faire réagir aussi vivement, suivant un flair qui le trompait rarement.

— Sarah ? Est-ce que ça va ?

Pas de réponse. Juste le bruit de l'eau auquel se mêlait celui qui l'avait tiré de son sommeil.

Sa gorge se serra brusquement. Il s'obligea à ouvrir la porte en utilisant la même méthode que pour pénétrer dans la chambre. Les appliques n'étaient pas allumées mais l'appel d'air attira un nuage de vapeur dans sa direction.

— Sarah ?

Toujours rien. Il entra dans la petite pièce et entendit encore, derrière le ruissellement de l'eau, une sorte de râle spasmodique, longue plainte lugubre entrecoupée de suffocations.

Affolé, il repoussa précipitamment la porte vitrée de la douche et n'aperçut d'abord qu'une forme sombre plaquée contre la faïence blanche. Cherchant l'interrupteur à tâtons, il fit jaillir la lumière du plafonnier.

Momentanément ébloui, il leva le bras gauche à hauteur de ses yeux.

Les bras croisés au-dessus de la tête, Sarah était blottie dans une encoignure de la cabine, tellement recroquevillée qu'on ne pouvait pas voir son visage. Le corps secoué de sanglots, elle émettait un son qui ne ressemblait à rien de ce qu'il avait entendu jusqu'alors — un gémissement guttural et discontinu, presque animal, comme venu du plus profond de son être.

— Sarah, murmura-t-il en lui posant une main sur l'épaule.

Elle releva la tête, dévoilant des yeux injectés de sang. Les cheveux plaqués sur le crâne par le jet incessant de la douche, elle avait l'air d'une rescapée.

Mac posa son arme sur le bord du lavabo et se pencha dans la cabine pour fermer le robinet. Le silence se fit, uniquement ponctué par le souffle haletant de la jeune femme. Elle respirait de façon saccadée, manifestement incapable de contrôler les spasmes qui l'ébranlaient encore.

Sur le point de lui demander ce qui n'allait pas, il se ravisa, conscient de l'absurdité de la question. Qu'y avait-il donc de positif dans la vie de Sarah Patterson ? Elle avait perdu son fils de onze ans et s'apprêtait maintenant à enterrer son ex-mari, avec un terrible sentiment de culpabilité.

Au lieu de l'accabler de questions ineptes, il fit la seule chose qui lui vint à l'esprit. Prenant la grande serviette de bain qu'il avait sortie la veille à son intention, il s'approcha du recoin où Sarah était recroquevillée, assise sur ses talons, le dos au mur.

— Venez.

Il la prit par le coude, l'aidant à se relever. Elle ne lui opposa aucune résistance, le laissa enrouler la serviette autour de son corps, puis sortit docilement de la douche.

Logiquement, se dit-il, l'étape suivante aurait dû consister à la sécher et à lui fournir quelques vêtements chauds. N'était-ce pas ce qu'il pouvait faire de mieux pour une femme qui était manifestement au bout du rouleau ?

La vulnérabilité qu'il percevait chez elle et qui l'avait ému au premier regard lui dicta néanmoins autre chose. La prenant dans ses bras comme une enfant, il alla s'asseoir sur l'abattant des toilettes et la tint serrée contre lui.

Au bout d'un instant, les tremblements convulsifs qui la secouaient commencèrent à se calmer, cédant la place à quelques frissons, de plus en plus espacés. Mac continua toutefois de la bercer légèrement, lui communiquant la chaleur de son corps et répétant comme une rengaine des formules de consolation ridicules.

— Voilà, voilà, ça va aller. Ça va déjà mieux. Tout va s'arranger…

Il perdit toute notion du temps avant qu'elle se mette à bouger dans ses bras. S'écartant de lui, elle se redressa en position assise.

— Excusez-moi, murmura-t-elle.

— Il n'y a vraiment pas de quoi, dit Mac.

— Je n'avais pas pleuré comme ça depuis une éternité.

— Vous devriez peut-être le faire plus souvent.

Elle hocha la tête comme si c'était la vérité même.

— En m'endormant, j'ai rêvé de Dwight. Je me suis réveillée en sursaut. Et une fois que ça a été parti…

Elle s'interrompit, respirant profondément.

— Vous avez supporté bien des malheurs, lui dit Mac. Et je ne parle pas seulement d'hier.

— C'est vrai, mais je les avais surmontés. Je croyais presque être devenue une experte en la matière. Et voilà que ce soir…

Elle eut un rire bref, plein d'autodérision.

— J'ai vu de vrais durs à cuire, des flics expérimentés, réagir de la même façon. Et avec moins de motifs que vous.

Comme Sarah se taisait, il lui demanda :

— Vous voulez me raconter ce rêve ?

Elle secoua la tête.

— Si vous alliez vous recoucher, alors ? Essayez de dormir un peu. Je resterai assis près de vous.

La jeune femme scruta son visage, qu'il voulait aussi inexpressif que possible. Au bout d'un moment, elle secoua encore la tête.

— Un petit café ? lui proposa-t-il, se rappelant la nuit précédente.

— Venez avec moi.

Dans ce contexte-là, ses paroles n'avaient aucun sens. Jusqu'au moment où il la regarda dans les yeux.

Elle était à sa merci. Sonny le lui avait prédit mais, sur le moment, il ne l'avait pas pris au sérieux.

— Je crois qu'il va falloir m'expliquer ce que vous voulez dire, au juste.

— Venez au lit avec moi.

— Je ne crois pas que ce soit une bonne idée.

— Pourquoi ?

— Parce que je ne suis pas de marbre. Et puis, pour tout vous dire, ça commence à faire un bail.

— Un peu plus d'un an.

Il s'apprêtait à corriger sa réponse quand il comprit qu'elle ne parlait pas de lui. Jusqu'à cette époque-là, les Patterson avaient dû essayer de sauver leur couple de la débâcle.

— Je me suis emporté contre Sonny parce qu'il insinuait que je voulais profiter de vous.

L'ombre d'un sourire passa sur les lèvres de la jeune femme.

— Etait-ce vrai ?

— Non. Mais… ça le deviendrait.

— C'est moi qui prends l'initiative, Mac. Pas vous.

— On n'est pas tout à fait dans son état normal quand on vient de pleurer comme une Madeleine.

— C'est une expression que je n'avais pas entendue depuis longtemps.

— D'accord. Alors, disons que vous êtes particulièrement vulnérable. Emotionnellement affaiblie. Ou mille autres expressions que Sonny n'hésiterait pas à employer.

— Vous vous souciez donc tellement de ce qu'il pense ?

— Il a une assez bonne opinion de moi, d'ordinaire.

— Alors, pourquoi vous étonner que je partage son point de vue ?

— Est-ce de cela qu'il s'agit ? De l'estime que vous me portez ?

— En partie, oui. C'est aussi une question de désir. De solitude. Et de cauchemars.

— Je vous ai dit que je resterais assis près de vous en attendant que vous vous endormiez.

— Cela ne palliera que deux carences sur trois.

Mac dut s'avouer que la perspective de partager son lit était loin de le laisser indifférent. Sentir ce corps svelte remuer sous le sien, ces jambes de rêve emprisonner sa taille tandis qu'il s'enfoncerait de plus en plus profondément dans sa chaleur douce et moite...

— Il y a des milliers d'hommes qui...

— Et je n'en ai invité aucun dans mon lit. Dans votre lit, corrigea-t-elle, un petit sourire aux lèvres.

Mac commença à secouer la tête — en signe de renoncement plutôt que de refus.

— Quoi que vous puissiez penser de mes motivations, reprit-elle, vous êtes probablement dans l'erreur. Je crois que j'avais plus ou moins conscience, depuis quelque temps, que ceci allait se produire. Ce n'était pas vraiment prémédité de ma part, mais tout était en place pour que les choses se passent ainsi. En observant vos mains, ce soir, quand vous avez servi le vin, j'ai eu envie de les sentir sur mon corps.

Ne pas réagir à cet aveu aurait exigé une maîtrise de soi qu'il ne possédait pas. En outre, ses réactions n'étaient pas particulièrement d'ordre cérébral.

Quelque chose passa dans les yeux de la jeune femme, comme une invite plus puissante encore que ses paroles.

— Vous avez de très belles mains, Mac.

Elle se mit à lui caresser la joue et promena lentement son pouce sur sa lèvre inférieure.

— Et vous n'avez aucune raison de vous inquiéter, je vous assure, poursuivit-elle. Je sais parfaitement ce que je suis en train de faire. Vous n'exercez aucune pression sur moi. Vous ne profitez pas de ma faiblesse. Vous ne faites absolument rien d'immoral ou de répréhensible. Vous m'avez offert votre épaule quand je pleurais, votre chaleur quand je tremblais de froid. C'est exactement pareil, maintenant. Sauf que, cette fois, j'ai quelque chose à vous offrir en échange.

15.

N'était-il pas étrange qu'après une aussi longue période de célibat elle ait agi ainsi sans ressentir la moindre incertitude ? Même à présent, elle n'éprouvait aucun scrupule, aucune appréhension. Et pas de regret, non plus. Ses seuls sujets d'étonnement concernaient la façon dont Mac avait réagi et aussi... la manière dont il s'y était pris pour lui faire l'amour, une fois ses réticences vaincues.

Faire l'amour...

C'était exactement ça. Il prenait le temps de bien le faire, avec une sensualité torride.

Quand il l'avait portée depuis la salle de bains pour l'allonger sur son lit défait, elle s'attendait à quelques préliminaires conventionnels avant le passage à l'acte. En toute franchise, c'était même ce qu'elle avait souhaité en lui faisant cette proposition.

Les choses ne s'étaient pas passées ainsi. Après avoir ôté son T-shirt et son caleçon, Mac l'avait rejointe dans le lit, puis il avait déployé une lente stratégie faite de caresses et de baisers afin d'aiguiser son désir jusqu'à un paroxysme.

Sarah ne s'en plaignait pas, certes, mais, ce genre d'exigence ne lui ayant pas même effleuré l'esprit, il lui fallut quelques instants pour s'adapter à une situation différente de celle à laquelle elle s'attendait.

Actuellement, les lèvres de Mac vagabondaient sur ses seins. Elle ferma les yeux, s'abandonnant aux sensations qu'il faisait naître en elle. Des sensations presque oubliées après une si longue abstinence, et qui semblaient plus puissantes que dans son souvenir. Fallait-il mettre cela sur le compte de la nouveauté ? Le frisson de la première fois, avec un homme rencontré depuis si peu de temps ? N'était-ce pas, en somme, l'un des fantasmes féminins les plus répandus que de faire l'amour avec un inconnu ?

Tandis que cette question lui traversait l'esprit, Mac prit entre ses lèvres le bout d'un sein pour le sucer d'abord avec douceur puis avec une exigence de plus en plus vive. Il se mit ensuite à le mordiller et à le lécher tour à tour, à petits coups de langue rapides.

Des ondes de plaisir traversèrent la jeune femme à partir de cet épicentre de sensations. Puis, petit à petit, de façon si graduelle qu'il lui fut d'abord difficile de comprendre ce qui se passait, le plaisir qu'elle ressentait sous l'assaut de ses dents et de sa langue évolua insensiblement jusqu'à atteindre la limite de la douleur.

Peut-être laissa-t-elle échapper un gémissement ou un petit cri. Peut-être remarqua-t-il qu'elle se crispait. A moins — ce qui semblait le plus probable — qu'il soit passé maître dans ce jeu du chat et de la souris auquel il la soumettait. En tout état de cause, il abandonna instantanément la pointe érigée du sein gauche et reporta son attention sur le droit, recommençant le même manège, toujours aussi méticuleusement.

Avec sa langue, il contourna lentement l'aréole, et Sarah se souleva imperceptiblement, cherchant la douceur de ses lèvres. Elle éprouvait désormais un désir brûlant.

Et alors qu'elle commençait à craindre de ne plus pouvoir endurer bien longtemps ce délicieux supplice, la langue de Mac dessina une flèche de chaleur humide entre ses seins, puis plus bas, vers la partie la plus intime de son corps.

Elle réprima un besoin subit de le repousser. Après tout, c'était un inconnu et il y avait si longtemps…

Puis il vint se placer au-dessus d'elle, étouffant toute velléité de protestation de sa part, et lui écarta fermement les genoux. Elle qui se croyait désormais incapable d'accorder la moindre confiance à quiconque, elle ne songea plus à se refuser. Dès que Mac commença à la caresser avec sa langue, elle se cambra de façon presque instinctive. Elle rouvrit les yeux sur le plafond obscur de la chambre, et ses lèvres s'écartèrent, laissant échapper un soupir, aussitôt suivi par un autre. Ce qui se passait maintenant en elle n'était plus contrôlable — ni même analysable. C'était une force naturelle à l'état brut, semblable à une tornade, au déferlement inexorable de la marée, ou encore à un feu de forêt, un incendie déchaîné menaçant de tout dévaster sur son passage.

Les étincelles produites par les caresses de Mac embrasèrent son corps tout entier. Le plaisir contrôlait et dominait tout son être.

C'était là ce qu'elle recherchait — l'oubli de tout dans la

plénitude des sens, le vertige, l'obscurcissement de l'esprit qui la priverait de toute capacité de réfléchir, de prévoir, de savoir.

La grande explosion avait commencé et elle ne pouvait plus rien faire pour l'arrêter, quand bien même elle l'aurait souhaité.

Elle se rendit vaguement compte que Mac changeait encore de position. Il se tint un bref instant penché au-dessus d'elle avant de la pénétrer pour qu'ils ne fassent plus qu'un.

Le rythme de leurs gestes, de leurs souffles s'accéléra, tandis qu'ils se concentraient sur l'assouvissement qu'ils attendaient et retardaient tout à la fois, de seconde en seconde.

Puis, soudain, ce fut l'apogée du plaisir. Le souffle coupé, Sarah sentit les vagues de chaleur se succéder en elle, faisant frémir chaque parcelle de son être. Toute notion de temps et d'espace disparut. Très haut, sur son nuage, elle savoura cet état de flottement tandis que Mac continuait à bouger en elle, dans le noir.

Au bout d'un long moment, elle finit par reprendre conscience du poids de son corps sur le sien, de sa chaleur, du grain de sa peau ruisselante de sueur. Elle attendit que sa respiration se calme et que les battements de son cœur ralentissent sensiblement. Mac se laissa rouler sur le côté et se souleva sur un coude pour la regarder.

Il se pencha sur elle, effleura son front de ses lèvres et se redressa de nouveau.

— Est-ce que ça va ?

Un soupçon d'inquiétude, dans le ton de sa voix, la fit sourire.

— Pourquoi est-ce que ça n'irait pas ?

— C'était…

Il hésita puis secoua la tête.

Les termes habituels paraissaient effectivement d'une banalité affligeante, songea Sarah.

— C'était bon, suggéra-t-elle.

Mac rit doucement. Etait-ce parce qu'il avait été aussi surpris qu'elle ?

— « Bon », c'était prévisible. Ce qui ne l'était pas, en revanche…

— Je sais, dit-elle promptement.

Elle ne tenait pas à parler de ce qui venait de se passer. Et elle ne voulait pas qu'il en parle, lui non plus. Elle avait seulement recherché ce moment de rémission que fournissent généralement les rapports sexuels, qu'ils soient exceptionnels, agréables ou ordinaires. Mais le premier adjectif était, certes, celui qui s'imposait.

— Tu es sûre…

— Tais-toi, Mac. Tais-toi et dors vite.

— Ah bon ? Tu ne seras pas dépitée si je m'endors ?

— Non. Ça, c'est le genre de réaction liée à toute une série de choses que je ne recherche pas.

— Tu veux bien me les énumérer ?

— Je préfère éviter. Dans notre intérêt à tous les deux.

— Explique-moi, s'il te plaît.

— Tu as dit que ça faisait bien longtemps.

— Et alors ?

— Alors, ça signifie que nous n'avons rien à investir dans cette relation. Nous nous sommes simplement trouvés, par hasard, au même endroit, au même moment. Et nous en avions très envie l'un et l'autre.

— Et que veux-tu dire par « notre intérêt à tous les deux » ?

— Je me suis servie de toi, Mac. Ça m'ennuie de te dire ça mais tout le monde sait bien, à propos des flics…

Il eut un grand rire franc qui résonna dans l'obscurité de manière très réconfortante. Sarah se demanda quand elle s'était sentie aussi détendue pour la dernière fois. Impossible de se le rappeler.

Du reste, tu ne te souviens pas non plus quand tu as eu des rapports sexuels aussi réussis, aussi peu compliqués, il faut bien l'admettre. Si seulement cela pouvait rester ainsi…

— Qu'est-ce que tout le monde sait à propos des flics ?

— Voyons, tu ne tiens sûrement pas à connaître mon opinion concernant les policiers — à part celui qui se trouve près de moi en ce moment, bien entendu.

— Merci.

— De rien.

Tout en parlant, il la caressait doucement, nonchalamment. C'était presque hypnotique.

Elle tourna la tête et sentit les cheveux de Mac tout contre sa joue — leur douceur, leur bonne odeur de shampooing au miel. D'autres pensées lui vinrent à l'esprit et s'évanouirent aussitôt tandis qu'elle se laissait aller près de lui, assouvie et exténuée après cette succession d'émotions fortes.

Au bout d'un long moment, la respiration régulière de Mac lui indiqua qu'il s'était endormi. Elle l'écouta distraitement, se laissant bercer par son rythme paisible. Il n'y avait aucune inquiétude à avoir, cette nuit. Aucune question à se poser.

Il ne lui restait rien d'autre à faire que fermer les yeux et calquer sa respiration sur celle de son amant. Evacuer les pensées inopportunes à mesure qu'elles apparaissaient sur l'écran noir de son esprit jusqu'à le vider de tout contenu. Alors, enfin, l'oubli qu'elle appelait de ses vœux lui procurerait un moment d'insouciance.

Elle avait dit à Mac qu'elle pouvait lui offrir quelque chose mais, pour sa part, elle garderait à jamais gravé dans son cœur le souvenir du cadeau qu'il venait de lui faire — et de la tendresse exquise dans laquelle il l'avait enveloppée.

16.

La première personne que Mac aperçut en aidant Sarah à descendre de voiture au cimetière de Mount Pilgrim était bien la dernière qu'il ait envie de voir ce jour-là. Son regard croisa celui de Sonny et il salua son coéquipier d'un discret hochement de tête.

La présence de la police n'avait évidemment rien de fortuit, songea-t-il. Sonny était venu parce que leurs chefs se demandaient, tout comme lui, si Tate aurait l'audace de se montrer aux obsèques de Dan Patterson.

— Veux-tu aller t'asseoir avec la famille ? chuchota Mac à l'oreille de Sarah.

Elle leva les yeux sur lui et fit signe que non avant de reporter son regard sur la tente installée près de la tombe récemment creusée. Mac la prit par le bras, la guidant sur le sol inégal en direction de l'assemblée.

Il reconnut Louise Patterson, déjà assise au milieu de la première rangée de chaises alignées sous l'auvent de toile. Elle s'entretenait avec un homme en noir qui devait être l'employé des pompes funèbres. Au bout d'un moment, l'homme la quitta pour aller se placer à un angle de la fosse, et Louise leva la tête.

En les voyant approcher, la vieille dame changea immédiatement d'expression, son chagrin cédant la place à une fureur manifeste.

Sarah hésita, apparemment clouée sur place par la rage muette de sa belle-mère. D'un geste instinctif, Mac posa une main au creux de son dos pour la soutenir. Il se demanda un instant si la mère de Dan risquait réellement de faire une scène à l'enterrement de son fils. Puis il passa rapidement en revue les moyens de protéger, le cas échéant, la femme qui l'accompagnait. Loin de s'atténuer, l'instinct de protection que Sarah Patterson avait éveillé en lui au premier regard évoluait maintenant, à l'instar de leurs relations, vers un besoin encore plus farouche de la défendre, envers et contre tous.

— Nous sommes assez près.

Sarah s'arrêta à quelques mètres du cortège, le plus loin possible du cercueil et de son ex-belle-mère.

Mac s'immobilisa également, sans cesser de scruter du regard les abords du cimetière. Le parc, autour de la petite église, était planté de grands chênes séculaires aux branches parsemées de guirlandes de barbe espagnole. Il devait y avoir une centaine de tombes dont certaines étaient si anciennes que les inscriptions avaient pratiquement disparu sous l'effet de l'érosion et de la mousse qui envahissait tout.

Il n'y avait absolument aucun endroit où se cacher. Si Tate avait voulu assister à la cérémonie, il aurait dû se mêler à l'assemblée qui se tenait debout sur la pelouse, non loin de la fosse.

Mac reporta donc son attention sur le groupe, examinant avec attention chacun de ses membres. Même s'il ne voyait certains d'entre eux que de profil ou de dos, il eut vite fait de constater que Tate n'était pas là. Debout à l'extrémité du dernier rang, Sonny croisa son regard et haussa les épaules d'un geste fataliste.

Il y avait peu de chances, en effet, pour qu'un tueur se rende à l'enterrement d'une de ses victimes, mais ils ne pouvaient pas non plus se permettre de négliger cette éventualité.

A présent, Mac n'avait plus qu'à écouter l'oraison funèbre puis à emmener Sarah loin de là avant que n'éclate l'animosité qu'il avait vue luire dans le regard de Louise.

Un claquement de portière, provenant du chemin d'accès au cimetière, attira son attention. Ce n'était pas une voiture mais une fourgonnette blanche avec, sur le côté, le logo de la chaîne de télévision qui avait obtenu sa mise à pied. Mac vit sortir du véhicule le journaliste et le cameraman auquel il avait pris la bande vidéo.

Il chercha aussitôt comment éviter le pire. Il capta de nouveau le regard de Sonny et lui indiqua le chemin d'un bref mouvement de tête. Son coéquipier suivit la direction de son regard. A en juger par sa réaction, il comprit aussitôt ce dont il s'agissait mais, feignant de ne pas remarquer l'air interrogateur de Mac, il se retourna vers le prêtre qui entamait la lecture du psaume 23.

Tout en écoutant ces mots qui lui rappelaient son enfance,

Mac tâcha de se focaliser sur l'événement. Il s'était douté que la presse ne tarderait pas à faire le rapprochement entre le meurtre de Dan Patterson et la femme qui avait voulu abattre Samuel Tate. Il s'étonna cependant qu'ils aient choisi le cadre d'une cérémonie aussi intime pour en informer le public.

A côté de lui, Sarah gardait la tête baissée pendant que le prêtre parlait. Il était préférable qu'elle ne voie pas la caméra avant la fin de l'oraison, estima-t-il, bien déterminé à l'entraîner loin des journalistes dès que les derniers hommages auraient été rendus à son ex-mari. Et ils n'avaient pas intérêt à venir lui fourrer un micro sous le nez.

Il respira à fond, s'exhortant au calme et s'efforçant d'ignorer la présence des médias.

Sa lecture achevée, le prêtre passa au petit discours qu'il avait préparé. Il y faisait malheureusement allusion au fait que le fils de Dan Patterson avait été lui-même sauvagement assassiné quelques années plus tôt — remarque qui provoqua quelques sanglots dans les premiers rangs.

Mac observait Sarah du coin de l'œil, craignant sa réaction. Elle gardait la tête obstinément baissée et serrait dans sa main le mouchoir qu'elle lui avait emprunté avant leur départ.

Une fois de plus, il fut frappé par la fragilité de cette silhouette menue. Il semblait qu'une bourrasque puisse l'emporter comme un fétu de paille, se dit-il. Puis l'image de la jeune femme brandissant ce gros revolver, sur les marches du palais, se superposa à celle-là. Même si Sarah paraissait extrêmement vulnérable, il ne devait pas oublier qu'elle possédait une volonté de fer et une détermination à toute épreuve.

Il prit une profonde inspiration et reporta son attention sur le prêtre qui, à cet instant, faisait signe à une jeune fille en longue robe noire de s'avancer sur un carré d'herbe artificielle. Elle portait en bandoulière une guitare qui paraissait bien trop grande pour elle. Quand elle eut plaqué quelques accords, sa voix pure et légère s'éleva dans l'air immobile de cette fin de matinée. Mac n'avait pas entendu *La vieille croix rouillée* depuis l'époque où il était enfant de chœur, mais il en connaissait encore chaque couplet.

A un moment donné, il s'aperçut que le cameraman de la télévision était en train de filmer, tandis que des pleurs étouffés montaient du premier rang.

Près de lui, Sarah observa un silence stoïque jusqu'à ce que les dernières notes s'éteignent dans le silence du cimetière. Le prêtre marqua une pause, laissant l'écho de la voix résonner en chacun des participants avant de s'approcher pour commencer à serrer les mains des personnes assises sous le velum.

Mac plaça une main sous le coude de Sarah.

— Allons-y.

— C'est fini ? demanda-t-elle à voix basse.

Il opina, l'entraînant en direction de la route.

— Je voudrais dire quelques mots à Louise.

Avant qu'il ait pu la retenir, elle s'écarta et contourna le petit groupe rassemblé auprès d'eux. Marc lui emboîta le pas sans trop savoir comment l'empêcher d'atteindre sa destination sans provoquer un esclandre. Pour le moment, la mère de Dan Patteron parlait encore avec le prêtre et ne prêtait attention à rien d'autre.

— Laisse tomber! murmura-t-il en saisissant le bras de Sarah. Elle ne t'écoutera pas…

Elle se dégagea fermement et continua d'avancer entre le cercueil déjà positionné au-dessus de la fosse et la première rangée de chaises. Quand le prêtre s'éloigna, Sarah dit quelque chose à sa belle-mère, laquelle répliqua haut et fort :

— Te voilà contente, maintenant! Tu as enfin eu ce que tu voulais!

Comme les membres de l'assistance attendaient sagement leur tour de dire quelques mots à cette pauvre mère éplorée, ses paroles leur parvinrent aussi clairement que celles du prêtre, quelques instants auparavant.

Sarah répondit à voix basse, si doucement que Mac lui-même ne put distinguer ses mots, bien qu'il l'ait maintenant reprise par le bras. Louise, en revanche, avait manifestement l'intention d'être entendue par tout le monde.

— Tu reprochais à Dan la mort de Danny, alors que c'était toi qui n'avais jamais le temps de t'occuper de ton fils! J'ai élevé cet enfant parce que tu étais toujours débordée. Et tu as eu le culot d'en vouloir à son père pour ce qui s'est passé! Dan avait fini par faire son deuil; il allait refaire sa vie avec une femme qui l'aimait. Il était en train de tourner la page, de surmonter le passé quand il a fallu que tu le ravives en essayant de faire justice toi-même. Tout ça est de ta faute, Sarah. Tu n'as aucun droit d'être ici et de faire comme si tu avais aimé mon garçon. Aucun droit!

Incapable d'en écouter davantage, Mac prit Sarah par le bras et, sans même la regarder, il la traîna presque de force vers l'endroit où il avait garé la voiture.

L'équipe de télévision s'était approchée de la tente — sans doute attirée par la scène qui s'y déroulait. Le cameraman continua de filmer quand ils passèrent devant eux, mais Mac ne lui prêta aucune attention, se préoccupant uniquement d'entraîner sa compagne. Si ces vampires n'avaient rien de mieux à proposer aux actualités du soir que les divagations d'une vieille folle...

Une fois de plus, Sarah dégagea son bras de son étreinte. Mac s'arrêta, ne sachant trop ce qu'elle voulait faire.

— Vous avez filmé ça ? demanda-t-elle au cameraman qui continuait à cadrer son visage.

— Votre belle-mère semble vous juger responsable du meurtre de votre ex-mari, madame Patterson. Avez-vous un commentaire à faire sur ces accusations ?

— Voulez-vous connaître mon opinion sur les responsables de ce meurtre ?

Pressentant qu'il pouvait tenir là un communiqué palpitant, l'envoyé spécial approcha son micro de la bouche de la jeune femme afin de ne pas en perdre une miette.

— Sarah...

Mac essaya encore de s'interposer mais ce fut peine perdue.

— Alors, allez donc vous adresser aux flics qui ont raté l'arrestation d'un tueur en série ! Ou encore à la juge qui l'a acquitté sur un point de procédure ! Serais-je la seule personne, dans cette ville, à dire que Samuel Tate ne devrait déjà plus être de ce monde…

Mac la prit par la taille et dut presque la soulever de terre pour l'arracher à cette interview. Il était sûr que le cameraman les filmait encore quand il la ramena à la voiture et la poussa à l'intérieur.

Il attendit d'avoir rejoint la route à deux voies pour regarder sa passagère, qui gardait la tête obstinément tournée vers la vitre.

— Mais enfin, qu'est-ce qui t'a pris, nom de nom ?

— J'ai répondu à leurs questions, dit-elle en continuant à regarder dehors.

— Tu te rends bien compte que cette petite tirade sera diffusée ce soir aux actualités locales, et qu'elle fera la une de la presse écrite, demain matin ?

— Eh bien, tant mieux !

— Et tu trouves ça malin d'attirer l'attention de Tate sur toi ?

— Pourquoi pas ? Tant qu'il s'intéressera à moi, il aura moins de temps pour enlever et torturer un autre gosse.

— Je ne suis pas sûr que ça fonctionne comme ça.

Tout en disant cela, Mac se demanda si, au fond, elle n'avait pas raison. Le désir de vengeance que Tate éprouvait sans doute à l'encontre de Sarah pouvait-il reléguer ses pulsions sadiques au second plan ? Et, dans l'affirmative, ne serait-il pas possible d'utiliser ce nouvel élément pour le faire sortir de son trou ?

Sauf que personne, à la PJ, ne voulait admettre l'hypothèse selon laquelle Tate était resté dans la région et qu'il était l'assassin de Dan Patterson. Et tant qu'ils ne l'admettraient pas…

— Depuis le début, personne n'a jamais su comment il fonctionnait, n'est-ce pas ? reprit Sarah. Il représente un grand mystère pour vous, les flics.

— Hé, n'oublie pas que je suis de ton côté !

Elle ferma les yeux et déglutit. Mac vit sa gorge se contracter dans l'échancrure de son chemisier.

— Je sais. Excuse-moi. Tu comprends… Il n'avait aucune raison de s'en prendre à Dan. C'était un incident de parcours. Personne n'aurait pu le prévoir. Dan s'est trouvé au mauvais endroit au mauvais moment. Je n'avais aucun moyen de savoir que Tate allait se pointer chez moi cet après-midi-là, aucun moyen d'empêcher…

— Tu n'as quand même pas avalé les conneries que ta belle-mère a débitées ? Elle passe son temps à raconter n'importe quoi.

Sarah ne répondit pas et détourna la tête. Il crut qu'elle allait lâcher prise mais, apparemment, la blessure était trop profonde.

— C'est vrai qu'elle s'est beaucoup occupée de Danny. Peut-être que…

— Et alors ? Tu travaillais. Ce n'était pas pour t'acheter des bijoux ou des manteaux de fourrure mais pour assurer l'avenir de ton fils.

Il avait dit cela dans l'intention de la réconforter et il s'aperçut — trop tard — de sa maladresse. Danny Patterson ne profiterait jamais de l'avenir que ses parents s'étaient donné tant de mal à lui préparer.

— Tu n'es pas responsable de ce qui est arrivé. Absolument pas. Il n'y a qu'une seule personne qui soit à la fois responsable et coupable de la mort de ton fils, et c'est l'individu qui a aussi tué ton mari. Si tu tentes d'endosser la responsabilité de ces meurtres, alors c'est lui qui gagnera.

— Il a déjà gagné, dit-elle avec amertume.

— Non, c'est faux. La partie n'est pas terminée.

Conscient qu'elle s'était tournée vers lui, Mac évita son regard.

— Tu crois qu'il est toujours dans le coin ?

Oui, il en était persuadé. Il ne s'appuyait sur aucun fait établi mais sur une intime conviction. Samuel Tate était toujours à La Nouvelle-Orléans. Car il n'en avait manifestement pas fini, quel que soit l'objectif qu'il poursuivait.

Mac avait un peu hésité à relancer le profileur du FBI qui avait travaillé avec eux sur l'affaire Tate. D'une part, il ignorait comment Daryl Johnson avait réagi à sa mise à pied. En revanche, il pouvait aisément deviner comment Morel réagirait s'il apprenait qu'ils étaient en contact.

Cependant, plus il songeait à la réponse que lui avait faite Sonny au sujet de la surveillance de l'immeuble où habitait Sarah, plus il avait envie de se renseigner sur la psychologie du tueur en série.

Voilà pourquoi, en définitive, il s'était décidé à appeler Johnson.

— Je sais que vous ne croyez pas à l'implication de Tate dans le message laissé sur le répondeur de Mme Patterson ni dans le meurtre de son ex-mari, avait-il déclaré d'emblée. Mais j'ai une question, disons… hypothétique, à vous poser.

— Dans ce cas, je vous donnerai une réponse hypothétique.

— C'est de bonne guerre. Admettons donc que Tate soit l'auteur de ce message. Admettons encore que ce soit lui qui ait tué Patterson, bien que ce meurtre soit un incident de parcours sans rapport avec son intention initiale.

— Un incident de parcours ?

— Oui. Il n'était pas venu là pour ça.

— Dans l'appartement de Mme Patterson ?

— Oui.

— D'accord.

— La mort de Dan Patterson remet-elle le chronomètre à zéro ?

Quand Sarah lui avait dit, au retour du cimetière, que Tate aurait moins de temps pour traquer ses jeunes victimes s'il se focalisait sur elle, Mac avait commencé à se demander si le meurtre de Dan Patterson avait pu assouvir provisoirement les terribles instincts du tueur.

— Vous espérez pouvoir compter sur un moment de répit avant que Tate se remette à traquer une nouvelle victime, c'est ça ?

— Nous pensons qu'il était à l'affût quand on l'a arrêté. Cela correspondait à la cadence à laquelle il sévit. Mais s'il a commis un nouveau meurtre, depuis…

— J'aimerais pouvoir vous rassurer mais…

— Mais vous ne pouvez pas.

— Tate s'organise suivant un processus bien précis.

Dans la plupart des cas, l'acte n'est pas complet si chaque étape n'a pas été scrupuleusement observée.

— Par conséquent, si quelqu'un l'a dérangé et qu'il s'est trouvé obligé de tuer de façon inopinée… un tel meurtre pourrait le laisser insatisfait ?

— Exactement ! dit Johnson. Aussi étrange que cela puisse paraître, il a probablement été contrarié de devoir supprimer quelqu'un dans ces conditions. Cela n'a pas dû lui sembler « correct ».

— Donc, s'il était bien à l'affût au moment de son interpellation…

— Dans ce cas, il va se remettre en quête d'une nouvelle victime. A quand remonte le dernier meurtre d'enfant ? Cinq mois ?

— A peu près.

— Alors, à mon avis, il ne va pas tarder à faire parler de lui, affirma Johnson d'une voix sombre. Chez vous ou ailleurs.

— Merci de m'avoir accordé un moment. C'était un simple postulat. Une question que je me posais.

— Pas de nouveau message ?

— Pardon ?

— Mme Patterson n'a pas reçu d'autre appel du même type ?

— Non. Non, aucun.

Cela dit, Sarah n'était pas rentrée dans son appartement depuis le jour où elle était allée avec Mac récupérer quelques effets personnels.

— Cela tend à confirmer qu'il ne s'agissait pas de Tate.

Il n'aurait pas lâché prise aussi vite. Et puis, outre le fait que cela ne ressemble pas du tout à ses façons d'agir, je ne vois vraiment pas l'avantage qu'il aurait pu en retirer. Un tel comportement serait totalement inexplicable.

— Ouais. Bon, merci encore.

— A votre service, Mac.

— Dites-moi, auriez-vous découvert une piste quelconque à partir de ses empreintes ? Je sais qu'elles ne correspondaient à aucun élément de la banque de données du système AFIS…

— Nous continuons à chercher. Nous finirons bien par trouver un détail qui nous mènera quelque part. Chez vous, on est à peu près certain qu'il est originaire du Sud, n'est-ce pas ?

— Tout le monde a eu cette impression en l'entendant parler, en effet. Il reste toujours une pointe d'accent presque impossible à éradiquer, chez les sudistes.

— Nous aurons peut-être un coup de bol.

— S'il vous arrivait d'entendre dire qu'on l'a vu quelque part, pourriez-vous me passer un coup de fil ?

— C'est promis, Mac. Vous n'y croyez pas trop, hein ? Vous avez vécu tellement longtemps avec ce type que vous finissez par le voir partout, à mon avis.

— Vous avez peut-être raison. En tout cas, j'aimerais bien savoir de façon certaine où il est allé poser ses bagages. Nous dormirions tous un peu mieux.

— Je comprends. Nous sommes en train de diffuser une nouvelle alerte sur sa méthodologie. La prochaine fois qu'il se manifestera, les flics chargés de l'enquête reconnaîtront peut-être sa « patte » un peu plus vite.

— Bonne chance !

— Bien souvent, en dépit de tous nos efforts, c'est effectivement à la chance qu'il faut nous en remettre. Ou à une grosse gaffe de leur part. Nous acceptons l'une et l'autre avec gratitude.

« Moi aussi, songea Mac tout en raccrochant. Je n'en demanderais pas davantage. »

17.

Sarah avait commandé un plat cuisiné chinois, qu'elle était en train de servir quand le portable de Mac sonna. Ils se regardèrent un bref instant, et cela lui rappela les coups d'œil qu'elle échangeait avec Dan à la terrible époque qui avait suivi la disparition de Danny, chaque fois qu'ils entendaient le téléphone sonner. Ils attendaient désespérément une nouvelle — n'importe laquelle — tout en redoutant ce qu'ils allaient apprendre.

— Tu n'es pas obligé de répondre, murmura-t-elle.

Sa confrontation avec Louise avait fait la une des journaux télévisés et de la presse locale. Ils avaient tellement insisté sur le fait que Mac l'accompagnait ce jour-là qu'il avait quelques raisons de s'inquiéter pour son boulot, songea-t-elle.

Au lieu de suivre son conseil, Mac sortit l'appareil de sa poche et regarda le numéro qui s'affichait sur l'écran. Quand il l'ouvrit et le porta à son oreille, elle en déduisit que l'appel provenait de Sonny ou de quelqu'un qu'il ne pouvait pas se permettre de négliger.

— Bonsoir.

Il écouta quelques secondes, puis répondit :

— D'accord. Pourriez-vous me répéter ça un peu plus lentement ? Je ne suis pas sûr d'avoir bien compris.

Sarah leva de nouveau les yeux sur lui. Les sourcils froncés, il était concentré sur ce qu'on lui disait.

— Et vous êtes certaine que c'est tout ce qu'elle peut vous dire ?

Encore une pause.

— Oui, oui. Je m'en souviens, en effet. Avez-vous appelé la police, madame Ingersoll ?

Sarah reconstitua la conversation à la lumière de cette information. Si Mac conseillait à la mère de Dwight d'appeler la police, cela devait concerner un incident qui s'était passé dans l'immeuble.

Ou bien s'agissait-il de Dwight lui-même ?

Elle respira de façon entrecoupée, luttant contre la terreur qui s'emparait d'elle. Etait-il arrivé quelque chose au gamin ?

Mais, dans ce cas, Mme Ingersoll aurait tout de suite alerté la police. Pourquoi appeler Mac au lieu de composer le 911 ?

— Nous arrivons tout de suite.

Mac referma le téléphone et leva enfin les yeux sur elle.

— Alors ?

— Apparemment, Dwight est sorti cet après-midi alors qu'il était censé veiller sur sa grand-mère. Il n'est toujours pas rentré. Sa mère ne s'est pas vraiment inquiétée jusqu'à la tombée de la nuit, mais maintenant…

— Où est-il allé ?

Mac marqua un temps d'hésitation.

— D'après ce que sa mère a pu déduire des propos tenus par la grand-mère, Dwight aurait dit qu'il allait se promener au parc avec toi.

Sarah eut l'impression que son sang se glaçait dans ses veines.

— Mais enfin… Je ne suis pas allée là-bas depuis plusieurs jours. Tu lui avais dit à cette femme de faire très attention, de ne pas laisser son fils sortir seul…

— C'est la version de la grand-mère, Sarah. La pauvre vieille n'a pas toute sa tête. Il n'existe aucun moyen de savoir ce qui s'est réellement passé…

— Autrement dit, Dwight peut être n'importe où. Quelqu'un aurait pu sonner à leur porte et l'enlever de force, sans que ces deux bonnes femmes s'en aperçoivent.

Sans rien dire, Marc rouvrit son téléphone, chercha un numéro dans sa liste et appuya sur une touche. Pendant la durée de la sonnerie, il évita soigneusement de regarder Sarah.

Dès que quelqu'un répondit, il demanda sans préambule :

— As-tu fait surveiller cette maison comme je te l'avais demandé ?

— Sonny ? demanda Sarah à voix basse, tâchant de deviner. C'est Sonny ?

Mac fit le sourd.

— Mais bon sang, pourquoi tu ne l'as pas fait, Sonny ?

Je t'avais dit qu'un gamin habitait au rez-de-chaussée et qu'il…

Il s'interrompit pour écouter la réponse de son interlocuteur.

— Allez vous faire foutre avec vos histoires de personnel ! Et va te faire foutre, toi aussi ! Le gamin a disparu. Personne ne sait où il est. La mère dit qu'elle a appelé la gendarmerie et qu'ils l'ont envoyée balader. Mais enfin, ça ne tourne pas rond, chez vous ? Cet immeuble est le seul lien que nous ayons avec Tate et vous faites encore tout foirer, bande de bouffons !

Une fois encore, Mac écouta sans rien dire, les traits durcis. Au bout de deux secondes, il ferma l'appareil d'une pichenette.

— Prends ton manteau !

Sarah ne perdit pas de temps à l'interroger. Laissant les assiettes sur la table, elle alla chercher leurs cabans et lorsqu'elle se retourna pour donner le sien à Mac, elle le trouva en train d'attacher la laisse au collier de Toby.

— Qu'est-ce que tu fabriques ?

— Nous allons demander à Mme Ingersoll de nous confier un vêtement appartenant à son fils. Ensuite, nous le ferons sentir à Toby.

— A Toby ?

Sarah secoua la tête, persuadée que son chien n'avait rien d'un limier.

— Je ne crois pas que Toby ait jamais…

— On peut toujours essayer !

*
* *

— Dwight ? Tu es là ?

Ils arpentaient le parc depuis près d'une demi-heure, et Sarah commençait à perdre espoir.

Deux agents de police les avaient rejoints chez les Ingersoll. La mère de Dwight était toujours affublée du même peignoir débraillé, et elle n'avait pas proposé de les accompagner au parc, prétextant qu'elle devait fournir aux agents les renseignements nécessaires pour déclencher officiellement les recherches.

A la demande de Mac, elle leur avait apporté le pantalon de pyjama que l'enfant portait la nuit précédente. Toby avait consciencieusement flairé le vêtement, mais il semblait beaucoup plus intéressé par la proximité du parc. Dans sa hâte à traverser la rue pour s'y rendre, il avait failli déboîter l'épaule de Sarah qui le tenait en laisse.

Une fois arrivée à l'endroit où Dwight avait joué avec le chien, la jeune femme détacha Toby dans l'espoir qu'une fois libre il flairerait la piste du garçon.

Pendant quelques minutes, en le voyant bondir d'un buisson à l'autre, elle crut qu'il les conduisait quelque part. Mais elle déchanta très vite.

— Réponds-moi, Dwight ! Toby est avec moi. Il attend que tu viennes lui lancer la balle.

— S'il était là, Sarah, il t'aurait déjà répondu.

Mac avait l'air aussi dépité qu'elle. Toby n'avait manifesté aucun talent de chien policier, et ils n'avaient obtenu de la grand-mère que des divagations sans queue ni tête.

Impossible de savoir si Dwight avait annoncé oui ou non qu'il allait se rendre au parc.

— A condition qu'il puisse encore le faire, dit Sarah en remontant frileusement le col de sa veste qui n'offrait pas une protection suffisante contre l'air froid et humide venant du fleuve.

— Tu vas finir par attraper du mal, Sarah. Et ça ne nous avancera pas à grand-chose. Si Dwight est venu au parc, il en est certainement reparti, maintenant. Il faut savoir s'arrêter, à un moment donné. Laissons les spécialistes faire leur boulot.

— Comme ils le font depuis le début ?

— Nous ne pouvons rien faire de plus, dit Mac sans relever sa pique. Et tu ferais bien d'aller te mettre au chaud.

— Tu me conseilles de laisser tomber sous prétexte qu'il fait froid ?

— Nous ne savons même pas s'il est venu au parc. Et puis, quand l'unité de recherches va arriver, ils ne voudront pas de nous dans leurs pattes.

— L'unité de recherches ? S'il s'agit des flics qui ont cherché Danny, je te rappelle qu'il leur a fallu trois mois pour retrouver son cadavre.

— Sarah…

Mac voulut lui prendre le bras mais elle se déroba.

— Rentre, si tu veux. Moi, je continue. Si quelqu'un a attiré le petit en lui parlant de moi ou de Toby…

Comme s'il entendait son nom, le chien se mit à aboyer. Sarah et Mac se retournèrent, tâchant de le localiser dans le noir.

— Toby ? appela Sarah.

Le chien continua d'aboyer avec insistance, et de plus en plus fort.

— Il a trouvé quelque chose !

Sarah s'efforçait de parler posément et de contrôler son enthousiasme.

— Il doit s'agir d'un écureuil qui le nargue du haut d'une branche. Ça ne veut pas dire…

Sans écouter Mac, la jeune femme s'élança dans la direction d'où venait le bruit.

— Toby ? Où es-tu, bonhomme ?

Le chien émit encore trois ou quatre jappements brefs, puis il se tut, et recommença.

Tout en courant vers lui, Sarah entendait Mac qui la suivait dans le sous-bois touffu. Ils approchaient du centre du parc — une véritable forêt vierge où les débroussailleuses de la municipalité n'arrivaient pas à bout des taillis.

Elle écarta, pour passer, un fouillis de plantes grimpantes, espérant que ce n'était pas du sumac vénéneux. Toby n'était toujours pas en vue mais elle l'entendait de plus en plus nettement.

Enfin, comme elle émergeait d'un rideau de végétation particulièrement dense, elle aperçut les taches blanches de son pelage qui se détachaient sur l'obscurité environnante. A quelques mètres du tronc d'un chêne séculaire, un peu fantomatique dans la brume du soir avec ses branches où pendaient de longs colliers de mousse espagnole, Toby semblait s'intéresser à quelque chose qu'elle ne voyait pas.

« Un écureuil, songea Sarah. Mac avait raison. »

Elle sortit la laisse de sa poche et se dirigea vers le chien. Ces âneries avaient assez duré.

— Arrête, Toby ! Tais-toi ! Ça suffit, maintenant.

Son ton sévère fit reculer le chien. Il tourna brièvement la tête pour la regarder. Ses yeux n'étaient que deux points rouges qui luisaient dans l'obscurité.

Mais il n'était pas assez discipliné pour lui obéir durablement. Avant qu'elle ait pu s'approcher suffisamment pour le mettre en laisse, il recommença son manège. Ses jappements stridents étaient maintenant entrecoupés de grognements sourds, assez inhabituels de sa part. Sarah craignit d'être obligée de l'emmener de force, tant il paraissait perturbé. Tout en se disant cela, elle s'aperçut pour la première fois que le chien ne regardait pas au-dessus de lui, dans les branches de l'arbre, mais vers le sous-bois, en face d'eux. Et le grondement qu'il émettait devenait de plus en plus menaçant.

Sarah recula légèrement, essayant d'apercevoir ce qui l'intéressait tant, de l'autre côté du gros tronc. Dans un premier temps, elle ne put rien distinguer dans l'épaisseur des taillis qui avaient dû le dissuader d'aller plus loin. Puis une forme lui apparut parmi les ombres. Une silhouette humaine aux épaules nettement dessinées… qui disparut très vite.

— Mac ? C'est toi ? demanda Sarah d'un ton hésitant.

Elle ne s'attendait pas à le trouver là. Peut-être avait-il découvert un passage plus facile en contournant les épais buissons qu'elle avait dû traverser.

— J'arrive !

Sa voix venait de derrière — dans la direction opposée à ce qu'elle venait de voir.

La gorge brusquement nouée par l'angoisse, elle scruta de nouveau l'endroit où elle avait vu un homme debout… en train d'observer Toby ?

Elle se retourna vers son chien qui continuait de grogner sourdement, les yeux fixés sur les taillis au-dessus desquels elle avait distingué une silhouette. Son souffle se condensait en petits nuages de vapeur que l'on discernait devant lui dans l'obscurité, quand il aboyait.

— Sarah, tu l'as trouvé ?

Mac n'était plus très loin.

— Il y a quelqu'un là-bas, Mac ! C'est après lui que Toby aboyait.

— Après *lui* ?

Elle se retourna, rassurée par la présence de Mac. Tant bien que mal, il réussit à émerger des broussailles qui les séparaient.

— Je l'ai vu, là-bas ! Debout de l'autre côté de cet arbre.

Mac dirigea le faisceau de sa torche électrique vers l'endroit qu'elle désignait. Il n'y avait plus rien, à présent, qu'un entrelacs de branchages nus.

— Tu en es sûre ?

— J'ai vu quelqu'un.

Elle sonda sa mémoire, se demandant si cette image aurait pu être un effet d'optique, une superposition d'ombres dans l'obscurité. Ou quelque branche agitée par le vent.

— C'était peut-être un gars de l'unité de recherches.

— Dans ce cas, pourquoi n'aurait-il rien dit ? répliqua la jeune femme.

— Il aura sans doute cru que tu promenais ton chien, voilà tout. La police ne tient pas à ce que cette nouvelle disparition d'enfant soit connue, j'imagine.

En passant devant elle, Mac lui prit la laisse des mains dans l'intention évidente de l'attacher au collier du chien. Il commençait à se pencher sur Toby quand il s'immobilisa, suspendant brusquement son geste.

— Mac ? Qu'est-ce qu'il y a ?

— Rien. Reste là, Sarah. Attends… un petit instant, d'accord ?

Elle obéit sans discuter.

Assis sur ses talons, Mac se mit à examiner quelque chose, par terre. Quand il dirigea lentement le faisceau de sa lampe vers le pied de l'arbre, Sarah aperçut un objet terriblement reconnaissable : une petite chaussure de tennis usagée, dont la blancheur se détachait sur un amas de feuilles mortes.

18.

Mac éteignit sa lampe électrique sans se faire aucune illusion : il était impossible d'épargner cela à Sarah. Se penchant en avant, il écarta les feuilles grossièrement entassées par-dessus le corps jusqu'à trouver d'abord la tête, puis le cou.

La froideur de la peau lui fournissait déjà la réponse qu'il redoutait. Comme ses fonctions l'exigeaient, il tâta néanmoins l'artère carotide à la recherche du pouls. Il n'y en avait plus.

Il avala péniblement sa salive et retira sa main. Il évacua ensuite l'air de ses poumons en soufflant par la bouche, à intervalles rapprochés — une technique que lui avait apprise un flic plus expérimenté, le jour où ils avaient sorti du fleuve son premier macchabée.

— C'est lui ? C'est Dwight ?

Il entendit Sarah venir vers lui, et se remit debout pour l'empêcher d'approcher. Il la prit ensuite par les épaules, la fit pivoter et l'entraîna plus loin.

— N'y va pas.

— Est-ce que c'est Dwight ?

— Je ne sais pas mais… c'est un enfant.

— Oh, mon Dieu ! Oh, mon Dieu ! Est-ce qu'il…

— Oui.

A l'écart, le chien continuait d'aboyer.

— Tu dis que tu ne sais pas. Voudrais-tu aller regarder, s'il te plaît ? Voudrais-tu vérifier ?

Que pouvait-elle bien imaginer ? Qui cherchaient-ils dans ce parc depuis trois quarts d'heure ?

— Je ne veux rien faire qui risque de détruire des empreintes.

Ce n'était pas tout à fait un mensonge, mais il eut quand même un peu honte de cette échappatoire.

La vérité, c'est qu'il ne voulait pas promener sa foutue lampe sur des yeux à jamais privés de vie. Il n'avait pas envie de voir le visage exsangue du petit garçon. Et, par-dessus tout, il ne voulait pas qu'elle le voie. Il y avait assez de souvenirs de ce genre dans la mémoire de Sarah Patterson. Il était inutile d'y ajouter cette image-là.

— Des empreintes ? Pour que vous puissiez épingler celui qui a fait ça ? A quoi bon ? Il se retrouvera dans la rue au bout d'une semaine.

Il n'y avait rien à répondre à cela. Et l'ironie amère de sa réflexion était totalement justifiée.

— Fais seulement taire ce fichu clébard, s'il te plaît. Je dois passer un coup de fil pour faire venir les experts.

Elle acquiesça, et Mac lui tendit la laisse avant de fourrer sa lampe dans la poche extérieure de son blouson. Comme il sortait son portable de sa poche intérieure, Sarah partit chercher Toby, le bousculant légèrement au passage.

Il n'était pas question qu'il rappelle Sonny. Il leur avait demandé de surveiller les abords de l'immeuble. Il leur avait bien spécifié que c'était Tate qui avait tué Patterson. Sarah leur avait dit qui était l'auteur du message, sur son répondeur. Ils avaient en main toutes les cartes pour éviter ce drame. Sauf qu'ils n'avaient rien voulu savoir.

De plus en plus furieux, Mac tapa les trois chiffres de police secours et attendit. A la troisième sonnerie, une voix féminine, jeune, à l'accent traînant des Noirs du Sud lui répondit. Elle resta neutre et distante, même quand il lui fit part du meurtre d'un enfant. Mac se demanda combien de comptes rendus d'homicides la jeune femme avait déjà pu transmettre pour être aussi blindée.

Après avoir fourni le maximum d'indications sur l'endroit où ils se trouvaient, il raccrocha et attendit. Alors, seulement, il remarqua que le chien avait enfin cessé d'aboyer. Un silence inquiétant, à peine troublé par le bruit ténu de la rosée qui tombait des feuilles, régnait maintenant sur les lieux.

Mac se retourna pour voir où était Sarah. Une faible lueur brillait, un peu plus loin, dans l'obscurité.

Le faisceau de sa lampe électrique. Sarah la lui avait certainement subtilisée en le bousculant, tout à l'heure. Maintenant, elle était penchée sur le cadavre.

Mac observa la scène, incapable d'intervenir. Il la vit ôter délicatement les feuilles humides du visage de l'enfant qui gisait au pied de l'arbre. De l'endroit où il se trouvait, il ne pouvait pas voir les traits du garçon, mais il ne chercha pas à changer de position : le contact de cette chair froide et inerte sous ses doigts lui avait appris ce qu'il voulait savoir.

Sarah parut se replier lentement sur elle-même. Sa tête tomba en avant et elle resta prostrée sur place, le menton collé sur la poitrine.

La lampe s'éteignit. En entendant la respiration entrecoupée de la jeune femme, Mac sentit son cœur se serrer. La crise de sanglots qui allait suivre s'annonçait insoutenable. Il n'avait pas le choix, cependant. Quelles qu'aient été leurs intentions respectives au moment où ceci avait commencé, leurs vies étaient désormais liées l'une à l'autre. Une relation très forte s'était créée entre eux, affectivement et aussi physiquement.

S'il n'était pas en mesure d'atténuer sa douleur, du moins pouvait-il être là pour elle. Il glissa le portable dans sa poche et franchit en courant la distance qui les séparait.

Il se pencha sur elle, enlaçant tendrement ses épaules. Il n'essaya pas de la soulever comme l'autre soir, dans la cabine de douche, mais il la serra très fort dans ses bras et la garda blottie contre sa poitrine.

Sarah tremblait, mais la crise de larmes qu'il redoutait n'eut pas lieu. Au bout d'un moment, elle se dégagea légèrement de son étreinte, posant son poing fermé contre sa bouche.

— Je m'en veux tellement ! murmura-t-il. J'aurais dû… Je leur avais dit qu'il fallait monter la garde devant chez lui mais… il aurait fallu vérifier. J'aurais dû m'assurer que…

— Ce n'est pas lui, Mac. Ce n'est pas Dwight.

Quelle idée!

Il lui prit la lampe des mains et la dirigea vers le corps.

Il savait par avance que cette image allait le hanter, comme toutes ces photos qui s'étalaient sur le tableau de la salle de réunion.

Mais il sut aussi, dès qu'il le vit, que Sarah ne s'était pas trompée : ce visage-là n'était pas celui de Dwight Ingersoll.

— Tu ne vas quand même pas me dire que Tate n'a rien à voir là-dedans ?

Sonny pivota sur ses talons et leva les yeux sur son coéquipier.

— Je ne vais rien te dire du tout, Mac. Pas avant que les experts aient examiné les lieux du crime. Et l'autopsie nous révélera si oui ou non…

— Oh ! là là ! Sonny, je t'en prie ! Je ne suis pas un journaliste. Tu sais aussi bien que moi qui a tué ce gamin. Et, dès demain, pas un habitant de cette ville ne l'ignorera.

Sonny se remit debout et s'écarta du cadavre pour céder la place aux experts. Il s'éloigna de quelques pas, faisant signe à Mac de le suivre. Quand ils furent suffisamment loin pour ne pas être entendus des autres, Sonny se tourna vers son compagnon.

— Je fais ce qu'on m'a dit, Mac. Et je dis ce qu'on me demande de dire. Si tu avais essayé, tu ne serais peut-être pas en marge de cette affaire, à l'heure qu'il est.

— Ça va, Sonny ! Je crois me souvenir que c'est toi qui es allé m'acheter un briquet au supermarché.

— Je ne te parle pas de ça. Tu as fait ce que tu devais faire avec cette bande vidéo. Là n'est pas la question.

— Alors, qu'est-ce que tu me chantes avec ton petit sermon ?

— C'est Morel. Il ne t'a pas à la bonne. Tu le sais parfaitement, mais tu continues à n'en faire qu'à ta tête.

— On a un autre gamin égorgé sur les bras, plus un qui a disparu, et tu viens me faire la morale à propos du patron ?

— Il ne t'est jamais venu à l'idée qu'on avait besoin de toi ? Que tu pourrais peut-être mettre ton foutu orgueil en sourdine pour éviter à un autre gosse de finir comme celui-là ?

Cette idée n'était pas de celles que Mac avait envie d'examiner de trop près. Avec l'aisance d'une longue pratique, il l'écarta le plus vite possible de son esprit.

— Qu'est-ce que vous faites pour Dwight Ingersoll ?

— On a lancé un avis de recherche. Personne n'a signalé un enlèvement quelconque. Il est allé jouer quelque part et il n'est pas rentré à l'heure. C'est tout ce qu'on sait.

— Ben voyons !

— Ecoute, nous faisons tout notre possible avec la marge de manœuvre qu'on nous accorde. Tu sais comment ça fonctionne.

Mac ne le savait que trop bien. Il comprenait même la nécessité d'agir avec modération. S'ils abusaient des alertes, s'ils émettaient des avis de recherche chaque fois qu'un gamin rentrait à la maison avec deux heures de retard, leur efficacité en serait amoindrie.

— Vous ne savez pas encore qui c'est ?

— On a sorti la liste de tous les gamins portés disparus ces derniers jours. Il y avait deux jeunes garçons de couleur, mais aucun Blanc dont le signalement corresponde à l'âge ou à la taille de ce garçon. J'imagine que Tate l'a enlevé dans un autre Etat, mais bon…

Sonny secoua la tête.

— Tu admets donc que c'est Tate ?

— Qu'est-ce que tu crois, Mac ? Que ça m'amuse ? Que je suis content de ne pas être du même côté que toi ? Que je me régale quand je découvre des gamins trucidés ?

Sonny ne s'était jamais énervé comme ça. Mac en déduisit que tout cela était en train de le miner, lui aussi.

— Je sais bien que non, répondit-il en changeant de ton. Seulement, c'est quand même désespérant : je me doutais qu'il allait encore se passer quelque chose, par ici. Pour une raison ou pour une autre, Tate a fait une entorse à ses habitudes. A partir de ce moment-là, il était impossible de dire ce qui allait se passer.

— Quand il s'est introduit chez elle ?

— Ouais. Je n'arrive pas à comprendre pourquoi il a fait ça.

— Parce qu'elle avait voulu lui faire sauter la cervelle, peut-être ?

Pendant un moment, en effet, Mac s'était imaginé que Tate avait été surpris par Patterson alors qu'il se cachait pour attendre Sarah, et qu'il l'avait tué pour pouvoir filer avant l'arrivée de Mac.

Mais si Sarah n'était pas revenue de sa promenade pour

faire entrer Mac, quel danger pouvait-il représenter pour Tate ? Pourquoi Tate n'aurait-il pas simplement attendu que Mac s'en aille ?

C'était aussi illogique de sa part que le fait de laisser le cadavre d'un gamin à quelques pas de chez elle. Encore, s'il s'était agi de Dwight…

— Pourquoi l'avoir déposé ici ? demanda-t-il tout haut.

— Le gamin ?

— D'habitude, il va jeter les corps dans des endroits reculés où il pense qu'on ne les retrouvera pas. A ma connaissance, il n'avait encore jamais dérogé à cette règle. C'est uniquement par hasard que l'on a découvert certains corps avant leur décomposition totale. Tandis que là… A mon avis, cet enfant n'est pas mort depuis plus de quatre ou cinq heures.

— Je n'en sais rien, Mac, mais quand on reçoit un cadeau, il ne faut pas faire la fine bouche.

— Pardon ?

— Le cadavre. Il est pratiquement intact. Le froid lui a épargné les insectes et les prédateurs. Il n'a même pas plu, aujourd'hui : un véritable cadeau pour les experts médico-légaux.

« Un véritable cadeau… »

La formule se grava dans la mémoire de Mac. Il se promit d'y réfléchir à la première occasion. Sonny s'était retourné et regardait le photographe installer son matériel pour éclairer le cadavre et la scène du crime.

— Sarah affirme qu'elle a aperçu un rôdeur, tout à l'heure. Il était dans les taillis, là-bas, derrière cet arbre.

— Tu l'as vu, toi aussi ?

Mac fit non de la tête.

— Elle était catégorique mais il faut dire qu'on n'y voyait pas grand-chose. Tu pourrais peut-être envoyer quelqu'un examiner ce coin-là, au cas où il y aurait des traces de pas.

— Ils iront voir.

— Et Sarah a ôté des feuilles collées sur le visage de la victime. Elle a fait très attention mais il vaut mieux les mettre au courant.

Sonny hocha distraitement la tête, comme si l'éventualité d'une contamination lui semblait peu probable.

— Elle a regagné ses pénates ?

Mac songea un instant à mentir, mais, en dépit de leurs divergences, Sonny restait son coéquipier.

— Pas encore.

— Elle dort à l'hôtel ?

— Pourquoi cette question ?

— Parce qu'il lui faut une protection, répondit Sonny en se retournant pour le regarder.

Mac remarqua son air scrutateur.

— Tu penses que Tate va encore essayer de s'en prendre à elle ?

— J'ai l'impression que tu avais vu juste.

— A quel sujet ?

— Elle est le seul élément qui nous relie à lui, maintenant. Et on dirait qu'il n'arrive pas à lâcher prise. Voilà pourquoi je me demande où elle habite.

— Chez moi.

Sonny pinça les lèvres.

— Ça t'ennuie que je le dise à nos chefs ? S'ils pensent la même chose que moi, ils vont vouloir se renseigner.

— Je ferai en sorte qu'il ne lui arrive rien.

— Son ex m'aurait probablement dit la même chose.

— Son ex ignorait ce que nous savons maintenant.

— C'est juste. Veux-tu que je fasse surveiller ton immeuble ?

— Parce que nous avons suffisamment d'hommes, maintenant ?

Sonny ne répondit pas. Il se tourna de nouveau vers l'endroit où les experts travaillaient, à la lumière des projecteurs.

— Je ferai en sorte qu'il ne lui arrive rien, répéta Mac d'une voix monocorde.

— Comme tu voudras, vieux.

— Si on retrouve Dwight Ingersoll vivant, tu pourras faire surveiller son immeuble. A mon avis, Tate sait que Sarah s'est attachée au gamin.

Pauvre garçon ! Il se retrouvait impliqué dans cette sordide affaire à cause de sa solitude. Parce que Sarah avait été gentille avec lui. Parce qu'il s'était pris d'affection pour son chien.

Rien de tout cela n'aurait dû le placer sur le funeste chemin de Samuel Tate. Evidemment, personne ne méritait de se trouver sur le chemin de ce monstre.

— Je vais faire un tour chez les Ingersoll pour voir s'il n'y a rien de nouveau, reprit-il.

Et pour voir aussi comment allait Sarah.

Il avait réussi à la convaincre de se rendre chez les Ingersoll pour raconter aux policiers qui interrogeaient la mère tout ce qui avait pu la frapper au cours de ses promenades au parc avec Dwight.

— Préviens-moi s'il réapparaît.

— Entendu… Sonny ?

— Ouais ?

— Ce n'est pas ce que tu crois. Avec Sarah, je veux dire.

Son coéquipier se tourna de nouveau vers lui.

— Ça ne me regarde pas, Mac. Je le sais très bien. Mais bon… ça m'embête que tu t'impliques dans une histoire comme celle-là, tu comprends ? Il y a plein de femmes disponibles, qui ne trimbalent pas un fardeau aussi terrible que le sien.

Mac hocha la tête. Sonny était son ami. Même s'il n'était pas du tout d'accord avec ce qu'il venait de dire, il lui savait gré d'essayer de le mettre en garde.

En outre, son coéquipier avait probablement raison. Une relation avec Sarah Patterson ne pouvait être que problématique. Malgré tout…

Malgré tout, il était déjà en train de retraverser la rue pour s'assurer qu'elle allait bien. Et tant qu'elle ne le lui aurait pas interdit spécifiquement, il allait veiller sur elle. Impossible de faire autrement.

19.

— Ils n'ont pas encore identifié le corps, dit Mac en acceptant la tasse de café que Sarah lui offrait.

Il supposa qu'elle l'avait préparé elle-même car Mme Ingersoll se trouvait exactement à la place qu'elle occupait à table quand ils étaient venus chercher un objet appartenant à Dwight. Et il y avait trois fois plus de mégots dans le cendrier posé devant elle.

— Ils sont en train d'éplucher la liste des garçons portés disparus depuis quelques jours et dont le signalement pourrait correspondre au sien, poursuivit-il. Ils ne devraient pas tarder à trouver quelque chose.

— Je plains la mère, dit Mme Ingersoll. Et elle n'est même pas encore au courant. Vous êtes sûrs…

— Absolument sûrs, affirma Sarah. Cet enfant n'est pas votre fils.

Mme Ingersoll soupira et écrasa sa cigarette dans le cendrier déjà plein.

— Je me demande pourquoi tout cela prend tellement de temps.

— Ça fonctionne comme ça dans ce genre d'affaire.

— Quand ça fonctionne ! riposta Sarah.

Elle n'avait pas regardé Mac en face depuis qu'il était entré dans la pièce. Il savait pourquoi car il devinait ce qu'elle pensait. La même chose que lui. La mère de Dwight était la seule personne qui ne semblait pas vraiment comprendre la situation.

Et sa grand-mère aussi, évidemment. Installée dans son fauteuil inclinable devant la télé qui braillait, elle regardait une série à l'eau de rose. Elle n'avait peut-être même pas conscience que Dwight avait disparu.

— Est-ce que la police va me contacter ou faut-il que je les appelle ?

— Ils vous téléphoneront dès qu'ils auront quelque chose, dit Mac.

C'était la première fois qu'il se trouvait « de l'autre côté » : celui où l'on attend.

Et il ne s'était jamais vraiment interrogé sur la façon dont les familles des disparus vivaient ces moments d'angoisse.

Il ouvrait la bouche pour tenter de fournir quelques explications sur les techniques qu'employait la police pour rechercher des personnes disparues quand Mme Ingersoll se leva brusquement, les yeux fixés sur la porte de communication avec l'entrée.

— Mais où étais-tu passé, nom de nom ? cria-t-elle. Est-ce que tu as une idée des tracas que tu as causés à tout le monde ?

Sarah réagit avant que Mac ait pu faire un geste. Le bousculant, elle se précipita vers l'enfant.

— Dwight ? Oh ! là là ! Dwight, mais où étais-tu donc ?

Mac et Beverley la suivirent. Apparemment, le petit s'était servi de la clé qu'il avait autour du cou pour entrer dans l'appartement.

Il s'apprêtait à la remettre dans l'échancrure de son chandail quand elles avaient commencé à le bombarder de questions. Dwight ouvrit de grands yeux et les regarda tous les trois comme s'il ne savait plus à qui répondre en premier.

Ses joues et ses mains étaient rougies par le froid, et il serrait encore la clé dans son poing aux phalanges gercées. Tête nue, il portait le même blouson que le jour où Mac l'avait interrogé, chez Sarah.

Sa mère traversa la pièce avec une rapidité que Mac ne lui connaissait pas encore.

— Tu étais censé surveiller mamie ! dit-elle en prenant le bras du gamin et en le secouant vigoureusement. Tu aurais été fier de toi, hein, s'il lui était arrivé quelque chose pendant que tu vadrouillais je ne sais où ?

Mac eut de la peine pour le gamin dont les yeux allaient maintenant du visage furieux de sa mère au fauteuil de l'aïeule qui n'avait pas bronché, toujours scotchée à son feuilleton.

Finalement, il les posa sur Sarah d'un air suppliant.

— J'ai fait ce que vous m'avez dit, mais vous n'êtes pas venue.

— Ce que je t'ai dit ? répéta Sarah en secouant la tête. Je ne comprends pas, Dwight.

— Dans le petit mot que vous m'avez envoyé. Je suis allé au terrain de jeux et j'ai attendu, attendu… mais je ne vous ai pas vue — ni vous ni Toby. Vous l'avez perdu ?

Il se pencha pour jeter un coup d'œil derrière Sarah, cherchant manifestement son compagnon de jeux.

— Non, non, pas du tout. Il est là-haut, chez moi, mais… Je ne t'ai envoyé aucun mot, je t'assure.

— Es-tu en train de mentir, Dwight ? demanda Beverley en se remettant à le secouer par le bras. Réponds-moi tout de suite, compris ? Et n'essaie pas de mettre tes bêtises sur le compte de quelqu'un d'autre !

— Mais elle m'a fait passer un mot.

Tout en parlant, il lâcha la clé et plongea la main dans la poche de son blouson pour en sortir un morceau de papier jaune plié en deux.

— Il a dit que ça venait de vous.

Sarah tendit la main pour prendre le message, mais Mac lui écarta le bras. Surprise, elle le regarda d'un air interrogateur.

— Il me faut un sachet en plastique, madame Ingersoll. Si possible, avec une fermeture à glissière.

La femme le dévisagea avec de grands yeux mais ne libéra pas son fils pour autant.

— Pour quoi faire ?

— Pour y déposer une pièce à conviction.

Sarah ouvrit la bouche puis la referma. Mais, à en juger par son expression, elle avait compris à quoi il pensait.

— Pouvez-vous me donner un sachet ? répéta Mac à l'intention de Beverley.

Il fit quelques pas et alla s'accroupir en face de Dwight, de sorte que ses yeux soient à peu près au niveau des siens.

— Garde ce papier comme ça jusqu'à ce que ta maman ait apporté un sachet pour le mettre dedans, d'accord ?

L'enfant acquiesça, laissant son bras tendu devant lui, le papier serré entre le pouce et l'index.

— C'est bon, reprit Mac. Nous étions inquiets parce que nous ne savions pas où tu étais. Personne n'est fâché contre toi. Ta maman a eu très peur, c'est tout. Nous avons tous eu peur qu'il te soit arrivé quelque chose.

— Y m'est rien arrivé.

— Je vois ça.

Mac accompagna ces mots d'un sourire rassurant, et le gamin esquissa un sourire tremblant.

— Je voudrais que tu fasses quelque chose pour moi, d'accord ?

Dwight hocha de nouveau la tête, puis leva les yeux vers sa mère qui revenait avec un sac de congélation transparent. Elle le tendit à Mac, les traits encore crispés par la colère.

— Merci.

Mac ouvrit le sachet et fit signe au garçon de glisser le papier à l'intérieur. Il le referma ensuite soigneusement et le rangea dans la poche de sa chemise.

— Maintenant, parle-moi un peu du monsieur qui t'a donné ça.

Dwight observa encore sa mère du coin de l'œil, puis son regard vint se poser sur Sarah. Mac supposa qu'elle lui avait souri car le visage du gamin s'illumina.

— Il a dit que ça venait d'elle.

— De Sarah ?

— Il a dit : « Mme Patterson qui habite au dernier étage ».

— Où était-ce, Dwight ? Où étais-tu quand il t'a donné ce mot ?

— Je revenais de l'école.

— Et ensuite, où es-tu allé ?

— Ici.

— Tu es rentré chez toi ?

— Je devais surveiller mamie jusqu'à ce que maman soit revenue des courses. C'est le jour des bons de réduction, au supermarché.

— Mais tu n'as pas parlé du mot à ta maman ?

— J'ai essayé mais elle était trop pressée. (Il leva encore les yeux sur sa mère). J'ai essayé de te le dire, maman, je t'assure.

— Et après le départ de ta maman, reprit Mac précipitamment, dans l'espoir d'éviter de nouvelles récriminations maternelles, tu es allé retrouver Sarah ?

— Je voulais attendre le retour de maman mais elle était en retard et il allait bientôt faire nuit. Je me suis dit que Toby aurait du mal à trouver la balle dans le noir.

— Tu es donc parti avant que ta maman soit rentrée.

— Oui. Elle était juste allée au supermarché et mamie regardait son feuilleton. Je lui ai laissé des petits gâteaux et je lui ai fait promettre qu'elle ne bougerait pas du fauteuil. Je croyais que maman allait rentrer très vite. C'est ce qu'elle m'avait dit en partant : « Je reviens tout de suite. »

— Alors, tu t'es rendu au terrain de jeux ?

— Sur le mot, c'était marqué 4 h 30 mais je suis arrivé là-bas plus tard que ça. Je me suis dit qu'ils étaient peut-être allés jouer ailleurs, alors j'ai fait un tour pour essayer de les trouver mais ils n'étaient nulle part. Après ça, il faisait nuit et j'ai pensé que je les avais ratés parce que j'étais arrivé trop tard, alors je suis revenu à la maison.

— As-tu vu l'homme qui t'a donné le mot ?

— En revenant de l'école ? demanda Dwight, visiblement déconcerté.

— Je veux dire : est-ce que tu l'as revu ensuite ? Après être allé chercher Sarah et Toby au terrain de jeux ?

— Non, il n'y avait plus personne. Tous les enfants étaient partis et tous les moniteurs aussi.

— Et ce monsieur n'était pas là, lui non plus ?

Dwight secoua la tête.

— Peux-tu me dire de quoi il avait l'air ?

Le garçon haussa légèrement les épaules.

— Bien. Il avait l'air bien.

— C'est-à-dire… bien habillé, c'est ça ? Ou alors, tu veux dire qu'il avait l'air sympa ?

— Euh… les deux.

— Comment était-il habillé ?

— Il avait un manteau et un pantalon… gris, je crois. Et puis des gants. Des gants noirs.

Naturellement, songea Mac. Ce qui voulait dire qu'ils ne trouveraient pas d'empreinte sur le mot.

Cela n'avait pas grande importance, du reste. Mac savait avec certitude qui avait attiré le petit Ingersoll dehors à la tombée de la nuit. En revanche, il ne comprenait pas très bien pourquoi le tueur s'était donné tout ce mal sans en profiter pour l'enlever.

Etait-ce parce qu'il avait déjà assouvi ses instincts pervers avec le meurtre de l'enfant découvert dans le parc ? Ou bien parce qu'il poursuivait un autre dessein que celui de tuer Dwight ?

« Il aime tirer les ficelles », lui avait dit Daryl Johnson. Tate avait dû se régaler, cet après-midi, avec son atroce jeu de cache-cache. Ils avaient tous marché comme un seul homme, jusqu'au coup de grâce final. Sarah et lui, surtout.

— Nous te demanderons peut-être de regarder quelques photos pour voir si tu le reconnais, reprit Mac, essayant de ne pas se laisser distraire par un accès de colère. Crois-tu que tu pourrais faire ça ?

— Peut-être. Où elles sont ?

— Je ne les ai pas sur moi. Quelqu'un les apportera ici pour te les montrer, ou alors on te convoquera au commissariat.

— Je vais avoir des ennuis ?

— Mais non ! Les policiers voudront juste que tu leur parles de l'individu qui t'a donné ce papier. Tu leur répéteras simplement ce que tu viens de me dire, et tout ce que tu te rappelleras à son sujet.

— D'accord.

— C'est bien, mon grand.

Mac se leva, posa une main sur l'épaule du gamin et la serra doucement.

— Je parie que tu as une faim de loup, pas vrai ?

— Un peu..., bredouilla le garçon en regardant furtivement sa mère, l'air indécis.

— Je vais appeler le commissariat pour leur dire qu'il est rentré, dit Mac à Mme Ingersoll. Si vous lui prépariez un sandwich et une soupe, histoire de le réchauffer un peu ?

La femme resta un moment immobile et fronça les sourcils comme si elle s'apprêtait à refuser. Puis elle pivota et regagna la cuisine d'assez mauvaise grâce. Mac poussa doucement l'enfant dans cette direction.

En arrivant à hauteur de Sarah, Dwight marqua une pause.

— Je suis désolé d'être arrivé trop tard.

Visiblement déconcertée, la jeune femme consulta Mac du regard. Il haussa les sourcils, aussi démuni qu'elle face à la candeur de leur protégé.

Finalement, Sarah se pencha sur le gamin, le prit dans ses bras et le serra brièvement contre elle. Le câlin ne dura pas plus d'une seconde ou deux mais elle posa ensuite ses deux mains sur les joues du petit, l'obligeant à la regarder dans les yeux.

— Ce n'est pas moi qui t'ai écrit ce mot, Dwight. Quelqu'un t'a joué un tour. Il est très dangereux de sortir seul à cette heure-là, tu comprends ? Je ne t'aurais jamais demandé de faire ça. Et à l'avenir, si j'ai quelque chose à te dire, je viendrai moi-même chez toi. Je n'enverrai jamais quelqu'un à ma place, je te le promets. Est-ce que tu comprends ?

Le garçon hocha la tête.

— C'est bien, lui dit Sarah avec un sourire encourageant. Et maintenant, je veux qu'à ton tour tu me promettes quelque chose.

Il acquiesça encore plus vigoureusement, soucieux de lui faire plaisir.

— Il faut me promettre de ne jamais croire les inconnus. Il y a des gens très, très dangereux sur terre.

Le garçon acquiesça.

— Il a menti, le monsieur, ajouta-t-il d'un air entendu.

— Il a menti, en effet. Et il y a beaucoup de gens qui racontent des mensonges. C'est pour ça que tu ne dois pas croire n'importe qui.

— Et lui ? demanda Dwight en désignant Mac du menton.

— L'agent Donovan ? Tu peux lui faire confiance aussi. Il m'a aidée à te chercher, ce soir.

— Parce que c'est votre ami ?

— Exactement, dit Sarah sans regarder Mac.

— Et c'est l'ami de Toby ?

— C'est aussi l'ami de Toby, répondit-elle avec un sourire. Tout comme toi. Mais c'est très rare, les bons amis. Il faut faire très attention quand tu les choisis. Et il faut connaître quelqu'un depuis très longtemps avant d'être sûr que c'est un ami. Tu es bien d'accord ?

Même si l'enfant acquiesçait avec conviction, Mac se demanda s'il tiendrait compte de ce petit sermon la prochaine fois que quelqu'un lui ferait miroiter une occasion de lancer la balle à Toby. Son innocence le rendait très vulnérable.

Ce qui le ramenait à la question qu'il venait de se poser : alors qu'il tenait l'occasion idéale d'enlever Dwight, pourquoi Tate avait-il choisi de tuer un autre garçon ? Et pourquoi avait-il laissé le corps de sa victime dans le parc, là où ils étaient logiquement censés chercher celui de Dwight ?

— La soupe est prête.

Sarah et Mac se retournèrent. Mme Ingersoll les regardait depuis le seuil de la cuisine. Sans doute avait-elle entendu leur conversation avec Dwight.

Sarah posa une main dans le dos du garçon, l'encourageant à aller vers elle.

— Dis à ta maman que tu regrettes de lui avoir causé du souci.

Il avança docilement et s'arrêta devant sa mère.

— Je te demande pardon, maman, d'être sorti sans te dire où j'allais, et d'avoir laissé mamie toute seule. Je ne ferai plus jamais ça, même si quelqu'un me dit qu'il le faut.

Mme Ingersoll hocha la tête en silence. L'effort qu'elle faisait pour ne pas répondre quelque chose de blessant au petit crevait littéralement les yeux.

— Va vite manger avant que ça refroidisse.

Quand Dwight eut disparu dans la cuisine, sa mère croisa les bras.

— Il ne réfléchit pas, déclara-t-elle, s'adressant directement à Mac. Il est toujours dans la lune. Je ne sais vraiment pas ce qui peut lui passer par la tête…

Elle secoua la sienne comme si le comportement de son fils était une énigme pour elle.

— Vous avez bien compris qu'il avait très probablement

été abordé par l'homme qui a tué le garçon que nous avons découvert dans le parc ? Il aurait très bien pu être la victime. Il a eu une chance inouïe, ce soir.

— Vous connaissez le dicton ? Il y a un bon Dieu pour les idiots et les ivrognes...

— C'est à vous de veiller sur votre petit garçon, madame Ingersoll, dit Sarah. Le bon Dieu ne lui sera d'aucun secours. L'agent Donovan a essayé de vous mettre en garde à ce sujet, l'autre jour. Il vous a conseillé de le garder à la maison, de ne pas le quitter des yeux et de bien fermer votre porte à double tour.

— Et vous, c'est ce que vous avez fait, madame Patterson ? C'est ainsi que vous avez veillé sur votre propre fils ?

Un long silence suivit cette question, uniquement rompu par le bruit des rires enregistrés qui provenait de la télévision.

— Mon fils est mort, madame Ingersoll, dit enfin Sarah d'une voix sourde. Et si vous ne voulez pas qu'il arrive la même chose au vôtre, je ne peux que vous recommander de suivre les conseils de la police.

Sur ces mots, Sarah prit sa veste sur le dossier de la chaise où elle l'avait posée en revenant du parc.

— Je vais récupérer Toby là-haut, dit-elle à Mac. On se retrouve à la voiture.

20.

A peine Sarah avait-elle ouvert la porte de l'appartement que Toby se précipita sur le palier. Elle l'attrapa au passage par son collier, puis referma la porte et s'y adossa en fermant les yeux, essayant d'évacuer les tensions qui s'étaient accumulées au cours de cette interminable soirée — tensions qui avaient culminé lors de l'accusation à peine voilée de Mme Ingersoll.

Comment avait-elle pu s'émouvoir à ce point des propos de cette femme ? se demanda-t-elle. A la réflexion, personne de sensé n'aurait pris en considération l'opinion ou les critiques de Beverley Ingersoll en matière de comportement maternel. Ce n'était certes pas grâce à elle que Dwight avait échappé à la mort, quelques heures plus tôt.

En fait, ce n'était grâce à personne — sinon à Samuel Tate.

Elle entendit Mac monter l'escalier. Il était au téléphone. Sans doute avertissait-il la police que Dwight avait regagné ses pénates, comme il avait promis à Mme Ingersoll de le faire. Sarah s'écarta de la porte et se redressa tout en s'essuyant furtivement les yeux.

En atteignant le palier du troisième, Mac referma son portable et le fourra dans sa poche.

— Comment ça va ?

— J'ai appris à ne pas m'offusquer des élucubrations des imbéciles.

— Excellent principe. Alors, Tob, tu es prêt à sortir ?

— Il n'a pas apprécié qu'on l'enferme. Je dois avouer que je le comprends un peu.

— Tu as déjà fermé à clé ?

— Oui.

— Et tu n'as besoin de rien ? Quelques vêtements de rechange ? Des produits de beauté ?

— Pas au point de rentrer pour aller les prendre.

Mac tendit sa main droite, la paume ouverte. Sarah la regarda et secoua la tête.

— J'ai tout ce qu'il me faut.

— Tu n'as même pas mis un pied à l'intérieur, n'est-ce pas ?

Sarah hésita, mais il aurait été ridicule de lui mentir pour quelque chose d'aussi anodin.

— Je te l'ai dit : je n'avais aucune raison de le faire.

— Alors, donne-moi la clé : je vais aller voir s'ils ont bien tout remis en place.

Il voulait vérifier s'ils avaient nettoyé le sang, songea-t-elle. Le sang de Dan.

— Inutile de faire ça ce soir. Rien ne presse.

Tout en le disant, elle se rendit compte que ce n'était pas forcément vrai.

— A moins que tu ne sois prêt à me renvoyer chez moi.

— A ton avis ?

— Je n'en sais rien.

— Si, tu le sais, dit-il. Allez, prête-moi ta clé. Tu n'as qu'à aller m'attendre en bas avec Toby.

— Je ne suis pas froussarde, Mac.

— Non, absolument pas. Et tu n'as pas besoin de me le prouver.

Elle extirpa la clé de la poche de son jean et la déposa dans sa paume.

Il lui adressa un clin d'œil, mais il se tourna pour insérer la clé dans la serrure avant qu'elle ait pu distinguer ce fameux petit sourire en coin qui la faisait toujours craquer.

— Tu crois que ça embêterait la mère Ingersoll si j'emmenais Toby dire bonsoir à Dwight ?

— Qu'est-ce que ça peut bien te faire, si ça l'embête ? rétorqua Mac en se retournant sur le seuil, une fois la porte ouverte.

— En fait, je ne serais pas mécontente de l'enquiquiner un peu.

— Dans ce cas, je ne vois pas où est le problème.

— J'ai pensé que Dwight aimerait dire bonne nuit à Toby avant que nous ne partions.

— Il allait juste se coucher.

Beverley n'avait pas ôté la chaîne de la porte, et elle regardait la jeune femme par l'entrebâillement. Compte tenu du fait que Dwight mangeait encore sa soupe cinq minutes plus tôt, Sarah ne la crut pas. Et elle n'eut aucun scrupule à insister.

— Ça me semble quand même un peu tôt, même la veille d'un jour d'école. Du reste, nous n'en aurons que pour une minute. Il s'est pris d'affection pour Toby, vous savez, et c'est manifestement réciproque. J'ai pensé que ça lui ferait du bien de voir son copain.

La mère de Dwight garda le silence pendant un long moment. Le bruit de la télévision s'échappait dans le hall par la porte entrouverte.

— Je vais le chercher, dit-elle enfin, mais je vous en prie, n'allez pas lui mettre des idées en tête !

— A quel sujet ?

Sarah ne voyait vraiment pas de quoi elle voulait parler.

— Il me bassine sans arrêt pour avoir un chien. Il dit qu'il s'en occupera et que le gérant sera sûrement d'accord puisqu'il y a déjà Toby dans l'immeuble.

— J'ai dû verser une caution, mais… j'expliquerai ça à Dwight.

— Je n'ai pas les moyens de payer la caution ni la nourriture pour un animal. Dites-lui aussi ça, tant que vous y serez. Apparemment, mes explications n'ont pas beaucoup de succès avec lui.

— Bien sûr, je vais essayer, répondit Sarah d'une voix aussi neutre que possible.

Au lieu de l'inviter à entrer, Mme Ingersoll lui ferma la porte au nez. Sarah poussa un soupir et se répéta qu'elle faisait ça pour Dwight qui manquait cruellement de petites joies comme celle-là. Si elle pouvait contribuer à rendre son existence un peu moins lugubre…

Le garçon la rejoignit dans le hall et referma presque totalement la porte derrière lui. Sans un mot, il se pencha sur Toby et enfouit sa figure dans l'épais pelage de l'animal.

— Tu me manques tellement ! lui murmura-t-il à l'oreille.

Bien qu'il n'ait pas été d'un tempérament placide, Toby resta parfaitement immobile pendant toute la durée de ce gros câlin. Finalement, Dwight leva sur Sarah des yeux étincelants.

— Je crois que je lui manque aussi.

— Je suis certaine que oui.

— On pourrait aller lui lancer la balle ? Juste un petit moment. Maman ne dirait rien, du moment que je suis avec vous.

Encore sous le choc de la scène du parc, Sarah secoua la tête avec un sourire navré.

— Nous reviendrons, promit-elle, et je t'emmènerai au parc un autre après-midi. Tu serais d'accord pour que l'agent Donovan vienne avec nous ?

Quel que soit le message que Tate avait voulu leur faire passer ce soir à travers ses derniers forfaits, une certitude s'en dégageait : l'existence de Dwight n'était pas un mystère pour lui. Et il n'ignorait rien de ses relations avec Sarah.

— Oh, bien sûr ! Vous avez dit qu'il était aussi le copain de Toby. On peut se le partager.

— A mon avis, Toby est de taille à avoir plusieurs

copains. (Sarah baissa la voix.) Ne le dis pas à Donovan, mais je crois que c'est toi qu'il préfère.

— Je le savais déjà, déclara Mac qui arrivait en bas de l'escalier. Il me l'a dit.

— C'est pas possible ! Les chiens ne parlent pas, répliqua Dwight avec un sourire radieux, visiblement tout fier d'avoir compris que c'était une blague.

— Oui, mais c'est ce qu'il dirait s'il pouvait parler, affirma Mac. Et maintenant, il doit te dire bonne nuit car à cette heure-ci il devrait déjà être couché.

— Tout comme toi. (Sarah ne put résister à la tentation d'ébouriffer les cheveux mal coupés de son petit protégé.) Dors bien, mon grand, et fais de beaux rêves.

— Bonne nuit, Toby ! dit Dwight en serrant encore le chien dans ses bras. A bientôt.

— Et n'oublie pas ce que je t'ai dit, Dwight. D'accord ?

— J'oublierai pas.

— Dis à ta maman de fermer à clé, lui rappela Mac.

— Oh, elle fermera ! Il y a des gens qui ne lui plaisent pas beaucoup, au premier.

Il ouvrit la porte puis s'immobilisa sur le seuil et se retourna vers Sarah.

— J'allais oublier de vous demander…

— De me demander quoi ?

— Ce que le monsieur m'a dit de vous demander.

Le froid qui l'avait envahie quand Mac lui avait dit que Dwight n'était pas rentré lui glaça de nouveau le cœur. Le seul *monsieur* dont ils avaient parlé ensemble ce soir…

— Tu veux dire, cet homme qui t'a remis le billet?

Dwight hocha affirmativement la tête.

— Il m'a dit de bien penser à vous demander si vous avez aimé ce qu'il a fait pour vous.

Les deux adultes gardèrent le silence pendant quelques secondes. Sans doute Mac essayait-il, comme elle, de décrypter le sens exact de la question de Tate, et de trouver quelque chose à répondre au gamin.

— Ce qu'il a fait pour Sarah? répéta enfin Mac. Tu es certain que c'est ce qu'il a dit, Dwight?

— J'en suis sûr. Il me l'a fait répéter deux fois : « lui demander si elle a aimé ce que j'ai fait pour elle ».

— De quoi est-ce qu'il parlait, à ton avis?

Le garçon haussa les épaules.

— Peut-être du message écrit sur le morceau de papier?

— Je peux répondre que je n'ai pas du tout aimé ça, dit Sarah. Parce qu'il t'a menti. A cause de ça, tu es sorti alors que tu n'aurais pas dû, et tu t'es fait gronder.

— Alors, s'il me demande la réponse, je dois lui dire que ça ne vous a pas plu du tout?

— Si tu le rencontres encore, Dwight, il ne faut pas lui parler. Ce n'est pas quelqu'un de bien. Si tu le revois, il faut prendre tes jambes à ton cou et filer chez toi au pas de course.

— Y faut jamais parler aux inconnus, récita le garçon d'un ton pénétré.

— Exactement, dit Mac. Même si tu lui as déjà parlé

une fois, il reste un inconnu. Et c'est toujours un homme très dangereux. Tu comprends ?

Dwight hocha encore la tête, ses yeux bleu pâle allant de l'un à l'autre.

— Maintenant, rentre vite et va te mettre en pyjama, dit Sarah. Nous reviendrons un de ces jours pour jouer à la balle.

— Demain ?

— Peut-être pas demain mais bientôt. Je te le promets.

— Bon, d'accord. Bonne nuit, alors. Dors bien, Toby.

Il rentra enfin dans l'appartement. Sarah prêta l'oreille un instant. Quand elle eut entendu la clé tourner dans la serrure et le bruit de la chaîne qu'on accrochait, elle se tourna vers Mac.

— Crois-tu que Tate voulait parler de Dwight ? Du fait qu'il l'a épargné et qu'il a tué l'autre garçon à sa place ?

— Je n'en sais rien.

Mac la prit par le bras et l'entraîna vers l'extérieur.

— Quoi qu'il ait voulu dire, ajouta-t-il en ouvrant la porte d'entrée de l'immeuble, l'idée que ce monstre puisse te demander quelque chose me met hors de moi.

Dès qu'ils eurent franchi le seuil, il se retourna et ôta la cale qui maintenait le battant toujours entrouvert. Il sortit ensuite son portable et le rouvrit d'une seule main.

— Qui appelles-tu ?

— Sonny. Il faut lui raconter ça.

Sarah tira sur la laisse pour ramener près d'elle Toby qui piaffait déjà d'impatience, prêt à aller faire un tour au parc. Sur le perron, elle se rendit compte que la température avait encore baissé.

Elle jeta un coup d'œil de l'autre côté de la rue mais les projecteurs utilisés par les experts pour éclairer le lieu du crime n'étaient pas visibles de là. En bas des marches, son portable collé à l'oreille, Mac attendait que quelqu'un décroche.

— Tu pourrais peut-être appeler de la voiture ? suggéra-t-elle en remontant frileusement le col de sa veste.

— De toute façon, ça ne répond pas. (Mac remit le téléphone dans sa poche et offrit son bras à Sarah.)

— Tu as froid ?

— Oui. Et en plus je meurs de faim, je suis fatiguée et très en colère.

— En colère ?

— Ce type me fait marcher et il se sert de Dwight pour ça. Hélas, je ne peux strictement rien y faire.

Elle avait laissé passer une occasion unique de le supprimer et elle s'en voulait terriblement, depuis. Dan s'était trompé à bien des égards, dans sa vie, mais il avait raison à ce sujet : « Tire, ne dis rien… Ne réfléchis pas. » Si elle avait suivi son conseil…

— Peut-être que si.

— De quelle manière ?

Au lieu de répondre, Mac ouvrit la portière arrière pour faire monter Toby. Puis il ouvrit celle du passager, et attendit que Sarah se soit installée pour refermer et faire le tour de la voiture.

Il marqua une pause avant de monter, inspectant du

regard la rue et les alentours. Une fois assis au volant, il mit le contact et entreprit de régler le chauffage.

— De quelle manière ? répéta Sarah.

— Je dois d'abord en parler à quelques personnes.

Il démarra et s'engagea dans la rue déserte.

— Quelles personnes ? De quoi parles-tu ?

— Du FBI. Au bureau fédéral, il y a un profileur qui a travaillé avec le détachement spécial. J'ai deux ou trois questions à lui poser.

— A propos de ce que je pourrais faire en ce qui concerne Tate ?

Quelque chose avait dû lui échapper car cette conversation commençait à ressembler à un dialogue de sourds, jugea Sarah.

— A propos de ce que *nous* pourrions faire, le concernant.

— Je ne saisis pas très bien.

Mac tourna la tête pour la regarder.

— Je crois qu'il est en train d'innover. C'est une brèche dans son comportement. Cela doit avoir un sens.

— Tu veux parler du mot qu'il a donné à Dwight ?

— Ça et le reste. Le meurtre de ton ex-mari. Ce message sur ton répondeur. Tout cela est aberrant.

Sarah eut un rire bref.

— Plus aberrant que son comportement habituel d'assassin pédophile ?

— Oui. En quelque sorte. Il a établi une sorte de lien avec toi. J'avais déjà fait cette remarque à Sonny mais je ne mesurais pas encore jusqu'où ça pouvait aller. Il voulait te transmettre un message et il a choisi Dwight comme intermédiaire.

— C'était pour me narguer.

— Peut-être. Mais pour ça, il est allé jusqu'à renoncer à tuer Dwight. On peut en déduire qu'il veut à tout prix se rapprocher de toi. On dirait… je ne sais pas, une sorte de fascination, peut-être.

— Fascination ?

Cette idée avait de quoi l'ulcérer.

— Je ne veux pas parler d'attirance sexuelle. N'empêche que j'aimerais en discuter avec Johnson.

— Le profileur ?

— Ouais. Tate ne s'intéresse manifestement pas aux femmes. Il doit s'agir d'autre chose.

— J'ai essayé de le tuer, Mac : c'est de cela qu'il s'agit. J'avais l'intention de faire sauter sa putain de cervelle.

La rage qui vibrait dans sa voix fit peut-être prendre conscience à Mac qu'elle n'en pouvait plus. Il jeta un coup d'œil de son côté, puis reporta son regard sur la route sans rien dire : il avait visiblement renoncé à développer davantage sa théorie sur l'évolution mentale de Tate.

Sarah prit une profonde inspiration, tâchant de se dominer. Elle ne devait pas se tromper d'ennemi. Mac essayait de l'aider de son mieux, et cela lui avait déjà coûté très cher. Pourquoi se retournerait-elle contre la seule personne qui avait pris sa défense ?

— Pardonne-moi.

— Je n'ai rien à te pardonner. C'est moi qui suis à côté de la plaque. On finira bien par comprendre ; on arrivera à le cerner. Je vais m'arranger pour que Sonny fasse enfin surveiller ton immeuble et qu'il y ait quelqu'un pour accompagner Dwight à l'école et le ramener.

— Tu crois qu'ils le feront ?

— Certainement car, depuis ce soir, il est devenu témoin dans une affaire de meurtre.

Parce que Tate lui avait parlé, songea Sarah. Outre le mot écrit de la main du tueur, qui constituait une pièce à conviction, la question qu'il avait demandé à Dwight de lui transmettre serait aussi une preuve à charge, en cas de procès.

21.

Ils promenaient le chien sur la bande de gazon desséché qui bordait le parking de la supérette, au coin de la rue de Mac, quand son portable sonna. Il le sortit de sa poche, jeta un coup d'œil sur le numéro qui s'affichait et l'ouvrit.

— Salut !

— Tu m'as laissé un message. J'étais en réunion.

Mac songea que Sonny avait probablement deviné le motif de son appel mais qu'il se souciait davantage de la réputation de son service que du triste sort de l'enfant trouvé dans le parc.

— J'espère que cette réunion a été plus productive que d'habitude.

— Pour toi, oui, c'est le cas. Morel veut te voir.

— Tout de suite ?

— A ton avis ? Le plus tôt sera le mieux, Mac.

— Il est furax ?

— Pas plus qu'il ne l'a été tout au long de la semaine. La presse s'est déjà emparée de l'affaire.

— Le gosse dans le parc ? Comment ont-ils su ?

— Tu leur as parlé ?

— Bien sûr que non, voyons !

Il avait nié de façon un peu trop véhémente, sans doute. Ce n'était pas lui qui avait alerté la presse mais il avait songé à le faire.

Le cadavre du garçon n'était-il pas la preuve absolue qu'ils s'étaient trompés en affirmant que Tate avait quitté la région ? Aujourd'hui, il avait fait une victime de plus, et la population de La Nouvelle-Orléans allait redoubler d'indignation contre le laxisme du système judiciaire.

Même si un autre enfant avait dû être sacrifié pour susciter cette prise de conscience tardive, Mac était satisfait que ses chefs soient contraints de mettre un terme à la comédie qu'ils essayaient de jouer depuis quelque temps. Il se demandait seulement ce qui pouvait bien inciter Morel à le convoquer sur-le-champ.

— Tant mieux. Parce que, si tu joues finement, tu as une chance de rentrer en grâce sur ce coup-là.

— Si je joue finement ? C'est-à-dire en présentant mes excuses à Morel ?

Mac ne se sentait pas vraiment prêt à faire amende honorable. Ce n'était pas lui qui s'était trompé sur toute la ligne.

— Je ne pense pas qu'il attende des excuses de ta part, dit Sonny. Il sait bien qu'il s'est fourré dans le pétrin.

— Je préfère ça.

— Alors, je lui dis que tu viens ?

— Mme Patterson est avec moi. Après ce qui s'est passé ce soir, je n'ai pas envie de la laisser seule.

C'était vrai pour plusieurs raisons. Etant donné qu'il avait déjà parlé avec Sonny de la nécessité de protéger Sarah, Mac espéra que son coéquipier interpréterait sa remarque de cette façon-là.

— A mon avis, personne ne verrait d'inconvénient à ce qu'elle t'accompagne. Ça pourrait même nous être utile.

Même si cette remarque le laissait perplexe, Mac était d'accord pour emmener Sarah. Elle pourrait corroborer ce qu'il avait à leur dire à propos du comportement de Tate. Elle pourrait également plaider pour une protection policière en faveur de Dwight.

— On arrive !

Mac ferma l'appareil et se retourna pour chercher Sarah. Apparemment, elle avait continué à marcher avec Toby pendant qu'il téléphonait. Ils étaient en train de longer la haie de troènes qui séparait le magasin de la petite résidence adjacente.

Il savait qu'elle avait faim et qu'elle était frigorifiée, et pourtant, il allait encore lui demander de passer plusieurs heures à discuter du dernier meurtre commis par l'homme qui avait tué son fils.

— Vous avez fini ? lança-t-il en se dirigeant vers eux.

Sarah s'arrêta et pivota dans sa direction.

— C'était ton coéquipier ?

— Oui.

— Ils ont identifié la victime ?

Mac s'aperçut un peu tard qu'il avait oublié de se renseigner à ce sujet. Il apaisa sa conscience en se disant qu'il fallait se focaliser sur Tate afin d'éviter de nouvelles tragédies. On ne pouvait plus rien, hélas, pour ceux qui étaient morts.

— Sonny ne me l'a pas dit. Ils veulent que j'aille les rejoindre.

— Au parc ?

— A la P.J.

— Tout de suite ?

— Il paraît que Morel veut me voir.

— Est-ce bon signe ou pas ? Pour toi, je veux dire.

— Plutôt bon, je pense. La presse est au courant pour le garçon découvert dans le parc. Ils reconnaissent que c'est Tate et, maintenant, tout le monde va savoir qu'il est resté dans les parages.

— La police l'a admis ?

— Pas encore mais… je pense qu'ils n'auront pas tellement le choix.

— Qu'est-ce que tu as à voir dans tout ça ?

— J'étais chargé de l'enquête sur les meurtres de Tate… avant qu'il soit remis en liberté.

— Avant que tu aies détruit la bande vidéo.

C'était un simple constat, pas une question. Et elle ne l'aurait pas cru s'il avait cherché à le nier.

— Ce n'était qu'une partie de l'équation. Nous sommes rarement d'accord, Morel et moi. Il n'a pas cru un mot de ce que je lui ai dit sur la façon dont la caméra a été endommagée. Et je n'ai pas accepté ses soupçons avec l'humilité qui convenait.

— Et maintenant, il veut que tu reviennes parce que…

— Parce qu'il est bien obligé d'admettre que nous avons toujours Tate sur les bras. Demain, il devra l'avouer publiquement.

— Tu as une idée du temps pendant lequel tu vas t'absenter ?

— J'ai dit à Sonny que je t'emmenais avec moi.

Elle fronça les sourcils.

— Moi ? Pourquoi ?

— D'une part, je voudrais que tu leur dises ce que Dwight t'a raconté. Ensuite, je ne tiens pas du tout à te laisser seule.

Sarah le dévisagea un instant.

— Je ne peux pas dire que j'aie vraiment envie de rester seule mais… Tu penses que quelque chose a changé, ce soir ?

— J'ai pris conscience de certaines choses, ça, c'est certain.

— Quelles choses ?

— Depuis une semaine, Tate a complètement changé de comportement. Quand je cherche à comprendre ce qui a pu se passer, j'en reviens toujours à toi. On dirait qu'il est obsédé.

— Par moi ? Par un désir de vengeance parce que j'ai voulu le tuer ?

— Si c'est le cas, il a de drôles de moyens de se venger.

— Que veux-tu dire ?

— Quelle est la pire punition qu'il aurait pu t'infliger, ce soir ?

Sarah garda le silence mais son regard était plus éloquent que des paroles.

— Et ce n'est pas ce qu'il a fait, Sarah. Donc, s'il ne cherche pas à te punir, qu'est-ce qu'il peut bien fabriquer ?

— En tout cas, il continue à tuer de jeunes garçons.

— Oui. Sauf un, auquel tu tiens tout particulièrement. Et, franchement, j'aimerais bien savoir pourquoi il l'a épargné.

— C'est exactement ce que m'a raconté Dwight Ingersoll, affirma Sarah. L'homme qui lui a remis le mot voulait savoir si j'appréciais ce qu'il avait fait pour moi.

— Et comment avez-vous interprété ça ? demanda le supérieur de Mac.

— J'ai pensé au fait qu'il n'avait pas tué Dwight.

— Comment aurait-il pu savoir que vous teniez particulièrement à ce garçon ?

— Apparemment, il nous a déjà vus ensemble. Le fait d'avoir déposé le cadavre à l'endroit où j'emmenais Dwight jouer avec Toby semble indiquer qu'il m'épiait.

— Il s'est mis à vous suivre après que vous avez essayé de l'abattre.

Sarah consulta Mac du regard, craignant de le compromettre en admettant qu'elle avait bien tenté de supprimer Tate. Son air impassible ne laissait rien deviner de ses pensées, cependant…

— Sur les marches du palais de justice, je lui ai crié le prénom de mon fils, dit-elle. Par la suite, il a laissé un message sur mon répondeur. Je suis venue le dire à l'agent

Cochran, mais personne n'a cru que c'était Tate. J'ai aussi la conviction qu'il était caché dans mon appartement le jour où mon mari a été tué. Là encore, la police n'a rien voulu entendre.

— Parce que, dans les deux cas, ça n'avait rien à voir avec le mode opératoire de Tate, qui se répète invariablement d'un crime à l'autre. Un tel comportement pourrait peut-être s'expliquer par un désir de vengeance, en admettant que Tate se soit senti menacé par vous. Mais là…

Morel laissa sa phrase inachevée sur un haussement d'épaules.

Sarah s'insurgea contre cette attitude bornée. Il lui faisait comprendre à demi-mot que si elle n'avouait pas une tentative de meurtre pour laquelle on pouvait encore l'inculper (et sanctionner Mac qui en avait effacé toute preuve), la police ne ferait rien pour protéger Dwight.

— Je perds mon temps, ici.

Elle s'était adressée directement à Mac. S'il avait envie de négocier avec ces gens-là dans l'espoir de réintégrer ses fonctions, c'était son affaire. Pour sa part, elle n'était venue que pour obtenir une chose — qui n'était manifestement pas à l'ordre du jour.

Elle avait gardé le revolver de Dan. Si ces enfoirés continuaient à jouer au chat et à la souris avec eux au lieu de prendre les mesures qui s'imposaient, elle se chargerait elle-même de défendre Dwight. Elle appuya les mains sur les bras de son fauteuil pour se lever.

— Attendez ! lui dit Mac.

Il se tourna vers son chef.

— Qu'est-ce qui vous intéresse le plus, au juste ? Mener une guerre d'usure contre Mme Patterson et moi, ou bien tenter d'épingler Tate ?

Le silence qui suivit se prolongea au point que Sarah se demanda si, ainsi placé au pied du mur, Morel allait choisir de faire son boulot.

— Nous venons tout juste d'apprendre que nous n'étions pas débarrassés de Tate, dit enfin Morel. C'est pour cette raison que je vous ai fait venir, Mac. Selon vous, il se serait engagé dans une série d'actions aberrantes. Avez-vous une explication à cela ?

— Je crois qu'il cherche à épater Sarah.

Curieux terme pour qualifier ce qui se passait, songea la jeune femme. Peut-être avait-il un sens spécial dans le jargon des flics.

— Il essaierait de l'impressionner ? Comme un ado qui veut se rendre intéressant aux yeux d'une fille ?

— Quelque chose dans ce genre-là, répondit Mac.

— Et pourquoi ferait-il ça, au juste ? Il n'est pas sexuellement attiré par les femmes : ce ne sont pas les preuves qui manquent.

Mac hocha lentement la tête.

— C'est vrai. Et pourtant… « Ce que j'ai fait pour elle » veut dire « Le fait que je n'ai pas tué Dwight Ingersoll ». Il a choisi une autre victime et, au lieu d'aller déposer le cadavre dans un endroit isolé, il l'a placé au beau milieu du parc où Sarah emmenait Dwight jouer avec son chien : à moins de cent mètres de l'immeuble où ils habitent, tous les deux. Quand nous l'avons découvert, Sonny a dit que ce corps intact était un véritable cadeau. Il pensait aux experts médico-légaux, naturellement. Mais c'était peut-être aussi un cadeau de Tate pour Sarah.

— Un sacrifice expiatoire? dit Morel.

— J'ignore ce que cela signifie, intervint Sarah, attirant de nouveau sur elle son regard, mais ce qui m'inquiète, c'est qu'il a réussi à faire sortir Dwight de chez lui. Forcément, nous en avons tous déduit qu'il lui était arrivé quelque chose. J'étais censée croire que Tate l'avait enlevé. Et, bien entendu, je l'ai cru.

— Sur ces entrefaites, le garçon revient sain et sauf avec un message pour Sarah : « Avez-vous apprécié ce que j'ai fait pour vous? »... De toute évidence, cela dénote un comportement obsessionnel.

— Je crois qu'il était là-bas, ce soir, dit Sarah. A proximité du cadavre. Il attendait peut-être que je le trouve.

— Vous avez... senti sa présence? demanda Morel d'un ton sceptique.

— J'ai aperçu quelqu'un — ou quelque chose, corrigea-t-elle, essayant d'être objective. Dans l'obscurité, je ne pouvais être sûre de rien mais... s'il a vraiment développé une obsession, comme l'affirme l'agent Donovan...

Un ange passa. Au bout de quelques secondes, Morel se redressa dans son fauteuil et joignit les mains, appuyant son menton sur le bout de ses doigts.

— C'est une théorie qui se tient, admit-il. Je suppose que nous pourrions débattre longtemps du pour et du contre. Mais nous pourrions aussi imaginer comment tirer profit de l'intérêt particulier que Tate semble porter à Mme Patterson.

— Que veut dire exactement « tirer profit de l'intérêt qu'il lui porte » ?

Sarah discerna une pointe de méfiance dans la question de Mac. Ne lui avait-il pas dit qu'ils étaient rarement d'accord, Morel et lui ? Elle en comprenait la raison, maintenant. Mac était un homme direct, d'une franchise parfois un peu brutale, mais avec lui, au moins, on savait à quoi s'en tenir. Morel, en revanche, n'allait jamais droit au but, et ses propos étaient apparemment truffés d'arrière-pensées.

— Tate semble vouloir rester en contact — direct ou indirect — avec Mme Patterson. Je suggère qu'à sa prochaine tentative d'approche nous soyons là.

Sarah et Mac ne répondirent pas tout de suite : ils réfléchissaient l'un et l'autre à la proposition de Morel. Ce fut Mac qui, finalement, rompit le silence, bien que Sarah en soit arrivée aux mêmes conclusions que lui.

— Vous voulez vous servir d'elle pour le retrouver.

Morel leva les mains, paumes tournées vers le haut, en un geste d'acquiescement.

— Puisqu'il revient continuellement vers elle…

— Autrement dit, vous voudriez tendre un piège à Tate, et je servirai d'appât ?

— Vous refuseriez que nous fassions jouer ce rôle au petit Ingersoll, j'imagine. Et vous êtes les deux seules personnes pour lesquelles Tate ait manifesté un certain intérêt.

— Vous avez perdu la tête ! cria Mac.

— C'est votre propre théorie, mon vieux : ce type est

obsédé par Mme Patterson. Etant donné la situation, nous aurions tort de ne pas en profiter.

— Quitte à la mettre en danger de mort pour arriver à vos fins ?

— Actuellement, tous les garçons de La Nouvelle-Orléans âgés de six à seize ans sont en danger de mort. Et nous n'avons aucune idée de la façon dont il choisira sa prochaine victime. Mme Patterson, par ailleurs…

— Comment le piéger ? coupa Sarah.

Une émotion fugitive — très vite camouflée par un battement de cils — passa dans le regard inexpressif de Morel. Etait-ce de la satisfaction ? Un sentiment de triomphe ? se demanda Sarah l'espace d'un instant. Mais quelle importance, après tout ?

— J'ai cru comprendre que vous n'occupiez pas votre appartement, ces temps-ci.

— En effet.

— Il sera nécessaire que vous y retourniez.

— Vous avez tous perdu la tête, ma parole ! lança Mac.

— J'y retourne, et ensuite ? demanda Sarah.

— Ensuite, si Mac a vu juste, Tate tentera de vous joindre. Et à ce moment-là, nous l'attendrons.

— Dans mon appartement ?

— Je crains que ce ne soit trop visible. Il faut le persuader que vous avez repris vos habitudes, votre travail, que vous avez recommencé à vivre comme avant. Je veux dire : avant votre « confrontation » à la sortie du tribunal.

— Si j'acceptais…

— Tu as pété un câble, toi aussi ? lui dit Mac. Tu n'arrives même pas à remettre un pied chez toi et maintenant tu projettes de t'y réinstaller en attendant que Tate vienne te faire ce qu'il a fait à ton ex.

— Si j'accepte, reprit Sarah sans s'occuper de lui, je poserai mes conditions.

— Lesquelles ?

— Vous devrez trouver pour Dwight Ingersoll et les siens un appartement plus correct que le leur, dans un quartier moins insalubre, à proximité d'une meilleure école.

Elle essaya de réfléchir à tout ce qu'elle pourrait raisonnablement exiger d'autre. Mais il valait mieux ne pas exagérer. Morel n'était probablement pas le genre d'homme qui aimait se faire dicter sa conduite.

— Nous ne sommes pas en mesure…

— Vous voulez attirer un tueur en série qui a déjà assassiné une bonne douzaine d'enfants dans un immeuble où habite un jeune garçon — un garçon que Tate a déjà impliqué dans une situation dangereuse —, et vous refusez d'aider sa famille ? Je veux bien servir d'appât dans un piège conçu par vos soins, mais je ne ferai rien tant que ces gens ne seront pas installés à l'autre bout de la ville.

— Je vous assure, madame Patterson…

— Croyez-moi, c'est aussi dans votre intérêt. Si votre plan ne fonctionnait pas tout à fait comme prévu et qu'il arrivait quelque chose à ce petit garçon, je crois que vous auriez beaucoup de mal à vous justifier auprès des médias. A moins que ce ne soit pas un souci pour les flics ?

Elle marqua un temps d'arrêt, certaine qu'il s'agissait du moyen le plus sûr pour faire réagir Morel.

— Les personnes les plus vulnérables de notre société sont-elles suffisamment protégées ? reprit la jeune femme en haussant les sourcils. Dwight Ingersoll appartient, hélas, à cette catégorie. Mais vous vous sentez probablement capables d'expliquer, au cas où il serait tué ou blessé au cours de l'opération, pourquoi vous n'avez pas pris la peine de le mettre en sécurité avant d'attirer un tueur en série dans l'immeuble ?

Au moment de conclure, elle regarda tour à tour Morel et Cochran de façon appuyée.

— Enfin bref, si vous refusez mes conditions, je m'arrangerai pour que vous ayez à vous en expliquer auprès de chaque journaliste de ce pays.

22.

Ils n'échangèrent pas un mot pendant le trajet du retour. Les moindres arguments, dans un sens ou dans l'autre, avaient déjà été examinés dans le bureau de Morel.

Au bout du compte, c'était Sarah qui avait pris la décision, naturellement. Et elle n'y pouvait rien si son choix n'était pas du goût de Mac.

Il ouvrit la porte de l'appartement et s'effaça pour la faire entrer. Confortablement installé sur le canapé, Toby leva la tête en les voyant, puis il la reposa sur ses pattes, déjà prêt à se rendormir.

Sarah passa dans la salle de séjour tandis que Mac accrochait son blouson dans le placard de l'entrée, continuant d'éviter son regard comme il le faisait depuis qu'ils avaient quitté l'hôtel de police.

— Dis-moi ce que tu as sur le cœur, sinon tu vas exploser !

Il replaça le cintre sur sa tringle, ferma la penderie et se tourna vers elle.

— Je n'ai rien à ajouter. Tu connais mon opinion sur

la question. Je me suis amplement exprimé, il me semble. Peut-être même un peu trop

— C'est ce qu'il y a de mieux à faire, Mac.

— Très bien.

Il traversa la pièce en direction de la cuisine.

Pendant qu'elle ôtait sa veste, elle l'entendit faire couler l'eau puis fermer le robinet. Deux secondes plus tard, ce bruit fut suivi par le tintement d'un verre sur la porcelaine de l'évier. Il était en train de se servir quelque chose à boire, comme il le faisait généralement avant de se mettre au lit.

Quand il revint dans la pièce, il avait commencé à déboutonner sa chemise.

— Tu permets que j'aille prendre une douche ?

— Tu es chez toi.

— Mais c'est ta chambre.

Pour combien de temps, encore ? Les mots qu'il n'avait pas prononcés semblaient flotter entre eux comme une menace.

— Ce que j'ai accepté de faire va assurer la sécurité de Dwight, lui rappela-t-elle, incapable de comprendre qu'il ne veuille pas entendre raison. Et la police aura une occasion unique d'épingler un tueur en série, pédophile et sadique. Comment voulais-tu que je refuse ?

— Rien de plus facile : il suffisait de demander, comme moi, qu'ils aient recours à un sosie. Ce ne serait pas la première fois, dans une situation de ce genre.

C'était la solution pour laquelle il avait plaidé tout au long de leur entrevue avec Morel et Cochran. Il fallait, selon lui, donner à Tate l'illusion que Sarah avait regagné ses pénates et repris son travail. Une femme flic de la taille et de la corpulence de Sarah, habillée comme elle, aurait parfaitement fait l'affaire.

— Il n'est pas si bête, Mac. Il ne tombera jamais dans le panneau.

— Il est obsédé par toi. Je te dis que ça prendrait !

— Non. Ça ne pourra marcher que si c'est vraiment moi. Et quand il aura mordu à l'hameçon, quelqu'un sera là pour lui tomber dessus.

— Dans ce genre d'opération, il y a toujours des couacs. Ils ont beau prétendre le contraire, tu n'as aucune garantie que tout se passe bien.

— Si quelqu'un peut comprendre ça, Mac, c'est bien moi, je t'assure !

— Alors, ne te laisse pas embarquer là-dedans. Ils peuvent très bien trouver autre chose pour aboutir au même résultat.

— Je veux sa peau, Mac. Je veux que cette ordure soit enfin condamnée. Je l'ai voulu assez fort pour tenter de faire justice moi-même quand le système a dérapé. Pourquoi renoncerais-je maintenant ?

— Parce que tu as déjà sacrifié beaucoup trop de choses sur l'autel de Samuel Tate.

— Jusque-là, ce n'était pas de mon fait, Mac. Il m'a tout pris sans mon consentement et je ne pouvais strictement rien y faire, tandis que là…

Elle s'interrompit sous le coup de l'émotion en songeant qu'elle tenait enfin sa revanche.

— Même si je n'étais pas directement concernée, reprit-elle d'une voix légèrement altérée, quel genre de personne serais-je pour refuser de participer à cette opération ? Il s'agit de débarrasser la ville d'un fou furieux. Si je peux protéger Dwight ou d'autres enfants comme lui et Danny, il serait criminel de ne pas accepter.

— Sauf que ce n'est pas ton boulot, Sarah. Il y a des gens qui sont formés pour ça. Ils cherchent juste à se faciliter la tâche en prenant un raccourci extrêmement dangereux.

— Je n'ai rien contre l'idée de leur faciliter la tâche, s'il s'agit de piéger Tate. Je ne comprends vraiment pas pourquoi tu t'obstines ainsi.

— Parce que je ne supporterais pas qu'il t'arrive quelque chose.

Ces mots allèrent droit au cœur de Sarah, mais elle ne pouvait pas se permettre de se laisser influencer — ni par des mots ni par Mac lui-même.

— Alors, fais en sorte qu'il ne m'arrive rien, dit-elle. Sois présent. Sois là quand il viendra.

— Cela reviendrait à participer à leur plan foireux, grommela-t-il.

Les derniers mots de Mac dans le bureau de son chef avaient été pour dire qu'il ne voulait jouer aucun rôle dans leur mise en scène. Bien que Sarah n'en ait rien laissé deviner sur le moment, cette déclaration l'avait profondément ébranlée.

— Ils le mettront en œuvre avec ou sans toi.

— Et toi ? demanda-t-il.

— Je ne le fais pas de gaieté de cœur, seulement… je n'ai vraiment pas le choix.

— Et c'est sur ce point que nous ne serons jamais d'accord.

Il passa devant elle pour gagner la chambre et ferma la porte derrière lui, comme pour lui signifier qu'il lui retirait désormais son soutien. C'était à la fois compréhensible et difficilement supportable pour elle.

Sarah soupira, trop fatiguée et contrariée par l'obstination de Mac pour poursuivre cette discussion. Une bonne douche et un endroit pour dormir — elle ne demandait rien de plus, quitte à partager le canapé avec Toby.

Mac avait tort et elle avait raison. Elle ne comptait pas céder à son chantage. Et si elle devait se passer de lui, eh bien, tant pis. D'ici là…

Elle consulta sa montre et s'aperçut qu'il était 10 heures passées de quelques minutes. Avec tout ce qui était arrivé au cours de cette soirée, elle aurait juré qu'il était beaucoup plus tard.

S'il n'était pas tout à fait l'heure de se mettre au lit, ils avaient dépassé celle du dîner. Penser à manger dans des moments pareils pouvait sembler bizarre, n'empêche qu'elle avait faim.

Au lieu de remettre le pantalon de survêtement dans lequel il avait dormi la nuit précédente et de prendre la place de Toby sur le canapé, Mac alla enfiler un jean propre ; après quoi, il rejoignit la jeune femme dans la cuisine.

Il la trouva assise à table devant les barquettes du traiteur chinois qu'ils avaient abandonnées lors de leur départ précipité. Le couvert était mis pour deux personnes.

— J'ai pensé que tu aurais peut-être un petit creux, toi aussi.

— Je ne m'en étais pas rendu compte mais ça sent tellement bon…

Mac prit la place qui lui était destinée et posa sa serviette en papier sur ses genoux. Quand il releva la tête, Sarah était en train de l'observer.

— Je suis désolé.

Il n'avait pas prévu de lui présenter des excuses tant il était persuadé d'avoir raison contre elle, Morel et compagnie. Ce qui ne lui interdisait pas de se montrer courtois. Après tout, elle était son invitée. Et même bien davantage, pour être honnête.

— Je sais que tu ne dis que ce que tu penses profondément, répondit-elle. Je ne peux pas t'en vouloir pour ça, seulement… je suis beaucoup trop fatiguée pour en discuter ce soir.

— C'est normal, admit-il en s'emparant d'une barquette.

Il en versa le contenu dans son assiette, et la bonne odeur de ce qui ressemblait à une fricassée de bœuf en sauce lui mit l'eau à la bouche. Il avait l'impression de ne pas avoir mangé depuis des lustres, et il se sentait un appétit d'ogre.

Ils dégustèrent leur repas en silence. Comme Sarah avait pris de l'avance pendant qu'il était sous la douche, elle ne tarda pas à poser sa fourchette et à le regarder finir tout ce qui restait, jusqu'à la dernière miette.

— Ça va mieux ? demanda-t-elle ensuite, tandis qu'il reculait légèrement sa chaise.

— Je devrais pouvoir survivre.

La formule était mal choisie. Malgré l'accalmie qui s'était installée le temps du repas, ces mots les ramenèrent au sujet délicat qui les opposait.

— Ecoute…, commença Mac.

— Non. Oublions ça, s'il te plaît. Au moins pour cette nuit.

Il haussa les épaules d'un air fataliste, tandis qu'elle allait jeter à la poubelle tous les emballages vides qu'elle pouvait porter.

— Si tu me laissais le canapé pour cette nuit ? C'est tout de même un peu injuste que tu ne dormes plus dans ton lit.

— Nous nous sommes entendus, Toby et moi. Il reste sur le tapis et il sait que les témoignages d'affection ne m'intéressent pas avant le lever du jour.

Mac repoussa sa chaise et se leva pesamment.

— Va prendre une douche si tu veux. Je finirai de ranger. Nous nous sentirons beaucoup mieux l'un et l'autre après une bonne nuit de sommeil.

Sarah hocha la tête et obtempéra, le laissant enfin seul. Il songea un moment à appeler Sonny pour voir ce qu'il avait à dire quand Morel n'était pas là, mais Sarah avait raison. Il valait mieux « décrocher » pour la nuit. Demain matin, à tête reposée, peut-être trouverait-il une alternative acceptable par tout le monde : un scénario dans lequel Sarah n'aurait pas besoin de servir d'appât.

Dire qu'il avait été le premier à leur faire remarquer que Sarah était leur unique lien éventuel avec Samuel Tate… Sur le moment, il n'avait pas imaginé les conséquences possibles de ce simple constat.

Il jeta un dernier coup d'œil autour de lui. La cuisine était rarement aussi bien rangée. Demain matin, il ne lui resterait plus qu'à finir de charger le lave-vaisselle avec les couverts.

Après avoir éteint, il passa dans le séjour. Toby était bien rodé, maintenant : en voyant Mac approcher du canapé, il sautait par terre et allait s'installer sur le tapis, derrière la table basse.

Mac s'assura que la porte était bien verrouillée, puis il alla prendre sa couverture sur une étagère dans la penderie de l'entrée, où Sarah la rangeait le matin après l'avoir pliée. Jusqu'ici, il avait toujours redouté la dictature des habitudes mais, soudain, il se sentit ému sans trop savoir pourquoi. Pour tout dire…

Il mit brutalement un frein à ces divagations. La question n'était pas de savoir si cette cohabitation avec Sarah lui était agréable ou non. S'il lui avait offert l'hospitalité et si elle l'avait acceptée, c'était uniquement par souci d'assurer sa sécurité après le meurtre de son ex-mari dans son appartement. Un endroit qu'elle n'allait pas tarder à réintégrer, si Morel obtenait gain de cause.

Il se rendit compte qu'il était toujours dans l'entrée, sa couverture sur les bras. Il l'emporta dans le séjour, la posa sur le canapé et poursuivit son chemin jusqu'à la porte de la chambre. Après une brève hésitation, il frappa légèrement au battant, sans obtenir de réponse. Sans doute Sarah était-elle encore sous la douche.

Il soupira et se retourna. Il n'avait pas encore tout à fait rebroussé chemin quand il changea d'avis et de direction.

Cette fois, il ne prit pas la peine de frapper. Sans hésiter, il ouvrit la porte de la chambre plongée dans la pénombre et referma derrière lui.

Il y avait de la lumière dans la salle de bains et il entendit l'eau couler. Les images qui se formèrent alors dans son esprit étaient si nettes qu'il pouvait presque distinguer les gouttes d'eau ruisselant sur cette peau d'albâtre.

Elle avait dû relever ses cheveux mais des petites mèches humides, échappant aux épingles, étaient collées à son cou gracieux, sous la nuque. Quand elle lèverait le bras pour prendre la savonnette sur l'étagère d'angle, ses seins se dresseraient sous le jet de la douche.

Il ferma les yeux pour se soustraire à la force de ces images, qui cédèrent aussitôt la place à d'autres — tout aussi puissantes, tout aussi évocatrices.

La dernière fois qu'il avait ouvert la porte de cette cabine, il avait trouvé la jeune femme brisée par le chagrin et le remords, avec un immense besoin de réconfort.

Ce soir, malgré les vicissitudes des dernières heures, elle était redevenue la femme qu'il avait vue pour la première fois, revolver au poing, décidée à éliminer le meurtrier de son fils. Une femme prête à mettre sa vie en jeu pour une cause qu'elle estimait juste — prête à faire ce qui devait être fait, même si ce n'était pas à elle de s'en charger.

Dans le moment de faiblesse qui avait suivi, elle lui avait fait une proposition. Tout en acceptant, il avait compris dès le début que ce moment d'abandon ne créait aucun lien entre eux, aucun engagement.

A présent, par admiration pour sa force de caractère, il allait lui faire une proposition similaire — ni engagement ni promesse d'aucune sorte. Rien de plus que le moment présent, aussi longtemps que ce qu'ils partageaient les satisferait l'un et l'autre.

Il traversa la chambre tout en déboutonnant son jean qu'il abandonna sur la moquette, derrière lui. Il poussa ensuite la porte entrouverte de la salle de bains et avança, pieds nus, sur le carrelage. A travers la paroi vitrée de la cabine, il vit Sarah lever le visage sous le jet de la douche. Elle était de profil, ses seins fermes dressés comme il se les était imaginés un instant plus tôt.

Un bruit attira l'attention de la jeune femme quand il se cogna étourdiment le bras au sèche-serviette. Surprise, elle se tourna vers lui.

— Mac ?

— Oui, ce n'est que moi.

— Qu'est-ce qui se passe ? demanda-t-elle en poussant la porte coulissante, sans arrêter l'eau.

Elle examina un instant son corps nu, puis plongea tranquillement ses yeux dans les siens.

Un ange passa.

— Rien de particulier, répondit-il enfin.

— Alors…
— Alors, ça ne suffit pas.
— Qu'est-ce qui ne suffit pas ?
— Toi et moi. L'autre nuit…

Il ne dit pas « nous ». Elle aurait riposté qu'il n'y avait pas de « nous ».

Et elle aurait eu raison. Ils avaient vécu seuls trop longtemps, l'un et l'autre. Ils étaient trop indépendants, trop têtus, avec des opinions trop arrêtées. Ce qui ne leur interdisait pas pour autant de passer plus d'une nuit ensemble.

— Qu'est-ce que tu veux de plus, Mac ?

Ses yeux gris-vert vagabondèrent de nouveau le long de son corps. Quand elle les releva, une lueur espiègle brillait dans ses prunelles.

— Je ne sais pas trop, dit-il. Enfin, si : je veux passer cette nuit avec toi, et tu le veux aussi.
— Serait-ce une nouvelle forme de persuasion ?
— Tu crois que ça marcherait ?
— Tout dépend du talent que tu déploies, j'imagine.
— Très bien.

Mac entra dans la cabine et tira la porte vitrée. Aussitôt, ce fut comme s'ils s'étaient coupés du reste du monde. Adieu Tate, adieu Morel, la presse et tout ce qui s'ensuit… Rien, ici, ne pouvait plus les atteindre.

Ce qu'il avait imaginé se concrétisait maintenant sous ses yeux. L'eau qui ruisselait donnait à la peau de Sarah des reflets nacrés, ses cheveux relevés dégageaient sa nuque gracieuse.

Du bout des doigts, Mac écarta une mèche humide

collée à sa joue. Puis il glissa la main le long de son cou, jusqu'à la naissance de ses seins. Elle renversa la tête avec un soupir, paupières closes.

Il poursuivit sa caresse, promenant son pouce entre ses seins, ses doigts effleurant au passage une aréole dont la pointe se durcit instantanément. Enhardi par sa réaction, il prit à pleine main le globe souple et se pencha pour le prendre dans sa bouche. Cette chair tiède et moite avait un goût suave qui lui donna le vertige.

Il promena sa langue autour de la pointe dressée, mais son appétit était trop exigeant pour se soumettre au lent processus de séduction qu'il avait employé l'autre fois. Et Sarah n'était pas la femme fragile, blessée, épouvantée de cette nuit-là.

La façon dont elle s'était opposée à lui, ce soir, semblait décupler son désir. Il referma la bouche sur le sein dressé, le tétant avec vigueur, puis plaça une main au creux de ses reins pour l'éloigner des robinets et la plaquer contre la cloison la plus large. Dès que le bas de son corps fut collé au sien, il comprit son erreur. Dans cette position, il n'allait pas tenir bien longtemps. Il avait beaucoup trop envie d'elle.

Il s'écarta légèrement, s'efforçant de penser à autre chose qu'à son envie dévorante de s'enfouir en elle et d'y rester jusqu'à ce que tout ce qui s'était passé ce jour-là s'efface de leur mémoire. Il voulait s'imprégner et l'imprégner de sensations si fortes qu'elles domineraient tout le reste.

Puis il sentit les mains de Sarah sur ses fesses. Elle l'attira contre elle, ses ongles s'enfonçant dans sa peau. Il s'apprêtait à la mettre en garde quand elle se souleva d'un coup de reins et colla sa bouche à la sienne comme si elle n'attendait que cela, elle aussi. Ses seins durcis par la caresse, tout contre le torse de Mac, ne firent qu'ajouter à son supplice. Elle quitta alors sa bouche, croisa les mains sur sa nuque et leva les jambes, qu'elle enroula autour de ses hanches.

Mac la regarda intensément. Elle avait les yeux clos mais sa bouche légèrement entrouverte était une invite au baiser. Comme il se penchait pour la cueillir, elle glissa une main entre eux, le prit et le guida vivement en elle. Un bref instant, ils se figèrent tous deux sous l'effet d'un plaisir trop intense.

Lui qui avait voulu prendre l'initiative de cette étreinte se trouva ensuite soumis aux mouvements de pression qu'elle exerçait en contrôlant le poids de son corps. Les yeux maintenant plongés dans les siens, elle s'enfonçait sur lui millimètre par millimètre, puis s'allégeait en s'aidant des bras. Le sourire qui flottait sur ses lèvres s'accentuait à mesure qu'elle le voyait perdre le contrôle de lui-même.

Puis, soudainement, elle s'immobilisa. La chevauchée prit fin, l'exquise torture qu'elle lui infligeait céda la place à une attente insoutenable, semblable au calme précédant le déchaînement de la tempête.

Incapable d'en endurer davantage, il la reprit dans ses bras, la soutenant par les aisselles pour l'écarter de la cloison. Il la fit alors descendre complètement sur lui tout en se maintenant debout, les muscles tendus pour la pénétrer d'une poussée vigoureuse.

Sarah laissa échapper un petit cri étranglé. Il le cueillit

à pleine bouche, étouffant ses gémissements tandis que les coups de reins se succédaient sans relâche. Il ne mit fin au baiser qu'au moment où une série de secousses commença à ébranler son corps. Accrochés l'un à l'autre comme deux naufragés, ils se laissèrent emporter par une marée incontrôlable, tour à tour soulevés au faîte de vagues immenses et plongés dans des abîmes vertigineux.

Quand il rouvrit les yeux, il vit que Sarah avait laissé sa tête retomber en arrière, contre la paroi. Il la garda serrée très fort contre lui tandis que les derniers spasmes se succédaient à une cadence de plus en plus lente. Ils restèrent ensuite enlacés, pantelants, jusqu'à ce que leur souffle recouvre un rythme presque normal.

Au bout d'un long moment, Sarah murmura dans un soupir :

— Il faudra renouveler cet essai, à l'occasion.

— Pour voir s'il est possible de l'améliorer ?

Sarah lui rendit son sourire.

— Pourrais-tu faire quelque chose, pour l'eau ?

— Quelle eau ?

Elle leva la tête vers le jet de la douche, à peine tiède, maintenant, qui continuait de couler sur eux. Mac savait par expérience qu'il n'allait pas tarder à devenir glacial. Il tendit le bras et ferma le robinet.

Le silence qui suivit était impressionnant.

— Ai-je enfin réussi à te convaincre ? demanda Mac.

— Non, mais je dois avouer que c'est de loin le meilleur argument que j'aie entendu jusqu'ici.

Malgré la gravité du sujet, Mac rit de bon cœur. Et Sarah se joignit à lui.

L'écoutant rire, il se rendit compte qu'il n'avait pas envie de perdre ce bonheur-là. Il n'avait pas envie de *la* perdre.

Pas envie de la perdre…

Les mots résonnèrent dans sa tête comme un leitmotiv. Et malgré le vote de confiance qu'il venait d'obtenir d'elle, il était certain de ne pas l'avoir fait changer d'avis.

C'était impossible. Sinon, elle n'aurait pas été Sarah. Par conséquent…

Par conséquent, c'était à lui de trouver une solution qui les débarrasserait de Tate sans la mettre encore plus en danger.

23.

Quand le téléphone sonna, Mac arrêta d'un geste machinal l'alarme du réveil sur sa table de nuit. La seconde sonnerie le tira suffisamment des profondeurs du sommeil pour qu'il en comprenne l'origine. A la troisième, il prit conscience de l'endroit où il se trouvait et du fait qu'il n'était pas seul.

Puis les souvenirs de la nuit déferlèrent, et il entreprit de s'asseoir, tâchant de démêler ses jambes de celles de Sarah. Il chercha ensuite son téléphone, à tâtons, et finit par mettre la main dessus.

— Oui ?

— Mac ? C'est Daryl Johnson. J'ai quelques renseignements sur notre homme qui pourraient vous intéresser.

Le cerveau encore embrumé, Mac mit quelques secondes à comprendre ce dont il s'agissait.

— Des éléments nouveaux sur Samuel Tate ?

— Sauf que ce n'est pas son vrai nom.

Ils n'avaient rien trouvé dans les fichiers de données qui corresponde aux empreintes de Tate, mais grâce aux informations recueillies lors de son arrestation, il y avait de fortes chances pour qu'un jour ou l'autre quelqu'un finisse par retrouver des traces de son passé. Apparemment, le FBI y était enfin parvenu.

— Des antécédents ?

— Un événement très important, notamment. Et qui explique beaucoup de choses.

— Vous pouvez me résumer ça ?

Tout en parlant, Mac remarqua que Sarah s'asseyait dans le lit à côté de lui. Elle remonta le drap pour se couvrir les seins.

En d'autres circonstances, il aurait trouvé ce geste plutôt amusant et tout à fait charmant étant donné ce qui s'était passé entre eux cette nuit. Mais avec le profileur du FBI à l'autre bout du fil, qui lui parlait de l'assassin de Danny, il n'avait pas le cœur à ça.

— Il s'appelle en fait Nathan Burrows, poursuivit Johnson, ignorant le dilemme de Mac. Age : 33 ans. Né à Wayne's Crossroad, Géorgie. Il est soupçonné d'avoir tué sa mère et son oncle à l'âge de treize ans. Aucune empreinte utilisable n'a été découverte sur le lieu du crime — même pas celles du gamin — mais quelques recoupements ont permis aux enquêteurs de se faire leur petite idée. A l'époque des meurtres, l'adolescent a disparu. La police a pensé un moment qu'il avait pu être enlevé par l'assassin. Nous savons aujourd'hui que ce n'était pas le cas puisqu'il réapparaît finalement en différents endroits, sous des identités variées — la dernière en date étant celle de Samuel Tate. Il y a une ressemblance frappante entre les clichés que vous nous avez expédiés et les portraits de Nathan.

— Vous ne doutez donc plus qu'il s'agisse d'une seule et même personne ?

— Effectivement. La méthode utilisée pour le meurtre initial confirme ce que suggèrent les photos et les recoupements.

— Vous dites qu'il a tué sa mère ?

Si les premières victimes de Tate avaient été des femmes, Mac aurait pu imaginer un scénario de ce genre, mais il ne s'en était jamais pris à elles.

— D'après ce que les autorités locales ont pu reconstituer — à partir de données évidemment très incomplètes —, l'oncle aurait abusé sexuellement du garçon durant des années. Que la mère ait été complice ou pas, Burrows lui en voulait apparemment de ne pas s'être interposée.

— Ecœurant, dit Mac.

— Ouais. Mais, hélas, ça n'a rien d'exceptionnel. C'est presque une situation banale, en fait — hormis le meurtre de la mère, bien entendu.

— Donc… il ne fait que répéter avec ses victimes ce que l'oncle lui faisait subir.

Ce n'était pas une question. Mac n'ignorait rien du schéma habituel, dans des cas pareils.

— Il exerce la domination qu'il n'avait pas étant enfant. Et quand il a assouvi ses fantasmes, il tue les gamins comme il a tué naguère son tortionnaire… Enfin, bref, j'ai pensé que vous aimeriez venir voir ça, reprit Johnson. J'ai d'abord essayé de vous joindre au bureau mais on m'a dit que vous n'étiez pas là.

— En effet. On a travaillé tard, hier soir. Il faut que

je vous mette au courant de ce qui s'est passé. Est-ce que vous serez là toute la journée ? demanda Mac en jetant un coup d'œil à sa montre.

Il était 10 heures passées. Rien d'étonnant à ce que Johnson ait été surpris de ne pas le trouver au QG.

— En principe, oui. Il est arrivé quelque chose ?

— Il a tué un autre gamin mais… il y a des anomalies, cette fois. Des trucs sur lesquels je voudrais votre avis. Je vais d'abord demander quelques derniers détails aux experts et je vous rappelle.

— J'attends votre coup de fil. Même si c'est moche, ça nous donne le temps d'assimiler les nouveaux procédés avant…

Johnson laissa sa phrase en suspens mais ils connaissaient la suite, l'un comme l'autre : *avant le prochain meurtre.*

— Il y aura peut-être quelque chose qui nous mettra sur la voie, cette fois.

— Je vous rappelle, dit Mac. Merci de m'avoir averti.

— A plus !

Johnson coupa la communication, mais Mac garda un instant le téléphone à l'oreille, s'efforçant d'assimiler ce qu'il venait d'apprendre. Finalement, il referma le boîtier et posa l'appareil sur la table de chevet. Quand il se tourna vers Sarah, elle l'observait d'un air interrogateur.

— C'était le profileur du FBI qui a travaillé avec nous sur l'affaire, dit-il.

— Alors ?

— Ils ont comparé les photos de Tate que nous avions avec celles d'un certain Nathan Burrows, qui a disparu d'une petite ville de Géorgie à l'âge de treize ans après avoir tué sa mère et son oncle.

— Sa mère…

Sarah n'avait pas répété ce mot avec autant de stupéfaction que lui, quelques instants plus tôt. Evidemment, elle avait eu le temps de le situer dans d'éventuels scénarios, et compte tenu de ce qu'ils savaient déjà sur le tueur…

— Il a tué sa mère, murmura-t-elle encore, alors que Mac ne réagissait pas.

— Elle savait que son frère le violait et elle n'a rien fait pour défendre son fils. C'est, du moins, ce que le gamin a écrit quelque part. Il détestait sa mère parce qu'elle ne faisait rien pour le protéger.

Tout en disant cela, il eut l'impression que le brouillard dans lequel il nageait pendant sa conversation téléphonique se levait brusquement. Mieux encore : c'était comme si tout ce qu'il avait compris sur les événements de la veille s'organisait de façon cohérente. Comme s'il venait de trouver la pièce maîtresse d'un puzzle inextricable qui devenait soudain un jeu d'enfant.

La mère de Nathan Burrows n'avait pas bougé le petit doigt pour son fils. Faible et sans défense, il avait enduré des horreurs indescriptibles jusqu'à ce qu'il ait atteint l'âge et le degré de fureur qui lui avaient permis de prendre sa revanche.

Il avait alors trucidé son agresseur, ainsi que la femme dont le rôle n'était pas seulement de l'élever mais aussi de le protéger. Elle avait failli à cette tâche en omettant d'assurer sa sécurité, ce qui avait fait de lui, peu à peu, le monstre qui torturait et tuait des enfants sous l'identité de Samuel Tate, notamment.

Et, pendant des années, personne n'avait été capable de l'en empêcher. Le système judiciaire, pratiquement inopérant, avait démontré l'étendue de son impuissance après l'arrestation de Tate. Puis, un beau matin, alors qu'il se retrouvait de nouveau libre à la sortie du tribunal, une femme — une mère — avait braqué un revolver sur lui dans l'intention de venger son fils assassiné.

L'enchaînement, dans l'esprit de Mac, s'accélérait de seconde en seconde, et tout devenait d'une clarté aveuglante. Les éléments s'emboîtaient pour former un schéma évident. Tout cela se tenait de façon parfaitement cohérente.

Ce n'était pas un souci de vengeance contre Sarah qui animait Samuel Tate, en ce moment. Dans son esprit malade et déformé, elle avait fait exactement ce qu'une maman doit faire quand on s'en prend à son enfant. Sarah s'était opposée au tueur. Sans l'intervention d'un tiers, elle aurait abattu l'assassin de Danny comme on le fait d'une bête nuisible.

— Mac ?

Il leva les yeux. Sarah le scrutait d'un air interrogateur.

— Qu'est-ce qu'il y a ? demanda-t-elle. Quelque chose ne va pas ?

— Ça ne pourra pas marcher.

— Quoi ?

— Ce que Morel veut te faire faire. Tate ne t'en veut

pas, Sarah. Il ne veut pas se venger de toi. Ce n'est pas ce qu'il cherche.

— Tate ? Mais… je ne comprends pas.

— Dans son esprit, tu as fait ce que sa mère à lui n'a jamais été capable de faire. Tu as pris la défense de ton fils, même si c'était trop tard pour Danny.

Formuler son idée ne fit que renforcer sa conviction qu'il avait vu juste.

Sarah fronça les sourcils comme pour le contredire, mais son regard changea peu à peu, tandis qu'elle assimilait son raisonnement.

Mac hocha la tête pour l'encourager.

— En réalité, il admire ton courage, Sarah. (Il se mit à rire, songeant à l'erreur qu'ils avaient tous commise.) Ce taré te considère comme un modèle. Il n'essaie pas de te faire du mal, bien au contraire…

Il s'interrompit, non par crainte de l'avoir choquée mais en la voyant pâlir brusquement.

— Oh, mon Dieu ! murmura-t-elle d'une voix entrecoupée. Dan… Oh, mon Dieu, Dan…

Tate avait voulu savoir si elle appréciait son cadeau. Le sens de sa question était beaucoup plus pervers, beaucoup plus diabolique que ce qu'ils avaient tous imaginé.

Pendant des années, Sarah en avait voulu à Dan pour sa négligence qui avait été fatale à Danny. Toujours à l'affût de la moindre indiscrétion, la presse l'avait su et l'avait fait savoir au public friand de détails sordides. Samuel Tate avait donc décidé de « châtier » le père indigne, incapable de veiller correctement sur son fils. En tuant Dan, il pensait faire plaisir à Sarah.

— Je vous assure, il ne s'agit pas d'un désir de vengeance à l'encontre de Sarah Patterson. Lisez bien les documents que Johnson a envoyés. Il est évident que Tate admire son courage et qu'il…

Morel leva la main pour l'arrêter.

— C'est votre point de vue, Mac, coupa-t-il. Un point de vue que personne ici ne partage, figurez-vous.

Mac respira à fond, tâchant de se calmer. Une nouvelle confrontation avec son chef ne lui apporterait rien de bon.

— Sarah a fait ce que la mère de Tate n'aurait jamais fait, reprit-il sans élever la voix. Elle a pris la défense de son fils assassiné. Pourquoi voulait-il savoir si elle appréciait son geste ? Parce qu'il avait tué pour elle, en châtiant celui qu'elle accusait de négligence envers leur fils. Le meurtre de Dan Patterson était, à ses yeux, une sorte de cadeau pour elle.

Mac avait demandé à Sonny d'occuper Sarah pendant qu'il s'efforçait de faire entendre raison à leur chef. La tâche s'annonçait bien assez difficile sans qu'il ait à surveiller constamment l'effet que ses paroles pourraient avoir sur elle. Tout en acceptant intellectuellement les motivations de Tate, la jeune femme souffrait — Mac en était conscient — de savoir que ses reproches avaient pu contribuer à faire de son ex-mari une cible pour l'assassin.

— Hier soir, vous étiez tout aussi convaincu que le

cadeau en question concernait le petit Ingersoll auquel il avait laissé la vie sauve ! riposta Morel.

— Hier soir, nous ne disposions pas des renseignements que le FBI vient de nous fournir.

— Et même en admettant que Tate admire le courage de Mme Patterson, je ne vois pas en quoi cela nous empêcherait de mettre nos projets à exécution.

— Il ne cherche pas à se venger ; il ne s'en prendra pas à elle.

— Si vous en êtes tellement persuadé, vous ne verrez sans doute aucun inconvénient à ce qu'elle regagne son appartement ?

Etait-il certain d'avoir raison au point de mettre en péril la vie de Sarah ? En tout cas, son hésitation à répondre le discrédita aux yeux de Morel.

— C'est une théorie tout à fait remarquable, Mac, mais j'ai vraiment du mal à croire que Tate ait placé Mme Patterson sur un piédestal. Nous avons malheureusement affaire à l'assassin le plus implacable que je connaisse. Bon, vous pensez qu'il a tué Dan pour récompenser Sarah d'avoir fait preuve d'audace en voulant lui faire sauter la cervelle. Moi, je crois plutôt qu'il l'attendait chez elle quand Patterson s'est pointé. Le pauvre bougre s'est trouvé au mauvais endroit au mauvais moment.

Morel marqua une pause.

— Dans un cas comme dans l'autre, reprit-il d'un ton déterminé, rien n'a changé en ce qui nous concerne. Votre opinion a été entendue, agent Donovan. Mais elle n'engage que vous.

Il appuya sur le dernier mot, indiquant qu'il ne comptait pas renoncer au scénario qu'il avait mis sur pied avec Sarah.

— Alors, je veux être là.

— Je ne pense pas que ce soit possible.

— Puisque vous avez trouvé un nouvel appartement pour les Ingersoll, laissez-moi m'installer chez eux, au rez-de-chaussée.

Morel se mit à rire.

— Tate n'est pas aussi stupide, Mac. Croyez-vous qu'il ne remarquerait pas l'arrivée d'un nouveau locataire qui ressemble étrangement à un flic ? Surtout qu'il a dû vous repérer, depuis le temps.

— C'est le seul moyen pour que Sarah accepte.

— Vraiment ? demanda Morel d'un ton sarcastique. Ce n'est pas l'impression que j'ai eue, hier soir.

— La situation a évolué.

Morel pinça les lèvres, le dévisageant d'un œil scrutateur.

— J'aimerais bien l'entendre de sa propre bouche, grommela-t-il enfin.

— Alors, posez-lui la question.

Son supérieur esquissa un sourire.

— Oh, rassurez-vous, Mac : c'est bien ce que je compte faire.

— Qu'est-ce que tu lui as dit ? demanda Sarah à mi-voix pour que Mac soit le seul à l'entendre.

Il s'était proposé de l'accompagner dans le bureau de

Morel, au premier étage, ce qui leur permettait d'être seuls un moment.

Quand il était descendu, tout à l'heure, son expression ne laissait rien deviner de ce qu'il pensait. Il avait un visage sombre et fermé. Peut-être se méfiait-il de Cochran, qui ne les quittait pas des yeux une seconde.

— Je lui ai dit que tu exigeais ma présence comme préalable à ton retour chez toi.

— Et il n'est pas d'accord ?

La veille, c'était pourtant Mac qui avait catégoriquement refusé de participer à l'opération.

— Il trouve que j'ai trop l'air d'un flic.

Sarah s'esclaffa parce que Morel avait raison.

— Et tu ne crois pas que Tate est au courant pour... nous ?

Elle avait marqué une légère hésitation à la fin de sa phrase, bien que la nuit précédente les ait rapprochés de façon indiscutable.

Combien de temps cela durerait-il ? Sarah n'en avait pas la moindre idée. La question n'était certes pas à l'ordre du jour. Pour sa part, elle se contentait d'une relation purement sexuelle. Elle était incapable de s'engager dans une aventure d'ordre sentimental. Ce qui s'était passé récemment dans sa vie le lui interdisait totalement.

— J'ignore ce que Tate peut bien savoir, dit Mac. En tout cas, tu m'as demandé d'être là. C'est ce que j'ai dit à Morel. Si tu as changé d'avis, il sera enchanté de l'apprendre.

Sarah posa une main sur son bras.

— Arrête...

Il se dégagea mais tourna la tête pour la regarder.

— C'est à toi de voir, Sarah. Tu peux faire ça à leur façon ou à *ma* façon.

— Je croyais que nous étions tous dans le même camp, avec un objectif commun : remettre la main sur un tueur pédophile.

— La différence, c'est que moi, je suis de ton côté — et eux, non. Ils subissent actuellement d'énormes pressions pour que les choses avancent le plus rapidement possible. Avec toi, ils ont un atout dans leur manche. Ils en sont conscients, ce qui ne les empêcherait pas de te sacrifier pour se protéger. Ils n'iraient pas par quatre chemins, tu peux me croire.

— Mac…

— Encore une fois, c'est toi qui décides. Défends ton point de vue, quel qu'il soit. Mais ne les laisse pas se servir de toi comme ils se sont servis de tous ceux qui se sont impliqués dans cette affaire.

Frappée par la gravité de son regard, elle acquiesça.

24.

En entrant avec Sonny dans le bureau de Morel, Mac doutait que le résultat de cette négociation lui plaise réellement. Morel paraissait beaucoup trop content de lui.

— Nous sommes convenus d'un arrangement, Mme Patterson et moi. Je vais convoquer l'agent fédéral Johnson qui pourra, je l'espère, nous aider à trouver les moyens de manipuler Tate en fonction de son profil psychologique. Si vous avez raison, Mac — et je dis bien « si » —, il faudrait alors prendre quelques dispositions de nature à susciter son intérêt.

— Quel genre de dispositions ?

Mac se sentait de plus en plus inquiet. Quelle idée stupide avaient-ils encore derrière la tête ?

— Je vous l'ai dit, nous allons d'abord consulter le FBI sur les mesures à prendre.

— Des mesures qui consisteront à faire de Sarah la cible idéale ?

— Mme Patterson est d'accord pour nous aider à attirer l'attention du tueur. Quand nous aurons déterminé le meilleur moyen d'y parvenir, tous ceux qui collaborent à cette entreprise en seront informés. D'ici là…

Morel marqua une pause, comme s'il attendait d'autres questions, mais Mac n'en posa aucune.

— D'ici là, reprit-il, Mme Patterson retournera donc à son travail, sous surveillance étroite de la police, bien entendu. Il y aura quelqu'un sur le parcours qu'elle emprunte chaque jour, ainsi qu'au restaurant. Plusieurs agents en civil se mêleront à la clientèle et au personnel de cuisine. Puisque le mode opératoire de Tate exclut en principe toute intrusion au domicile des victimes, nous en déduisons qu'il se manifestera plutôt en terrain neutre.

Comme par hasard, cette dernière supposition ne tenait aucun compte des circonstances qui avaient présidé au meurtre de Dan Patterson, constata Mac. Du reste, en ce qui concernait la protection de Sarah, il se moquait pas mal du schéma que Tate avait pu suivre par le passé.

— Et simplement à titre d'exemple, qu'avez-vous prévu pendant qu'elle sera chez elle ?

— Eh bien, puisque la famille Ingersoll va être relogée… (Morel inclina la tête du côté de Sarah pour souligner la concession qu'il avait faite), le propriétaire va profiter de l'occasion pour rénover leur appartement. Naturellement, ce sont encore des policiers en civil qui travailleront sur ce chantier. Quel meilleur prétexte pour installer des écrans de surveillance reliés à l'appartement du second ?

— Et pour les caméras qu'il faudra disposer chez elle ?

— Mme Patterson estime pouvoir s'en charger elle-même, suivant nos instructions.

Mac ne pouvait rien trouver à redire à cela. Morel n'avait pas tort, au demeurant. L'équipement qu'il fallait relier à celui d'en bas n'était pas plus compliqué à brancher que ces petites caméras utilisées par de nombreux lycéens pour épier les filles dans les vestiaires des salles de sport. Sarah n'aurait certainement aucun mal à suivre le mode d'emploi.

— Les ouvriers seront là pendant la journée, d'accord. Mais la nuit ? Espérez-vous faire croire à Tate que le propriétaire est prêt à payer plusieurs équipes qui se relaieront vingt-quatre heures sur vingt-quatre pour faire avancer le chantier ?

Morel haussa les épaules.

— Il y aura beaucoup d'allées et venues du matin au soir. A mon avis, il serait difficile de vérifier si tout le monde a quitté les lieux à la fin de la journée.

— C'est le genre de vérification que Tate fera, sans aucun doute, riposta Mac. Demandez donc à Johnson, si vous ne me croyez pas.

— J'ajouterai votre question à ma liste. Toutefois, puisque vous êtes convaincu que Tate n'en veut pas particulièrement à Mme Patterson, je ne vois pas très bien en quoi ce genre de détail peut vous tracasser. Autre chose ?

— Je souhaite séjourner dans cet appartement pendant les opérations. La garde de nuit me conviendrait tout à fait.

Morel cessa de griffonner sur son carnet et le regarda d'un drôle d'air.

— Mme Patterson s'est déjà prononcée sur ce point.

Un bref instant, Mac crut qu'il venait de se faire éconduire. Puis il se répéta mentalement la phrase de son chef, qui pouvait aussi bien vouloir dire que Sarah souhaitait sa présence.

— Est-ce à dire que ma requête est acceptée ?

Morel lorgna brièvement du côté de Sarah avant de reporter les yeux sur lui.

— Je crois avoir compris que c'était la condition préalable à notre accord.

— Merci. Je vous en suis très reconnaissant.

Sonny n'avait pas tort. Il fallait savoir faire un peu de lèche de temps en temps.

Morel se tourna de nouveau vers Sarah.

— Quand j'aurai des nouvelles de l'agent Johnson, je suppose que je pourrai vous joindre chez Donovan.

— En effet, répondit Sarah sans la moindre trace d'embarras.

— A bientôt, donc, dit Morel en se levant.

Il prit la main que Sarah lui tendait et la garda dans la sienne une seconde de trop.

— Ne partez pas du principe que Donovan a forcément raison à propos de Tate. Il serait dommage de ne pas être sur vos gardes à cause d'un point de vue qui reste purement théorique, pour le moment.

— Je serai vigilante. Tout comme vous, je l'espère, en ce qui concerne le petit Ingersoll. Je ne suis pas tout à fait convaincue que Mac ait raison, de toute façon. Et s'il se trompait, Dwight ne serait absolument pas à l'abri du danger. Vous l'avez bien placé sous surveillance ?

Sa voix trahissait une réelle anxiété.

— Une surveillance permanente. Nous avons aussi recommandé à sa mère de lui faire manquer l'école pendant quelques jours afin de ne pas le perdre de vue. J'ai pris contact avec les services sociaux pour qu'on leur trouve un appartement convenable, au sens où vous l'entendez. Vous comprendrez que cela puisse prendre quelques jours.

— Tant que Dwight est sous votre protection, je pense que le temps presse davantage pour vous que pour moi.

Morel la considéra d'un air perplexe.

— Je vous demande pardon ?

Mac, qui commençait à connaître la manière dont fonctionnait l'esprit de la jeune femme, devina où elle voulait en venir. Il baissa les yeux et réprima un sourire, sachant que la suite ne manquerait pas de sel.

— J'ai lu les journaux du matin dans la salle d'attente, répondit Sarah. Vous avez laissé filer Tate et, quelques jours plus tard, vous voilà avec une nouvelle victime sur les bras. A présent, vos services sont dans le collimateur de la presse. Quant à l'opinion publique, elle est plutôt contre vous, ces temps-ci. Plus tôt vous aurez installé les Ingersoll en sécurité, plus vite nous pourrons passer à l'étape qui nous intéresse tous : remettre la main sur Samuel Tate. En espérant que, cette fois, vous ne le relâcherez pas.

Sarah n'était pas très loquace, sur le trajet du retour. A en juger par l'assurance avec laquelle elle avait tenu tête à Morel, Mac s'était dit qu'elle commençait à prendre du recul vis-à-vis du meurtre de Patterson. Mais peut-être se trompait-il. Et pas seulement sur ce point…

— Comment ça va ? demanda-t-il en jetant un bref coup d'œil de son côté.

Elle cessa de regarder par la vitre et se tourna vers lui.

— Ça peut aller.

— Quels que soient les crimes commis par Tate, tu ne peux en aucun cas t'en considérer comme responsable.

— Tout comme Dan ne pouvait être considéré comme responsable de l'enlèvement de Danny, qu'il était censé surveiller ?

Aïe, il avait eu tort de croire qu'elle commençait à prendre du recul !

— N'y pense plus, Sarah.

— Ben voyons ! Il s'agit seulement de mon fils. Et de mon mari.

— Ton *ex*-mari.

Il se demanda aussitôt pourquoi ça l'agaçait autant qu'elle parle de Dan comme de son mari. Le malheureux n'était même plus de ce monde…

— Mon ex-mari, répéta-t-elle docilement. Pauvre Dan !

Mac ne dit rien. Certes, Patterson était un pauvre bougre de macchabée, à présent, et le fait qu'il se soit simplement trouvé au mauvais endroit au mauvais moment ou qu'il ait été victime d'un meurtre prémédité, conçu comme une offrande à Sarah, ne changeait rien à la chose.

— Est-ce que ça t'embête ?

— Quoi ?

— Que je parle de lui comme de mon mari.

Il faillit dire que non, puis il se ravisa. A quoi bon lui mentir ? Du reste, il n'était pas très doué pour ça, surtout avec quelqu'un d'aussi malin qu'elle.

— Oui, un peu, je l'avoue.

— Parce qu'on a couché ensemble ?

Il l'observa encore du coin de l'œil.

— C'était ton mari.

— Je parlais de toi et moi, Mac — pas de lui. Ça t'embête que j'aie été mariée ?

— Moi aussi, je l'ai été. Est-ce que ça t'embête ?

— Je ne sais pas. Peut-être un peu.

— Ah bon ?

C'était intéressant. Et encourageant.

— Est-ce que tu l'aimais ?

— Ma femme ? J'ai cru l'aimer. Et toi ? Tu aimais Dan ?

Un nouveau coup d'œil lui permit, juste à temps, de la voir hocher la tête.

Il eut un drôle de petit pincement au cœur. Etait-il jaloux d'un mort ?

— Je compatis, marmonna-t-il en regardant de nouveau la route.

— Merci. Et je pense que tu as raison, en fait. Si mon avis peut t'intéresser.

Mac essaya de replacer ça dans le contexte de leur conversation mais sa remarque ne cadrait qu'avec un seul sujet.

— Raison… à propos de Tate ?

— Je ne peux pas avoir de compassion pour lui. Mais pour un petit garçon…

Elle laissa sa phrase en suspens et secoua la tête d'un air navré.

— Il y a des tas d'enfants qui souffrent terriblement sans devenir des monstres pour autant.

— Il y a des tas d'enfants qui se font tuer sans que leur mère cherche à les venger directement. Alors, qu'est-ce que ça prouve ?

— Je ne sais pas. Rien du tout, probablement.

Ils roulèrent quelques minutes sans rien dire.

— Tu crois que ça va marcher ? demanda Sarah au bout d'un moment.

Mac hésita. Il se posait la même question depuis qu'ils avaient quitté le bureau de Morel.

— A mon avis, tout dépend de la capacité du FBI à faire réagir Tate.

— Et s'ils y parviennent…

— Dans ce cas, Sarah, il y aurait une chance pour que Tate s'en prenne réellement à toi. C'est le but de la manœuvre, non ?

Accepter le principe qu'il devait arriver quelque chose, c'était bien beau. Encore fallait-il se rendre compte que l'auteur d'une douzaine de meurtres allait faire de vous sa prochaine cible. Elle devait franchir cette étape en toute lucidité, songea Mac.

— Il vaut mieux que ce soit moi plutôt que Dwight — ou un énième gamin, dit-elle.

— Si nous ne faisons rien, il y a de fortes chances pour

que Tate déguerpisse. Il quittera peut-être la région, de toute façon.

Toujours persuadé que Tate n'en voulait pas particulièrement à Sarah, qu'il l'avait même « récompensée » à sa façon, Mac ne voyait aucune raison pour qu'il s'attarde dans les parages de La Nouvelle-Orléans.

Le pays était assez grand pour qu'il puisse espérer repartir de zéro dans une ville où personne ne s'attendait à le voir sévir. Un endroit où la police ne se douterait de rien avant que plusieurs enfants n'aient disparu.

— Je croyais que c'était précisément le pire scénario, dit Sarah : le fait qu'il quitte la région.

— C'est ce que le Bureau essaie d'empêcher. Moi, je veux juste éviter qu'il t'arrive malheur.

Elle ne répondit rien à cela et tourna de nouveau la tête vers la vitre du passager. La remarque de Mac avait peut-être un caractère trop personnel à son goût. Mais si elle ne voulait pas qu'il empiète sur sa vie privée, elle n'aurait pas dû passer la nuit dans son lit.

— Tu as dit qu'arrêter Tate, c'était le boulot des flics, dit-elle au bout d'un moment.

— C'est leur boulot.

— Tu en es un aussi, Mac. Morel lui-même a dû admettre que tu devais participer à cette opération.

— Et alors ?

— Alors, si ton seul but est d'éviter qu'il m'arrive malheur, tu ne remplis pas ta mission. Et les autres ne le font peut-être pas non plus.

— Sarah…

— Je n'ai pas vraiment le choix, Mac. Surtout si tu as raison. J'affirmais souvent que j'avais deux enfants à surveiller : Dan et Danny. Leurs degrés de maturité n'étaient pas tellement différents. Sauf qu'on pouvait compter davantage sur Danny.

— Tu ne…

— Je ne me faisais aucune illusion sur Dan. J'ai dit à un tas de gens qu'il avait la mentalité d'un gamin de dix ans. Je l'ai dit et répété. Et ça ne m'a pas empêchée de lui confier Danny. J'ai fait semblant de croire qu'il serait vigilant, qu'il veillerait sur son fils comme un père adulte et responsable. Mais, en réalité, je n'étais pas dupe. Je n'étais pas dupe et je n'ai rien fait pour éviter le drame. J'ai toujours pensé que Dan était un irresponsable, que j'étais la plus responsable des deux. Mais si ç'avait été vrai…

Sa voix se brisa. Mac s'aperçut qu'elle pleurait.

— Ne te torture pas comme ça.

— Au bout du compte, qu'est-ce que je vaux, Mac ? Si j'étais responsable de notre famille et que nous le savions tous, qu'est-ce que ça fait de moi, hein ?

Mac avait assez de bon sens pour comprendre qu'il n'y avait rien à faire ou à dire pour atténuer les remords d'une mère. Malgré les reproches dont elle avait accablé Dan, ces sentiments-là n'avaient certainement rien de nouveau. Sans doute portait-elle ce fardeau depuis la mort de Danny. Et c'était probablement ce qui l'avait conduite, un matin, jusqu'aux marches du palais de justice. C'était aussi ce qui l'incitait aujourd'hui à accepter toutes les propositions de Morel.

La décision qu'elle avait prise était irrévocable. Mac ne pouvait strictement rien y changer. Tout ce qu'il lui restait à faire, c'était être présent au moment crucial.

25.

Dans leur situation, il n'y avait, hélas, aucun moyen de s'isoler. Consciente qu'il serait périlleux de passer outre la mise en garde de Morel, Sarah ne pouvait pas annoncer qu'elle avait envie d'aller promener le chien ou de faire un tour pour se changer les idées. Aussi sensée soit-elle, la théorie de Mac n'était effectivement qu'une théorie.

Elle choisit finalement la cuisine comme lieu de retraite. Elle n'avait pas touché une casserole depuis des lustres, mais ça devait être comme faire du vélo car le gâteau pour lequel elle était en train de confectionner un glaçage au caramel semblait tout à fait comestible.

— Mmm… ça sent drôlement bon.

Elle leva les yeux et vit Mac qui se tenait dans l'encadrement de la porte, négligemment appuyé au chambranle. Elle eut l'impression qu'il l'observait depuis un moment déjà, mais la délicate opération de nappage exigeait un haut degré de concentration. C'était exactement ce qu'elle cherchait, du reste.

— Merci.

Du dos de la main, elle repoussa une mèche qui lui tombait sur les yeux.

— Ma mère faisait des gâteaux pour fêter chaque anniversaire, dit Mac. J'avais oublié cette délicieuse odeur.

— Ta femme ne cuisinait pas ?

— Un peu, au début. Mais quand on travaille tous les deux, tu sais ce que c'est : à l'heure du dîner, on n'a plus le temps ni l'énergie de faire la cuisine.

— Oui.

Un ange passa. Feignant de se concentrer sur son caramel, Sarah s'efforça de ne pas le regarder. Sa présence chaleureuse, sa silhouette athlétique la distrayaient un peu trop de sa tâche.

— Tentative de corruption ?

Pour le coup, elle leva la tête.

— Pardon ?

— Je me demandais si ce gâteau pouvait être une sorte de monnaie d'échange.

— Pour toi ?

Il rit.

— En fait, je pensais que tu comptais peut-être l'apporter demain à Morel.

— Dans quel but ? Il a accepté toutes mes conditions.

— Alors… un geste de remerciement, peut-être.

— Ce n'est pas pour Morel.

Sarah reporta son attention sur sa préparation qui atteignait précisément la phase critique.

— Ma foi, tant mieux.

Il la gratifia d'une œillade avant de pivoter et de regagner le séjour. Sarah continua de remuer son caramel pour l'empêcher de noircir. Au bout d'un moment, le son de la télévision lui parvint. Elle reconnut une retransmission d'une célèbre série policière.

Tandis qu'elle nappait le gâteau, un autre programme succéda au premier : encore une histoire de flics, un peu plus orientée vers l'action.

Mac regardait toujours la même chaîne quand elle lui apporta un aperçu de son œuvre. Compte tenu du temps qui s'était écoulé depuis ses dernières expériences en matière de pâtisserie, elle était à la fois surprise et contente du résultat. Le gâteau était non seulement beau mais délicieux. Elle l'avait goûté au préalable pour s'en assurer, naturellement.

— Tu vois bien que ce n'était pas pour Morel, dit-elle en tendant l'assiette et la fourchette vers le canapé où Mac était assis.

Il ne fit aucun geste pour les prendre.

— Je réitère quand même ma question : est-ce une tentative de corruption ?

— Non. Juste un témoignage de gratitude.

— Pour quoi ?

— Pour tout. Pour m'avoir hébergée, pour avoir accepté de participer au piège que nous allons tendre à Tate, pour le travail que tu fais.

Il hocha la tête et tendit enfin la main vers l'assiette.

— Et puis pour m'avoir dit que tu tenais avant tout à me protéger, ajouta-t-elle doucement.

— Tiens, je croyais que ça ne te plaisait pas.

— Bien sûr que si ! J'ai seulement dit que ce n'était pas ton boulot.

— Et c'est le boulot de qui, Sarah ?

Elle eut un petit rire désabusé.

— Honnêtement, je ne me rappelle pas que quelqu'un ait un jour considéré que c'était son boulot. Ma mère ressemblait un peu trop à Mme Ingersoll. C'est sans doute pour ça que j'ai su assez vite à qui nous avions affaire. Quant à mon père, il a disparu avant que j'aie le temps de le connaître. En grandissant, je me suis protégée toute seule. Je n'y suis pas toujours très bien parvenue mais dans l'ensemble, je m'en suis sortie. Quand je me suis aperçue que Dan n'était pas capable de protéger qui que ce soit, que ce n'était même pas dans sa nature de penser à ça, il était trop tard pour faire marche arrière.

Elle haussa les épaules, consciente qu'il était inutile de s'apitoyer sur son propre sort.

— Ta sollicitude est donc quelque chose de tout nouveau pour moi. J'ai pensé que ça valait la peine de fêter ça, dit-elle en soulevant légèrement l'assiette, comme pour porter un toast.

— Merci, dit-il en prenant son gâteau.

Elle le regarda en découper un morceau et le goûter aussitôt. A son expression, elle vit qu'il s'étonnait de le trouver aussi bon, et ce petit succès lui procura un réel plaisir.

— Succulent ! dit-il, la bouche pleine. Tu n'en manges pas ?

— Je l'ai déjà goûté dans la cuisine. Je voulais m'assurer qu'il n'était pas raté.

A un moment donné, pendant qu'elle achevait le nappage, elle s'était souvenue que son dernier gâteau datait des onze ans de Danny. Elle avait déniché un moule en forme de ballon de foot et l'avait décoré avec un motif de fleurs de lis. Son fils et les quatre copains qu'il avait invités pour l'occasion s'étaient régalés. Une génoise au chocolat. C'était la dernière fois qu'elle avait cuisiné pour lui.

— Je vais prendre une douche.

Mac leva sur elle un regard interrogateur.

— J'ai besoin d'un peu d'espace, murmura-t-elle.

— Je comprends.

— Il reste du gâteau dans la cuisine : tu n'as qu'à te servir.

— Merci. Tu es sûre que ça va aller ?

Sarah hocha la tête. Elle était habituée à ce genre de crise. Et pour la première fois en trois ans, elle ne se sentait pas seule dans ce moment critique.

— Ne t'en fais pas. Si tu veux, on regardera la télé ensemble… un peu plus tard.

— Comme tu voudras.

Sans trop savoir pourquoi, elle sentit des larmes lui monter aux yeux.

— Merci, Mac. J'ai juste besoin d'un peu de temps et de distance pour le moment.

Elle se dirigea vers la chambre, puis se retourna pour ajouter — parce que c'était vrai et parce qu'il méritait de l'entendre :

— Et de savoir que tu es là.

*
* *

Deux longs jours passèrent avant que Morel les rappelle. Quand il eut Mac au bout du fil, il demanda à parler à Sarah. Mac fronça les sourcils d'un air contrarié, mais il tendit le récepteur à la jeune femme sans insister.

— Morel. Pour toi. Tu veux que je te laisse ?

— Tu plaisantes ? Bien sûr que non !

Elle prit l'appareil et respira à fond.

— Bonjour.

Comme Morel assurait l'essentiel de la conversation, Mac dut se contenter des silences de Sarah et de quelques mots d'acquiescement. Il essaya de deviner quelque chose d'après son expression, mais au lieu de croiser son regard qui cherchait le sien, elle garda les yeux baissés, totalement concentrée sur ce que son interlocuteur lui disait.

— Et tout sera prêt demain ?

Encore un blanc. Mac entendait la voix de Morel grésiller dans le haut-parleur sans pouvoir distinguer ses paroles.

— Entendu. Je le dirai à l'agent Donovan. Et merci pour tout.

Après une brève pause, elle ajouta :

— Eh bien, à demain, alors.

Sur ces mots, elle raccrocha.

— Les Ingersoll déménagent cet après-midi. Morel a réussi à leur dénicher un appartement de quatre pièces dans l'une des nouvelles résidences HLM qui ont été construites après l'ouragan. Il y a une bonne école à proximité. Ils recevront une allocation supplémentaire pour couvrir la différence de loyer.

— Ça me semble très bien.

C'était presque trop beau, songea-t-il, mais il garda cette réflexion pour lui, se promettant de surveiller l'évolution de la situation par l'intermédiaire d'une assistante sociale avec laquelle il avait travaillé.

— Et il veut nous voir demain matin, à 10 heures.

— Pour quoi faire ?

Comme elle hésitait, il fronça les sourcils. Apparemment, elle se doutait qu'il n'allait pas apprécier la suite.

— L'agent fédéral Johnson pense que ton analyse est juste. Et même si elle ne l'était pas...

Mac attendit qu'elle termine sa phrase. Comme elle se taisait, il répéta :

— Si elle ne l'était pas ?

— Ils veulent essayer de tendre un piège à Tate. Ils espèrent le faire réagir.

— Parce qu'ils ont la presse sur le dos.

— Et parce que le FBI est pratiquement sûr que Tate ne va pas tarder à se manifester. S'il quitte la ville, tout le monde se retrouve pratiquement à la case départ.

— Alors, quel est le programme ?

— Je vais me faire interviewer par l'une des chaînes de télé locales. Le FBI est en train de rédiger le dialogue.

— Des questions concerneront Tate ?

Sarah hocha la tête.

— Je vais parler des meurtres. De ce qui s'est réellement passé l'autre fois, à la sortie du tribunal. De la découverte du cadavre dans le parc. La chaîne en question a promis de faire pas mal de battage autour de l'interview. Il faut monter ça en épingle. Et, d'après Morel, le fait qu'on ait parlé récemment de moi dans la presse devrait susciter des commentaires dans les journaux et sur d'autres chaînes.

— Ils veulent te faire avouer publiquement que tu as tenté de l'abattre ?

— Je ne sais pas. Comme je te l'ai dit, Johnson est en train de mettre cette interview au point.

— Si c'est ça, il va falloir leur faire signer une promesse d'immunité.

S'il ne croyait pas Morel assez retors pour inclure cet aveu dans des réponses préparées par avance et la faire ensuite inculper, il n'était pas exclu que quelqu'un d'autre exige son arrestation. Avec les médias, il fallait toujours rester sur ses gardes.

Comme l'avait dit Sonny, si Sarah avait réussi à abattre Tate, tout le monde serait bien plus tranquille, à présent. Tout le monde… sauf elle.

« Je veux juste éviter qu'il t'arrive malheur… »

C'était plus que jamais d'actualité.

— Le mieux, reprit-il, ce serait de s'assurer qu'ils ne te feront pas dire ça.

— L'ennui, c'est que c'est probablement la raison pour laquelle il s'en est pris à moi.

— Ou la raison pour laquelle il t'admire. En tout cas, si tu veux éviter de te compromettre, tu n'as vraiment pas intérêt à livrer sur le sujet la moindre confidence qui serait enregistrée.

Elle hocha la tête, comme pour reconnaître que son raisonnement était logique. Mais, pour la première fois depuis le début de cette affaire, il la sentit un peu moins sûre d'elle — ce qui semblait, en pareille circonstance, plus normal que la crânerie dont elle ne s'était pas départie jusque-là.

— Les journalistes vont me demander de parler de Tate avec mépris, de le rabaisser dans la mesure où il s'en prend à plus faible que lui. Je devrai le mettre au défi de s'attaquer à quelqu'un de son gabarit.

— C'est-à-dire toi.

— Je peux le faire, Mac. Je sais que j'en suis capable. Il faut que je le fasse.

Mac acquiesça — non qu'il ait envie de la savoir en danger de mort, mais parce qu'il était conscient de l'enjeu. S'il y avait la moindre chance pour qu'elle se remette un jour de ses blessures, sa guérison était liée à la destruction de Tate : elle devait débarrasser le monde de ce tueur afin de pouvoir revivre. Mac l'avait compris en mesurant à quel point elle se sentait coupable.

Et quelque part, plus ou moins consciemment, Sarah le savait aussi. Voilà pourquoi elle était venue attendre l'assassin de son fils à la sortie du tribunal.

Mû par un désir inexplicable de protéger cette femme, Mac l'avait empêchée de tirer, à ce moment-là. Mais cette fois…

Cette fois, il allait encore faire tout ce qui était en son pouvoir pour qu'il ne lui arrive rien. Mais, parallèlement, il ferait aussi tout son possible pour qu'elle parvienne à ses fins.

26.

— Si on s'arrêtait dans un supermarché pour acheter tout ce dont ils pourraient avoir besoin ? A moins de faire ça après avoir vu Mme Ingersoll, en fonction de sa réponse.

Malgré cette proposition, Mac prit la bretelle de sortie qui menait au quartier miteux où habitait Sarah.

Bien qu'elle ne soit vraiment pas pressée de retrouver son appartement, elle savait qu'il valait mieux s'habituer à cette idée puisque l'exécution du plan de Morel n'était plus qu'une affaire de jours. Elle savait aussi qu'ils avaient plus de chance de réussir à convaincre la mère de Dwight s'ils arrivaient avec toutes les provisions nécessaires pour Toby.

— Je n'en ai que pour une minute, Mac.

— A mon avis, elle ne l'autorisera pas à garder le chien.

— Tu as peut-être raison. C'est pour ça qu'il vaut mieux y aller pendant les heures de classe. Si elle refuse, nous irons promener le chien avec Dwight, comme nous le lui avons promis l'autre soir, et ensuite nous emmènerons Toby au chenil.

Elle n'avait aucune envie de mettre Toby en pension, mais Mac lui avait démontré l'impossibilité où ils seraient de s'occuper de lui pendant l'opération qui se préparait. Il fallait obligatoirement le sortir deux fois par jour et Sarah ne pourrait s'acquitter de cette tâche sans surveillance policière, d'où un risque accru d'éveiller les soupçons de Tate.

Cela dit, Mac s'attendait à ce que Tate se doute de quelque chose. Sarah se demandait même s'il ne comptait pas plus ou moins là-dessus.

— Je comprends que ça t'ennuie de t'en séparer quelque temps, mais tout se passera bien, je t'assure.

Pour le moment, Sarah avait le cœur serré en repensant au jour où elle avait vu ce chien les regarder pour la première fois, Danny et elle, à travers les barreaux d'une cage de la SPA. Et dire qu'il aimait tant sa promenade quotidienne au parc...

— Je sais, mais ça ne coûte rien de demander à Mme Ingersoll. Tu peux m'attendre dehors ? demanda-t-elle tandis que Mac se garait le long du trottoir, à quelques mètres de l'immeuble.

Ils étaient tombés d'accord sur le fait qu'ils ne prenaient aucun risque en venant ici avant la mise en place du traquenard. Et Mac avait affirmé que personne ne serait en mesure de les suivre ensuite jusqu'au nouvel appartement des Ingersoll.

Evidemment, si l'analyse de Mac était juste, Tate ne s'intéressait absolument plus à Dwight — à moins que Sarah ne réussisse à le mettre en colère contre elle.

— Je te l'ai dit l'autre soir : tu n'as rien à me prouver, riposta Mac. Nous montons avec toi, Toby et moi.

— Tu es sûr qu'ils n'ont pas encore changé les serrures ?

— Ils doivent faire ça cet après-midi, grommela Mac, manifestement écœuré que la police n'ait pas réagi plus tôt — au lendemain du meurtre de Dan.

Peut-être avaient-ils jugé inutile de se presser, sachant qu'elle était hébergée ailleurs. Maintenant, il y avait urgence, évidemment. Tate n'aurait pas la bêtise de croire qu'elle réintégrerait les lieux en sachant qu'une de ses clés avait disparu.

Mac se chargea de faire descendre Toby qui les suivit docilement. Au rez-de-chaussée, il s'arrêta devant l'appartement qui avait été celui des Ingersoll et regarda la porte comme s'il espérait la voir s'ouvrir.

— Ils ne sont plus là, bonhomme.

Mac le tira en direction de l'escalier. Toby freina des quatre fers en comprenant où il voulait l'entraîner.

— Tiens, lui non plus n'a pas très envie de retourner…

— Sur le lieu du crime, acheva Sarah, comme il hésitait. Je ne peux certainement pas lui en vouloir, dit-elle en posant une main sur la tête du chien. Allez, Toby, c'est la dernière fois. On trouvera un endroit plus chouette, après, c'est promis.

Elle réprima un soupir, croisa le regard inquiet de Mac et secoua la tête avec un sourire rassurant.

En atteignant le palier du second, elle s'effaça pour le

laisser ouvrir avec la clé qu'il avait gardée depuis la dernière fois. Le chien se colla littéralement aux jambes de Mac pendant qu'il déverrouillait.

— Pauvre Toby !

Elle se baissa et le prit par le collier pour le faire entrer.

— Ma parole, il est terrorisé !

Une fois dans l'entrée, Mac referma derrière eux et mit le chien en laisse tandis que Sarah passait dans la cuisine.

Elle prit un sac-poubelle sous l'évier et entreprit de le remplir de boîtes pour chiens. Ensuite, elle récupéra un sac de croquettes, puis ramassa les écuelles qui étaient restées sous la table.

En regagnant le séjour, elle vit que Mac et Toby n'étaient plus dans l'entrée.

— Mac ?

Elle alla regarder par le judas pour voir s'il avait fait sortir le chien. Peut-être Toby s'était-il affolé, mais Mac l'aurait sûrement avertie, dans ce cas.

— Ça y est ? On y va ?

Se retournant, elle le vit arriver par le couloir qui menait à la chambre, suivi de près par Toby.

— Qu'est-ce que tu faisais ?

— Je suis juste allé jeter un coup d'œil au fond.

Quelque chose dans son expression démentait cette explication. L'autre soir, il lui avait dit qu'il irait vérifier si la police avait fait nettoyer les lieux…

— Tout est en ordre dans la chambre ?

Sans réfléchir, Sarah avança vers lui. Mac la retint par le bras pour l'empêcher d'aller plus loin.

Déroutée, elle leva les yeux sur lui.

— Qu'est-ce qui se passe ?

— Il est venu ici.

Il est venu ici…

— Tate ?

Elle essaya de libérer son bras mais Mac resserra son étreinte.

— Il est inutile que tu y ailles.

— Qu'est-ce qu'il a encore fait, bon sang ?

Y avait-il un rapport avec Danny ? Comme le message qu'*il* avait laissé sur son répondeur ? De toute façon…

— Ne me retiens pas, Mac, dit-elle sans élever la voix.

— Si.

— Quoi qu'il y ait à voir, ça m'était destiné. Cela ne changera pas grand-chose mais… j'ai besoin de savoir ce que c'est.

Ils se regardèrent un long moment dans les yeux, mais il était évident qu'elle avait raison. Si Tate lui avait laissé un nouveau message, elle devait absolument en prendre connaissance. Peut-être contenait-il une information aussi importante que celle qu'elle avait reçue de Dwight, l'autre fois. Un élément qu'elle serait la seule à comprendre.

Finalement, Mac lui lâcha le bras. Aussitôt libre, elle se demanda ce qui lui avait pris de vouloir pénétrer dans la chambre. Quelle que soit la nouvelle lubie du tueur, il fallait laisser la police s'en occuper. Comme Mac ne cessait de le répéter, c'était leur boulot — leur responsabilité. Une notion qui revenait souvent, ces temps-ci, et qui avait été son mot d'ordre tout au long de sa vie. Et maintenant…

Elle fit un pas puis un autre, se forçant à avancer le long du couloir. C'était la première fois qu'elle allait là-bas depuis la découverte du corps de Dan.

Un nouveau cadavre ? Etait-ce ce que Mac avait trouvé ?

Elle élimina très vite cette éventualité. Si c'était un enfant ou quelque autre victime du tueur, Mac ne l'aurait jamais laissée y aller seule.

Non, c'était autre chose. Quelque chose que Tate avait placé là, à son intention, dans la pièce la plus intime de l'appartement.

Sur le pas de la porte, elle hésita, consciente que Mac n'avait pas bougé de l'endroit où il se tenait, à l'autre bout du couloir. Comme il le lui répétait de temps en temps, elle n'avait rien à lui prouver. Elle pouvait encore rebrousser chemin et laisser quelqu'un d'autre se charger de ça.

Elle respira à fond, chercha à tâtons l'interrupteur de la chambre et alluma. La pièce était en ordre, à présent. Puis elle porta son regard sur le seul objet totalement déplacé.

La balle rose de Dwight, à moitié dégonflée, était posée sur le lit, entre les oreillers. Etait-ce pour le cas où elle aurait eu un doute sur l'identité de la personne qui avait abordé son petit protégé ? Tate s'était-il rendu compte, au cours de leur bref échange, que l'enfant n'était pas le messager le plus fiable qui soit ?

Son dernier message avait pour but d'informer Sarah que

le meurtre de Dan était une sorte de cadeau. Cette fois, il récidivait en lui faisant savoir qu'il avait épargné Dwight de façon délibérée. S'il avait voulu l'enlever, ils auraient trouvé le corps de Dwight à la place de cette balle.

Cette mise en scène n'eut absolument pas l'effet escompté. Au lieu de la gratitude qu'elle était censée éprouver, Sarah se sentit envahie d'une rage indescriptible. Ce monstre avait tué un autre enfant que celui avec lequel elle s'était liée d'amitié. S'il s'imaginait qu'elle allait lui en être reconnaissante…

D'un pas décidé, elle s'approcha du lit, prit la balle et regagna l'endroit où Mac l'attendait. Elle ramassa ensuite le sac-poubelle plein de boîtes pour chiens et jeta la balle rose dedans. Mac aurait probablement souhaité la faire examiner par des experts, mais à quoi bon relever des empreintes et collectionner les indices, désormais ?

Ils savaient tous à qui ils avaient affaire. Et Mac savait aussi bien qu'elle comment anéantir l'ennemi.

— Ce serait seulement pour quelques jours.

Sarah brandit le sac qu'elle avait préparé pour Toby.

— Il y a là-dedans tout ce dont Dwight peut avoir besoin pour s'occuper du chien.

— Ecoutez, je sais que vous n'avez que de bonnes intentions. Et nous vous sommes très reconnaissants de tout ce que vous avez fait pour nous, dit Beverley en désignant d'un geste vague la salle de séjour contiguë au vestibule où ils se tenaient. Mais mon fils s'est déjà un peu trop attaché à cet animal. Il va beaucoup mieux depuis qu'on est ici. Il s'adapte très bien.

Elle se tourna vers Mac, comme pour solliciter son appui.

— Dwight sera sous la protection de la police jusqu'à la fin de l'opération, dit-il. Des agents l'accompagneront chaque fois qu'il faudra sortir Toby. Je suis sûr qu'il serait ravi d'avoir un compagnon de jeux. Même s'il s'adapte remarquablement bien, il arrive dans une nouvelle école où il n'a pas encore d'amis.

Il nota que Sarah le regardait du coin de l'œil. Elle devait douter, comme lui, que Dwight ait jamais eu beaucoup d'amis.

— Je ne peux pas prendre un chien. C'est une responsabilité trop importante pour cet enfant. Vous avez sans doute remarqué…

Beverley Ingersoll laissa sa phrase en suspens. Sans doute ne souhaitait-elle pas s'étendre sur les problèmes de son fils.

— Enfin bref, reprit-elle, j'ai aussi ma mère infirme qui doit trouver de nouveaux repères. Ça fait bien assez de problèmes, vous comprenez ?

Mac observa la vieille dame, toujours scotchée devant la télé qui braillait. Elle semblait totalement étrangère à son environnement — nouveau ou pas.

— C'est excellent pour un enfant d'avoir une responsabilité, insista Mac. Il a besoin de mûrir, madame Ingersoll. Et il adore Toby. Je suis sûr qu'il s'en occuperait très bien.

— Cela ne vous coûtera pas un sou, ajouta Sarah. Si

les provisions que j'ai apportées étaient épuisées, il vous suffirait d'en parler aux agents : ils vous en fourniraient aussitôt.

Elle regarda encore Mac qui hocha la tête, certain que la police pouvait faire ce petit effort supplémentaire.

— Et je ne doute pas que nos services accepteraient de vous dédommager pour la garde de Toby, conclut-il. Nous estimons seulement qu'il serait plus heureux avec Dwight que dans un chenil.

— On me paierait pour héberger le chien ?

Beverley avait soudain les yeux brillants. La cupidité pouvait réussir là où le sentiment de gratitude semblait échouer, songea Mac.

— J'y veillerai, promit-il.

— Dwight serait content, c'est sûr.

— Si nos agents constatent que le chien est en de bonnes mains, vous aurez droit au tarif de la pension. En revanche, si Dwight se révélait incapable de s'occuper de lui, comme vous le craignez, ils emmèneraient Toby au chenil.

Cet arrangement permettait de s'assurer que Mme Ingersoll ne laisserait pas Toby se perdre « fortuitement ».

Mac se reprocha le cynisme que lui inspirait cette femme. Aujourd'hui, elle ne portait pas son vieux peignoir élimé. Elle était correctement habillée et nettement plus soignée que lors de leurs précédentes rencontres. Mac nota ce progrès, supposant qu'il pouvait être lié à l'amélioration de ses conditions de vie.

— Bon, c'est d'accord, dit enfin la mère du garçon. Vous pouvez me laisser vot' chien. Dwight prendra soin de lui : je veillerai au grain. Ce n'est pas bon pour un animal d'être négligé.

— Pourrions-nous l'attendre ? demanda Sarah.

— Il rentrera tard, après sa réunion de scouts. Ils se retrouvent à l'école après la classe. Un de vos agents m'a conseillé de l'inscrire. Laissez-moi donc Toby et ses affaires : j'expliquerai à Dwight ce qu'il faut faire.

Mac observa Sarah du coin de l'œil, craignant qu'elle ne proteste. Mais elle acquiesça de bonne grâce et tendit le sac à Beverley qui le prit en déclarant :

— Mon père avait une meute quand j'étais petite. On habitait la campagne. C'était mieux qu'en ville. Et puis, c'était le bon temps. Il y avait moins de détraqués, à l'époque. Je sais m'y prendre avec les chiens : je montrerai tout ça à Dwight.

— Merci, dit Sarah.

Elle semblait sincère. Comme elle se tournait vers la porte, Mac s'empressa de lui ouvrir.

— Ce que je vous ai dit l'autre soir, reprit Mme Ingersoll... eh bien, je le regrette. J'aurais pas dû parler comme ça à une mère qui a perdu son garçon. C'est que j'étais morte de trouille : j'avais peur que Dwight...

Sa voix éraillée de fumeuse se brisa soudainement.

— Je suis désolée.

Un bref instant, personne ne bougea. Puis Sarah posa une main sur celle de Beverley.

— Je sais. Faites bien attention à lui.

La bouche de Beverley Ingersoll trembla légèrement.

— Je sais bien que vous n'avez pas une haute opinion

de moi, vous autres. Et je ne m'estime pas beaucoup non plus, d'ailleurs.

Elle eut un petit rire mal assuré.

— Mais bon… Dwight est tout ce que j'ai au monde. Que vous le croyiez ou pas, je l'aime profondément. Et je fais de mon mieux. Mais ce n'est pas toujours facile.

Sarah hocha la tête, serrant la main qu'elle avait prise dans la sienne. Puis elle la lâcha, franchit le seuil et sortit avant que Mac ait pu faire un geste.

— Je donnerai des consignes à nos hommes, dit-il en tendant la laisse de Toby à Mme Ingersoll. Ne vous en faites pas. Ils seront vigilants.

Tout en refermant derrière lui, il comprit que l'image de cette pauvre femme avec sa laisse dans une main, le sac de supermarché dans l'autre, et sa maman sénile dans le fauteuil à bascule, à l'arrière-plan, l'empêcherait assurément d'oublier sa promesse.

27.

— La plupart des tueurs en série ont été eux-mêmes victimes, un jour ou l'autre. D'après le FBI, Tate n'a pas échappé à cette règle. Ils estiment qu'il continue à reproduire le schéma des violences qu'il a subies. Enfant, il a été violé et brutalisé par quelqu'un de plus fort et de plus âgé que lui. Il fait la même chose à ses victimes. Comme il est incapable d'avoir une relation adulte avec quiconque, il se réfugie dans ses fantasmes.

Sarah regarda la caméra bien en face avant d'ajouter :

— Au fond, ce n'est qu'un lâche et un impuissant qui s'en prend à des jeunes garçons comme mon fils.

— Vous êtes persuadée que Tate rôde toujours dans les parages ?

Grande, athlétique, bronzée, la journaliste qui l'interrogeait formait le contrepoint idéal à la silhouette menue de Sarah et à son teint de porcelaine, faisant presque ressortir son apparente fragilité. Une fragilité qui ne manquerait pas de toucher les téléspectateurs. Mac se demanda si Johnson l'avait fait exprès.

— Le FBI et la police pensent l'un et l'autre qu'il est

toujours à La Nouvelle-Orléans. Il ne fait aucun doute que le garçon découvert dans le parc a été assassiné par l'homme qui a tué mon fils et tant d'autres.

Les deux femmes se tenaient près du vieux chêne où gisait le corps de la dernière victime, dix jours auparavant. La journaliste avait déjà parlé du rôle joué par Sarah dans cette découverte.

— Comment la police peut-elle en être sûre ? J'ai cru comprendre que cet emplacement ne correspondait absolument pas à ceux que Tate choisit habituellement pour se débarrasser des corps.

— C'est exact. Toutefois, la méthode utilisée est la même.

Bien que cette partie de l'interview puisse sembler convenue, Mac estima que Sarah avait bien suivi les consignes de la police. Et même si son jugement ne pouvait pas être considéré comme tout à fait impartial, il trouva qu'elle était apparue comme une personne sympathique, forte et sensée. Elle n'avait dévoilé sa fragilité émotionnelle qu'une seule fois, quand la journaliste l'avait interrogée spécifiquement sur les circonstances de la mort de Danny.

— On s'attend donc à ce qu'il sévisse de nouveau ?

Mac se demanda si cette question-là était écrite dans le dialogue. La probabilité que Tate fasse une nouvelle victime n'était pas de celles sur lesquelles les flics souhaitaient s'appesantir.

Sarah hocha la tête.

— Il s'en prendra encore à un enfant. Un jeune garçon. Tate est bien trop lâche pour faire autre chose.

Sur les conseils de Daryl Johnson, ils avaient évité toute allusion au meurtre de Patterson. La dernière victime ayant été découverte pratiquement en face de son appartement, le fait que l'ex-mari de Sarah ait été tué par Tate ne faisait plus aucun doute pour personne. Toutefois, la mention du meurtre d'un adulte n'était pas un argument propice à leur démonstration actuelle.

— Bien que votre affrontement avec Tate, à sa sortie du tribunal, ait défrayé la chronique, vous êtes restée plutôt discrète depuis le meurtre de votre fils. Alors, pourquoi sortir aujourd'hui de votre réserve, madame Patterson ?

— Depuis que le FBI a découvert la véritable identité du tueur, j'ai lu dans la presse plusieurs articles qui tendaient à le présenter comme une victime — un enfant maltraité, comme tant d'autres. Ces choses-là ont été dites comme si elles étaient de nature à lui servir d'excuse. Je voudrais juste rappeler à tout le monde que personne ne l'a tué, lui, étant enfant. Sans doute a-t-il subi de graves sévices sexuels et bien entendu, je le déplore, comme je le ferais pour n'importe quel enfant. Mais il ne faut pas oublier que Tate a quand même eu la chance de pouvoir vivre sa vie — contrairement à mon fils. Danny n'avait que onze ans quand ce monstre l'a enlevé, séquestré et torturé à mort. C'est à lui et aux autres victimes de Tate que doit aller toute notre compassion. Un assassin aussi cruel, sadique et impitoyable ne mérite certainement pas une once de pitié.

La caméra quitta le visage passionné de Sarah pour filmer l'envoyée spéciale qui s'apprêtait à conclure l'interview.

— Sarah Patterson a partagé son cauchemar personnel avec nos téléspectateurs parce qu'elle refuse que les victimes de Samuel Tate — pas moins d'une douzaine d'enfants assassinés un peu partout dans le pays, dont plusieurs dans notre région — soient reléguées au second plan de l'actualité. La police de La Nouvelle-Orléans, qui œuvre conjointement avec d'autres organismes, à l'échelle nationale aussi bien que locale, mobilise une grande partie de ses forces dans la poursuite de ce dangereux tueur en série. Si vous pensez détenir une information qui pourrait être utile, n'hésitez pas à appeler le numéro qui s'affiche en bas de votre écran. Pendant ce temps, nous continuerons à vous informer des développements de cette affaire. Andréa, je vous rends l'antenne.

Dès que le cameraman leur eut signalé que le studio avait repris l'émission, la journaliste embrassa Sarah et la serra brièvement dans ses bras. Mac était trop loin pour entendre les paroles qu'elles échangèrent, mais il savait que les deux femmes avaient sympathisé à l'occasion de leur première interview.

Peut-être était-ce la raison pour laquelle il avait été possible d'en organiser une seconde aussi rapidement. Il y avait cela et aussi le penchant toujours aussi vif de la presse à fustiger l'incompétence de la police.

Il sourit à la jeune femme qui revenait vers lui.

— Bravo ! Bien joué.

— J'ai un peu brodé sur le texte du FBI. Ton copain profileur n'appréciera peut-être pas.

— Tu en as très bien rendu l'esprit. Je suppose que

personne ne te reprochera d'avoir traité Samuel Tate de monstre.

— Excepté l'intéressé. Du moins, je l'espère. Crois-tu qu'on puisse s'attendre bientôt à une réaction de sa part ?

La première interview avait eu lieu trois jours auparavant. Sarah avait regagné son appartement et repris son travail deux jours plus tôt. Morel suivait son plan à la lettre, faisant tourner un groupe de policiers en civil qui travaillaient à la rénovation de l'ancien appartement des Ingersoll, au rez-de-chaussée.

Mac s'y était installé la veille du jour où Sarah avait regagné ses pénates. Les caméras fonctionnaient parfaitement dans l'appartement du second, et il avait passé les cinq dernières nuits à la regarder dormir tout en se rappelant celles où ils s'étaient assoupis l'un contre l'autre, dans son lit.

Jusqu'à présent, Tate ne s'était pas manifesté. En toute honnêteté, Mac devait bien avouer qu'il serait très surpris de le voir réagir. Il n'arrivait pas à croire que cet individu puisse s'offusquer des sarcasmes de Sarah, au cas où il en aurait eu connaissance.

— Johnson a peut-être indiqué une date limite à Morel, dit-il avec un soupir. Si c'est le cas, personne ne m'en a averti.

Sarah jeta un coup d'œil vers l'équipe de télévision qui achevait de ranger le matériel dans la fourgonnette, et secoua la tête.

— J'aimerais que ce soit déjà fini.

— Nous avons fait l'impossible. Personne ne peut obliger Tate à réagir. Nous ne sommes même pas certains qu'il ait vu ces émissions. Peut-être qu'en ce moment il est à des milliers de kilomètres d'ici.

Sarah se retourna et croisa son regard. Ses yeux luisaient comme des émeraudes. La pâleur de son visage et les taches de rousseur qui parsemaient le haut de son nez faisaient ressortir la couleur de ses prunelles.

— Il est toujours là, Mac. Je le sens.

C'était un peu trop vague pour lui. Il s'étonna aussi qu'une personne aussi pragmatique que Sarah se fie à une sorte de sixième sens, mais il s'abstint de la contredire. Il se rendait compte de l'effort qu'elle fournissait, depuis le début de l'opération, pour conserver son sang-froid.

— Alors, j'espère qu'il a entendu tout ce que tu as dit.

— Quoi qu'il en soit, promets-moi que tu ne le laisseras pas filer, Mac. Promets-le-moi !

— Je ferai tout mon possible, ça, je peux m'y engager, Sarah. Encore faut-il qu'il me fournisse l'occasion de lui mettre la main dessus.

Hélas, Tate ne lui donna aucune occasion de tenir son engagement. Ni cette semaine-là, ni la suivante.

Au cours de la troisième semaine, Mac se rendit compte qu'il devenait prisonnier du rôle qu'il avait choisi. Il passait ses journées à essayer vainement de se reposer sur un lit de camp, au fond de l'appartement en cours de réfection, où de faux artisans s'activaient du matin au soir, pendant que quelqu'un d'autre veillait sur Sarah, au restaurant et sur son trajet.

Il se tournait et retournait constamment, se réveillait

fréquemment en sursaut, arraché à son léger sommeil par d'horribles cauchemars dans lesquels Tate faisait subir à Sarah les pires sévices. Incapable ensuite de se rendormir, il écoutait les faux artisans partir, et guettait le retour de Sarah, le moment où elle entrait dans le hall, ses pas dans l'escalier.

En arrivant chez elle, au second, elle commençait toujours par l'appeler sur son portable. Comme la ligne de Mac était sur écoute permanente, elle se contentait d'un laconique « Je suis rentrée », qui le laissait, bien évidemment, frustré et malheureux.

S'il lui était pénible de la savoir chaque jour dehors, exposée au danger, les nuits étaient encore plus difficiles à supporter, à cause de leur proximité. Sur l'écran de surveillance, il la voyait préparer son dîner solitaire avec ce que la police avait placé dans son congélateur. Il pouvait la voir se déshabiller pour la nuit ; il pouvait même la regarder dormir.

La regarder…

Il gagna la cuisine et se servit une tasse de café — une parmi les nombreuses qu'il consommerait au cours de la nuit. Cette forte dose de caféine dans son organisme était peut-être la cause de ses insomnies mais il ne voulait pas risquer de perturber un cycle bien établi, maintenant. Seul le café lui permettait de rester éveillé toute la nuit, puisqu'il dormait à peine le jour. Et la vie de Sarah dépendait de sa vigilance nocturne.

Mac revint s'asseoir avec sa tasse devant la table pliante où étaient installés les écrans de surveillance. Il s'apprêtait à la poser sur le journal laissé par l'un des policiers quand il jeta machinalement un coup d'œil à l'écran.

Sarah n'était pas dans son lit. Les couvertures étaient repoussées et l'oreiller portait encore l'empreinte de sa tête, nettement visible sur l'écran.

Elle avait dû se rendre dans la salle de bains. Malgré tout, Mac sentit une sourde inquiétude poindre en lui. Le regard rivé sur l'écran, il attendit de la voir réapparaître.

Le temps lui paraissait interminable. Il s'aperçut soudain qu'il n'avait pas pensé à regarder l'heure au moment où il avait noté son absence. Il ne savait pas s'il avait attendu cinq minutes ou plus. En tout cas, elle aurait dû être de retour, maintenant.

Peut-être était-elle souffrante. Ou bien…

Ce n'était pas le moment de jouer aux devinettes. Mac bondit vers la porte d'entrée, dégainant son arme en chemin. Morel avait affecté un véhicule de police à la surveillance du quartier. Devait-il appeler du renfort ou suivre simplement son instinct et grimper là-haut à toutes jambes ?

Il décida de faire les deux à la fois : il tira son portable de sa poche et l'ouvrit avant de déverrouiller la porte avec la main qui tenait l'appareil.

Le battant s'ouvrit et il se retrouva nez à nez avec Sarah. La jeune femme eut un mouvement de recul, manifestement aussi surprise que lui.

Il scruta un moment son visage puis inspecta du regard le hall d'entrée, derrière elle. L'endroit était désert. Et il n'y avait pas âme qui vive dans l'escalier du fond.

Quelle que soit la raison pour laquelle elle était sortie,

il fallait la faire rentrer sur-le-champ. Il fit un pas vers elle et la prit par l'épaule pour la tirer à l'intérieur, toujours encombré par son téléphone.

Quand elle fut dans le séjour, il referma à clé derrière eux.

— Qu'est-ce qui se passe ? demanda-t-il en se tournant vers elle.

— Rien. Je...

— Sarah ?

— Non, rien. Je me suis réveillée et j'ai pensé à toi qui étais en bas. J'ai seulement voulu...

Elle croisa les bras sur sa poitrine, remontant légèrement les épaules.

— Excuse-moi, Mac. Je ne voulais pas t'effrayer. C'est stupide, je sais bien, mais bon... je voulais juste... (Elle secoua la tête.) Je ne sais pas trop ce que je voulais.

— Tu es sûre que ça va ?

Sarah opina. Il referma son portable d'une pichenette, ce qui la fit sursauter.

— J'ai cru qu'il était là, dit-il d'une voix un peu étranglée.

— Tate ?

— Je suis allé chercher du café et quand je suis revenu devant les écrans, ton lit était vide. J'allais monter voir. J'étais même sur le point de réclamer du renfort.

Il brandit son téléphone, comme pour illustrer son propos.

— Désolée. Je n'ai pas réfléchi. Je me suis réveillée et... je n'avais pas envie d'être seule.

— Ce n'est pas prévu dans l'arrangement.

— Pardon ?

— Avec Morel. Personne ne doit savoir que quelqu'un passe la nuit dans cet appartement.

— Personne ne le sait. Il n'y a pas un chat dans les parties communes. J'ai bien vérifié avant de descendre.

— La police a beaucoup investi dans cette opération, Sarah. Tu en as accepté les termes. Tu ne peux pas la mettre en péril sous prétexte que tu as du mal à dormir.

— Qui est-ce qui le saura, Mac ? Qui pourrait se douter que je suis descendue te voir ?

— Ecoute...

— Maintenant, quelqu'un risque aussi bien de me voir remonter. Nous ne ferons de mal à personne en passant un petit moment ensemble. Je serai vigilante, promis juré. J'ai fait très attention.

— La question n'est pas là.

— Je comprends bien, Mac. Je sais où est la question. Seulement... je ne suis pas sûre de pouvoir continuer.

Cet aveu était sans aucun doute à la mesure de son désespoir. Toutefois, Mac la connaissait suffisamment pour savoir que si tout foirait par sa faute, elle ne se le pardonnerait jamais.

Il pouvait décider de l'aider à surmonter cette faiblesse passagère. Même si ce n'était pas lui qui avait conçu ce projet, il s'était engagé à la soutenir.

— C'est toujours comme ça, une planque, dit-il. Chaque fois, c'est la même chose : l'attente, l'ennui, l'impression de perdre son temps...

— Je n'arrive même plus à faire mon boulot. Je ne me rappelle pas ce que les gens ont commandé. J'ai le cerveau qui tourne à vide.

— Tu n'as pas besoin de penser. Il faut attendre, c'est tout. C'est le cerveau de Tate que nous voulons faire fonctionner.

— Morel pense que je devrais donner une autre interview.

Mac se demanda comment ils avaient communiqué : par téléphone ou par l'entremise d'un policier de faction le jour ? Quoi qu'il en soit, il se sentit contrarié de ne pas avoir été averti.

— Qu'est-ce que tu en penses, toi ?

— Je voudrais juste que ce soit fini. Tu crois qu'il a décampé ?

Mac commençait à se poser sérieusement la question. Dans un sens, ce ne serait pas une mauvaise chose. Seulement, plus encore que la police, Sarah avait besoin d'en finir une bonne fois pour toutes avec Tate. Pour ça, il fallait qu'il soit mort ou enfermé jusqu'à la fin de ses jours.

— Je n'en sais rien, avoua-t-il.

— Alors, est-ce qu'ils vont nous faire attendre encore longtemps ?

Sans doute avait-elle employé ce « nous » de façon inconsciente. Ou bien voulait-elle juste parler du tandem qu'ils formaient dans cette opération ?

— Tu poseras la question à Morel. Dans l'immédiat… (Comme elle levait les yeux sur lui, Mac hésita.) Dans l'immédiat, il faut que tu retournes là-haut et que tu y restes. Cet appartement est censé être vide. Il suffirait que n'importe qui te voie franchir cette porte pour que l'opération soit fichue. Et tout espoir de mettre la main sur Tate s'envolerait aussi. Ce n'est pas ce que tu veux, Sarah, et moi non plus. Nous nous devons au moins de faire de notre mieux.

— Cinq minutes. C'est tout ce que je demande. J'ai seulement besoin de parler un peu.

— Sarah...

— Qu'est-ce que ça changera que je remonte maintenant ou dans cinq minutes ? Si quelqu'un m'a vue descendre, le mal est déjà fait. Mais il n'y avait strictement personne, j'en suis sûre et certaine. Il est 3 heures du matin. Personne n'est dehors à cette heure-là, même dans ce quartier pourri.

Ses arguments étaient d'une logique imparable, en effet. Que quelqu'un l'ait vue ou pas, Mac ne pouvait plus rien y faire, à présent.

— De quoi est-ce que tu veux parler ?

— De n'importe quoi. Ça m'est égal. Parle-moi, c'est tout.

Il aurait dû s'en tenir à ce qu'elle lui disait : ç'aurait été bien plus correct. Plus professionnel. Enfin, bref... Mais il replaça son arme dans son étui et s'approcha d'elle. Sarah renversa légèrement la tête pour le regarder, et ses lèvres s'entrouvrirent comme une invite.

Elle passa les bras autour de son cou, comme elle l'avait fait lors de leur dernière étreinte. Son baiser révéla une ardeur identique à celle qu'il réprimait nuit après nuit, en la regardant dormir, sur son écran de surveillance.

Il était déjà conscient de ne pas avoir fait quelque chose de très malin en lui permettant de rester. Mais, bon sang, maintenant qu'elle était là, comment aurait-il pu résister à la tentation ? Comment ne pas assouvir le désir qu'il sentait vibrer dans ce corps svelte ? Et comment ne pas assouvir le sien, du même coup… ?

28.

C'était un bruit si familier qu'il ne provoqua chez Mac aucune réaction. Chaque matin, depuis qu'il était là, il entendait les hommes de Morel décharger le matériel de leurs fourgonnettes avant de se mettre au travail dans l'appartement en cours de rénovation.

Toutefois, au second claquement de portière, il ouvrit les yeux et dirigea aussitôt son regard vers la fenêtre oblitérée par d'épais rideaux — cette fenêtre en façade par laquelle Dwight lui avait fait signe, le premier jour.

Une lueur argentée filtrait par les interstices. Il faisait jour.

Cette prise de conscience en entraîna aussitôt une autre. Sarah était toujours blottie contre lui sur la pile de draps qu'il avait entassés sur le parquet pour en faire un lit improvisé.

— Debout! lui dit-il en se levant à la hâte.

Il aperçut son jean dans la pénombre, l'enfila tant bien que mal et chercha sa chemise à tâtons, dans l'angle où il l'avait jetée. Comme il l'avait enlevée sans la déboutonner, il mit un bon moment à la remettre.

— Qu'est-ce qui se passe ?

Sarah se redressa en position assise et se frotta les yeux avec l'air vaguement éberlué de quelqu'un qu'on vient d'arracher à un sommeil de plomb.

— L'équipe du matin est dans la rue.

Mac se demanda si elle mesurait toutes les conséquences de leur bêtise. Et il était aussi impardonnable qu'elle, bien sûr. Si Morel apprenait que Sarah avait passé la nuit au rez-de-chaussée, il en ferait à coup sûr une jaunisse. Il serait peut-être furieux au point de revenir sur l'engagement qu'il avait pris d'affecter Mac à la surveillance de nuit.

La chemise de nuit blanche de la jeune femme était facile à repérer, même sans lumière. Mac la ramassa vivement et la lança à Sarah. Elle ne fit pas un geste pour l'attraper, se bornant à le dévisager avec des yeux ronds.

— Habille-toi vite, je t'en prie !

— Qu'est-ce que tu comptes faire ?

— Essayer de gagner du temps. Je vais les empêcher de rentrer pendant que tu remontes chez toi.

Sarah acquiesça et prit enfin sa chemise de nuit. Pendant ce temps, Mac s'approcha de la fenêtre et écarta discrètement un coin du rideau pour jeter un coup d'œil dans la rue.

L'une des camionnettes blanches qu'il commençait à bien connaître était garée le long du trottoir. L'un des policiers en civil était en train de décharger des outils pour les placer dans une grande boîte à tiroirs.

Mac laissa retomber le rideau et se tourna vers Sarah, qui venait enfin de se lever et tenait sa chemise de nuit contre elle sans cesser de l'observer.

— Laisse-moi deux minutes pour engager la conversation avec lui. Ensuite, entrebâille la porte et vérifie qu'il n'y a personne dans le hall. Si la voie est libre, remonte au pas de course.

— Je ramasse tout ça ? demanda-t-elle en indiquant les draps sur lesquels ils avaient dormi.

— Pas la peine. Laisse tomber.

L'essentiel pour lui était de sortir avant que le policier n'entre dans la maison. A partir du moment où il aurait mis un pied à l'intérieur, Sarah ne pourrait plus déguerpir sans se faire remarquer.

Tout en traversant la pièce, Mac ramassa son revolver posé par terre à côté de leur lit de fortune. Il le glissa dans son holster et se dirigea vers la porte d'entrée. Avant d'ouvrir, il jeta prudemment un coup d'œil par le judas. Vu de cet angle-là, l'endroit paraissait désert. Un bruit assourdi, qui ressemblait à celui d'un hayon de camionnette qu'on referme, lui parvint de l'extérieur. Il était temps d'y aller.

Il tira le 38 mm de son étui et ouvrit la porte de l'appartement. Revolver au poing, il avança d'un pas et inspecta les endroits que l'angle de vision du judas ne lui avait pas permis de voir.

Quand il fut certain qu'il n'y avait personne, il regarda derrière son épaule et adressa un clin d'œil à Sarah, qui se tenait toujours près du tas de linge. Puis, de sa main libre, il lui fit signe d'y aller. Enfin, il franchit le seuil, tirant la porte derrière lui.

Il rengaina son arme et gagna la porte de l'immeuble tout

en cherchant ce qu'il allait bien pouvoir dire au policier pour gagner du temps.

Dès qu'il ouvrit, un vent froid s'engouffra dans le hall. Bien qu'il ait refermé le hayon arrière, le policier que Mac avait aperçu par la fenêtre continuait à ranger ses outils en sifflotant légèrement, accroupi près de sa grande boîte.

Peut-être attendait-il l'arrivée du reste de l'équipe, se dit Mac. Auquel cas il n'aurait pas besoin de lui raconter un mensonge pour l'empêcher d'entrer tout de suite. Il se sentit enfin soulagé, et respira un peu mieux.

— Bonjour ! lança-t-il depuis le perron.

Son souffle se condensa en un petit nuage blanc tandis qu'il avançait sur le trottoir, en direction de l'homme accroupi.

Le policier ne répondit pas. Mac remarqua que les réverbères, dans la rue, étaient encore allumés : il était bien plus tôt qu'il ne l'avait cru a priori. Rien d'étonnant à ce que le faux artisan attende ses collègues. Le jour venait à peine de se lever. Ce constat éveilla soudain en lui un malaise.

Par la fenêtre de l'unique appartement du rez-de-chaussée, il avait regardé les policiers arriver des dizaines de fois, répétant cette scène inhérente au rôle qu'ils devaient jouer. Ils se garaient toujours à cet endroit-là, déchargeaient leurs outils exactement comme le faisait cet homme. Ils portaient une salopette blanche identique à la sienne...

Malgré cette série d'analogies, le flair que Mac avait acquis au fil des ans l'avertit que quelque chose sonnait faux. Il arriva à proximité de la camionnette avant que son doute ait pris suffisamment forme pour le faire réagir.

Il leva une main mais n'eut pas le temps de la poser sur la crosse de l'arme qui dépassait de son holster.

Comme s'il avait eu des yeux derrière la tête, l'homme accroupi près de la boîte à outils se releva d'un bond à l'instant même où Mac commençait à ralentir le pas. Il n'y eut aucune hésitation de sa part.

Contrairement à Mac, il savait par avance ce qui allait se passer. Il s'y était préparé.

Tout en se levant, il prit l'objet qui était dissimulé à ses pieds, puis le projeta avec force, suivant le mouvement de rotation qu'il avait amorcé dès le départ.

L'extrémité de l'outil vint frapper le coude droit de Mac, et, sous l'effet du choc, il ne put saisir le revolver qu'il voulait dégainer.

Le visage anguleux de l'homme armé d'une pelle n'était certes pas celui d'un inconnu. Mac lui fonça dessus, s'efforçant d'attraper l'outil avant que Tate lui en assène un second coup. Au même instant, le tueur brandit la clé à molette qu'il tenait dans l'autre main. Le lourd objet métallique s'abattit avec force sur la tempe de Mac. L'air parut se raréfier autour de lui et il eut l'impression de sombrer dans un puits sans fond. Craignant de perdre conscience, il s'agrippa à la salopette de Tate dans l'espoir quelque peu ridicule de se redresser. Le tueur releva la clé à molette. Bien que Mac se rende vaguement compte qu'elle descendait de nouveau vers lui, il était déjà inconscient quand il la reçut sur le crâne.

*
* *

Quand Mac ferma derrière lui, la laissant seule dans l'appartement, elle s'aperçut qu'elle serrait toujours sa chemise de nuit contre sa poitrine. Elle la déplia lentement et tâcha de trouver le bon sens pour l'enfiler.

Le vêtement était à l'envers — sans doute parce que Mac le lui avait ôté lui-même avec une certaine fébrilité. Soudain consciente que le temps pressait, elle le remit à l'endroit d'une main tremblante et se rhabilla.

En s'écartant de leur lit de fortune, elle aperçut le T-shirt et le caleçon de Mac sur le sol, un peu plus loin. Elle se baissa pour les ramasser et les dissimula au mieux.

Arrivée à la porte, elle se rendit compte de sa bévue. Dans quelques minutes, l'appartement serait plein de policiers, lesquels s'étonneraient probablement de trouver les sous-vêtements de Mac cachés sous une pile de draps posés à même le sol.

Elle jeta un coup d'œil sur le linge entassé. Même sans cette pièce à conviction, on voyait tout de suite à quoi cela avait pu servir. Etant donné que Mac et son supérieur n'étaient vraiment pas en bons termes, il suffirait que Morel apprenne ce qui s'était passé cette nuit pour qu'il annule la faveur dont il les avait gratifiés. Mac risquait même, par sa faute, de se voir de nouveau suspendu.

Consciente de perdre quelques précieuses minutes, elle revint sur ses pas. Sans doute Mac s'arrangerait-il pour retenir ses collègues un instant de plus que le strict nécessaire. Le plus rapidement possible, elle mit de l'ordre autour d'elle. Ce faisant, elle entendit le grincement bien distinct de la porte d'entrée de l'immeuble qui s'ouvrait. Il ne lui restait plus qu'à lancer les sous-vêtements de Mac sur son lit de camp et quitter les lieux au plus vite.

Imitant les précautions de son amant, elle jeta un coup d'œil par le judas et ne vit personne dans le hall. Elle entrouvrit ensuite la porte de l'appartement, juste assez pour apercevoir celle qui donnait sur l'extérieur. A cet instant, la porte du hall commença à s'ouvrir. Affolée, elle referma précipitamment la sienne.

Etait-ce Mac ? C'était peu probable : il n'aurait certainement pas laissé entrer quelqu'un avant lui sans vérifier au préalable qu'elle n'était plus là. Et en admettant que l'un des hommes l'ait pris de vitesse, il aurait parlé assez fort pour la prévenir de leur arrivée imminente.

Sarah colla l'oreille contre le panneau de bois. Il n'y avait eu aucun autre bruit après celui, bien reconnaissable, que faisait la porte d'entrée en tournant sur ses gonds.

Un autre occupant de l'immeuble avait pu sortir, bien sûr. Mais après avoir habité ici pendant près d'un an, elle connaissait assez bien leurs habitudes et savait que personne ne se levait d'aussi bonne heure. A moins d'une visite impromptue — assez peu probable, au petit matin —, la question de savoir qui avait ouvert cette porte restait entière. Sarah se haussa sur la pointe des pieds et appliqua encore son œil au judas.

Le hall était toujours désert. Si Mac avait ouvert lui-même, il serait déjà entré dans l'appartement ou il aurait manifesté sa présence d'une façon ou d'une autre.

La jeune femme recula d'un pas. Ce silence qui persistait fit naître en elle une autre crainte que celle de contrarier

Morel. Pourquoi ne voyait-elle pas la personne qui venait d'entrer ? Se dissimulait-elle à son regard ? Et si oui, pour quelle raison ?

Aucune des réponses possibles n'était de nature à la rassurer. Elle fit encore un pas en arrière tout en se demandant s'il fallait tirer le verrou de sécurité ou pas. Le bruit qu'il ferait indiquerait à quiconque se trouvait dans le hall que cet appartement était occupé. Toutefois, si ce n'était pas un policier, le verrou fournirait un obstacle supplémentaire en cas de tentative d'effraction.

Sarah se rendit compte, tout à coup, qu'elle ignorait s'il était possible ou non d'ouvrir le verrou avec la clé de la serrure principale. Il n'y avait qu'une seule clé à la chaîne que Dwight portait toujours à son cou. Le fait que le garçon ait pu entrer et sortir pendant que sa mère et sa grand-mère se trouvaient à l'intérieur indiquait plutôt que la même clé ouvrait à la fois la serrure et le verrou, lesquels n'avaient pas été changés après le départ des Ingersoll.

La jeune femme plissa le front, s'efforçant d'envisager toutes les possibilités. Les policiers en civil avaient dû recevoir chacun une clé. Tout comme Mac, qui restait sur place en permanence. La sienne devait se trouver dans la poche du jean qu'il avait enfilé tout à l'heure. Et si Mac n'accompagnait pas la personne qui venait d'entrer…

Comme si la pièce maîtresse d'un puzzle compliqué venait de trouver sa place, Sarah comprit qui était l'intrus, de l'autre côté de la porte. Et si son hypothèse était juste, il détenait la clé de Mac.

Ayant rendu plusieurs fois visite aux Ingersoll, Sarah savait que l'appartement ne possédait qu'une seule issue.

Elle hésita, ne sachant trop s'il valait mieux sortir pour affronter le tueur dans le hall ou bien rester sur place. Même en admettant qu'elle réussisse à traverser le hall et à s'enfuir, il se lancerait évidemment à sa poursuite. Et si elle appelait à l'aide, y aurait-il quelqu'un dans ce quartier minable pour entendre ses cris et voler à son secours ? Se donnerait-il seulement la peine d'appeler la police ?

Ici, au moins, il y avait une porte entre elle et lui.

Mais il avait certainement la clé.

Où pourrait-elle se cacher ?

Les pièces dépourvues de meubles n'offraient aucun endroit où se dissimuler.

Elle devait trouver une arme quelconque pour se défendre.

Quelque chose… mais quoi ? Les Ingersoll avaient emporté tous les ustensiles de l'appartement, lors du déménagement. Il n'y avait plus le moindre couteau ou rouleau à pâtisserie dans la cuisine. Pas de ciseaux non plus. Aucun pic à glace.

Mais les faux artisans avaient laissé ici un certain nombre de choses…

Le bruit d'une clé qu'on insérait dans la serrure lui interdit de tergiverser davantage. S'il lui fallait un objet susceptible de lui servir d'arme, elle avait plus de chances de le trouver dans l'appartement que dans le hall.

29.

De manière instinctive, Sarah évita la cuisine trop exposée et courut vers le fond de l'appartement. Un étroit couloir obscur menait aux chambres. Elle passa devant la première — celle que Dwight partageait avec sa grand-mère — et se dirigea vers la seconde, plus petite, qui avait été celle de Mme Ingersoll. Avec un peu de chance, peut-être serait-il possible de la fermer à clé ou de la verrouiller de l'intérieur — n'importe quoi, pour gagner quelques précieuses secondes. Puis elle s'arrêta, si soudainement que ses pieds nus dérapèrent sur le parquet.

Au moment où elle passait devant la chambre de Dwight, son cerveau avait enregistré de façon subliminale la présence d'un tas de bâches en tissu, laissées par les faux ouvriers. Un peu plus loin, les contours d'un objet qu'elle n'avait pas identifié se dessinaient à la faible lueur du jour qui filtrait dans la pièce par l'unique fenêtre.

Elle rebroussa chemin et pénétra dans la plus grande des deux chambres au moment précis où la porte d'entrée s'ouvrait. Son grincement résonna à travers l'appartement comme une menace. Sarah referma derrière elle et découvrit qu'il n'y avait pas de verrou — sans doute à cause de l'état mental de la vieille dame qui avait occupé cette chambre avec son petit-fils.

Dans la pénombre, elle écarta les bâches d'un geste fébrile pour voir ce qu'il y avait dessous. Comme ces prétendus travaux n'étaient que de la poudre aux yeux, les hommes n'utilisaient pas réellement le matériel qu'ils apportaient, se bornant à faire assez de bruit pour simuler une activité intense. Toutefois, même s'ils faisaient partie de la mise en scène, leurs outils étaient de vrais outils.

Dans une grande boîte de bois partiellement cachée sous une feuille en plastique, Sarah découvrit un marteau. Elle le mit de côté tout en continuant à chercher quelque chose qui ne l'obligerait pas à approcher Tate pour le frapper.

Physiquement, elle ne faisait pas le poids. Mentalement, en revanche…

Sans cesser de fouiller dans la boîte, elle songea aux interminables nuits blanches qui avaient précédé sa tentative d'abattre Tate à la sortie du tribunal. Tous ces scénarios qui s'achevaient invariablement par la mort de cet homme. Combien de fois avait-elle rêvé de faire sauter la cervelle de Tate ?

Cet individu n'était qu'un monstre abject, auteur d'une douzaine de meurtres d'enfants, plus écœurants les uns que les autres. Mais il n'avait sans doute jamais ressenti une haine aussi farouche que la sienne.

Elle s'éloigna de la boîte à outils, ayant épuisé ses possibilités. Dans l'obscurité, elle reconnut à tâtons la forme caractéristique d'une scie à ruban. Bien que son maniement n'ait aucun secret pour elle après des années passées à travailler dans le bâtiment avec Dan, elle ne voyait pas très bien comment s'en servir pour supprimer Tate.

Le souffle court, elle avança à quatre pattes vers l'objet suivant, emportant le marteau avec elle. Bien qu'elle fasse elle-même crisser le plastique sur lequel elle avançait, elle eut l'impression d'entendre Tate se déplacer dans l'appartement, approcher de la chambre à pas feutrés.

Sarah promena les doigts sur les derniers objets, s'efforçant de contrôler sa respiration. Quand elle toucha le dernier, son cœur fit une embardée.

Elle sut immédiatement ce que c'était et, plus important encore, elle savait *comment s'en servir.*

Posant le marteau à côté d'elle, elle manipula un instant le pistolet à clous, tâchant de se familiariser avec ce modèle. Fort heureusement, il était pratiquement identique à celui qu'elle avait utilisé pour seconder Dan sur ses chantiers.

En même temps, un autre constat s'imposa à elle : l'assassin de Danny était de l'autre côté de la porte.

Elle se demanda comment elle pouvait en être aussi sûre. Elle ne l'avait pas vu. Elle n'avait entendu aucun bruit assez net dans le couloir pour avoir une certitude quelconque. Et pourtant elle savait qu'il était là. Et elle sut aussi à quel moment précis sa main se refermait sur la poignée de la porte.

Le battant s'ouvrit presque sans bruit dans l'obscurité. Sarah posa l'index sur la détente et, pour la première fois, l'idée lui vint que le pistolet à clous n'était peut-être pas chargé puisqu'il n'avait jamais été censé servir.

Trop tard, songea-t-elle. Il était trop tard pour chercher autre chose. Comme l'autre fois, sur les marches du palais de justice, il ne lui restait plus d'autre solution que d'agir.

Tire et tais-toi.

Une forme indistincte se dirigeait vers elle, traversant la pièce à une rapidité effrayante. La distance qui les séparait avait été réduite de moitié quand elle positionna son arme.

Bien qu'elle ne puisse être certaine de ce qui allait se passer quand elle appuierait sur la détente, Sarah visa l'endroit le plus large du corps de son agresseur. Elle plaça un doigt contre le cran de sûreté — une position pas très pratique mais qui aurait le même effet sur le mécanisme de tir que si elle appliquait le pistolet contre une planche.

Sa tentative avortée lui ayant servi de leçon, elle n'ouvrit pas la bouche et enfonça la détente avec l'index, sans lâcher un seul instant. De façon totalement inexplicable, quelqu'un avait pris la peine d'insérer une cartouche de clous dans le chargeur.

Elle ressentit les vibrations de la percussion dans son bras à mesure qu'elle tirait.

La haute silhouette semblait maintenant se dresser devant elle, mais Sarah ne faiblit pas. N'ayant jamais consulté la notice de l'appareil, elle ignorait totalement à quelle vitesse et avec quelle puissance le pistolet envoyait ses clous. Elle constata toutefois que Tate n'avançait plus aussi vite.

Il changea brusquement de direction et alla se cogner contre le mur. Encouragée, Sarah tira encore et encore, refusant de penser aux ravages que les clous pouvaient faire dans le corps d'un homme.

Elle ne pouvait même pas penser à Danny — ni à Mac. Elle devait d'abord en finir avec Tate. Après, seulement…

Elle ne devait penser à rien d'autre qu'à ce qu'elle était en train de faire : diriger la rafale de missiles vers l'individu qui titubait à présent d'un côté à l'autre de la pièce tandis qu'elle le prenait pour cible.

Brusquement, le pistolet s'arrêta. Pendant quelques secondes, Sarah s'acharna sur la détente, sans aucun succès.

Elle avait vidé la cartouche de clous. Pour recharger son arme improvisée, il aurait fallu qu'elle puisse fouiller parmi le contenu de la caisse à outils éparpillé sur le sol. Retenant son souffle, elle entendit le tueur haleter bruyamment. Chacune de ses respirations s'achevait dans une sorte de râle.

Elle garda son pistolet vide pointé sur lui pendant qu'il s'affaissait contre le mur. Au cours de la scène — qui n'avait guère duré plus de trois ou quatre minutes —, la lumière du jour avait pénétré dans la chambre. A présent, Sarah pouvait voir nettement l'assassin de son fils.

Au bout d'un long moment, il plaqua sa main droite contre le mur et rassembla ses forces avant de pousser sur son bras pour se redresser.

Tout le devant de sa salopette blanche était maculé de taches sombres. Il avait même laissé une traînée de sang sur le papier peint bleu pâle. Il réussit cependant à faire un pas en avant, puis un deuxième, vacillant dangereusement.

Même gravement blessé, il repartait à l'attaque.

Sarah leva les yeux pour observer son visage.

Déformés par la douleur et l'immense effort qu'il devait fournir, ses traits ressemblaient à peine à ceux de l'individu qu'elle avait accosté à la sortie du tribunal. Mais sa détermination inébranlable à faire une victime de plus n'avait certes pas faibli.

Pas moi, espèce d'ordure! Tu m'as déjà pris tout ce que j'avais. Et maintenant, alors que j'ai finalement trouvé une nouvelle raison de vivre...

La jeune femme stoppa net cet aveu involontaire. Elle ignorait si Mac était encore en vie. Mais elle savait que Tate n'avait pas encore eu sa peau à elle et qu'il n'était pas question de le laisser faire.

Elle jeta le pistolet à clous par terre et se baissa pour récupérer le marteau qu'elle avait posé un peu plus loin. Sans quitter un instant des yeux l'homme qui continuait d'avancer vers elle d'un pas chancelant, une main pressée sur le torse, à l'endroit où s'étalait la tache de sang, l'autre crispée sur le couteau qui avait peut-être servi à égorger Danny, elle attendit. Quand il ne fut plus qu'à un mètre d'elle, elle brandit le marteau, prête à se battre jusqu'à ce que mort s'ensuive.

Brusquement, Tate s'immobilisa. Sa bouche s'ouvrit, si bien que Sarah crut, un bref instant, qu'il s'apprêtait à dire quelque chose.

Tire et tais-toi.

Tate se plia en deux, et un flot de liquide noirâtre s'échappa de sa bouche.

La jeune femme recula vivement, tandis que l'hémoglobine éclaboussait les bâches en tissu amassées à leurs pieds.

Quand elle leva de nouveau les yeux, Tate était en train de tomber en avant. Il ne fit pas un geste pour amortir sa chute et s'écroula de tout son long, face contre terre. Le couteau qu'il tenait lui échappa des mains et roula sur le parquet, du côté de Sarah.

Le marteau toujours levé, elle attendit encore, craignant de le voir se redresser.

Sans pouvoir croire à la fin de son cauchemar, elle tourna avec précaution autour du corps, évitant la flaque de sang et le couteau qui évoquait le sort tragique de son fils.

Et celui de Mac ? Tate lui avait-il aussi tranché la gorge avec ce couteau ?

Cette question-là lui importait infiniment plus que de savoir si Tate avait rendu l'âme. S'il n'était pas tout à fait mort, de toute façon, ça ne tarderait pas.

L'important était de retrouver Mac.

Elle s'était pourtant efforcée de garder ses distances avec Mac et les sentiments qu'il lui inspirait. Elle n'avait jamais voulu l'aimer parce qu'elle savait ce qui arrivait à ceux qu'elle aimait le plus au monde.

Oh, mon Dieu, faites qu'il soit en vie ! supplia-t-elle tout en courant à toutes jambes à travers les pièces vides de l'appartement.

S'il vous plaît, mon Dieu, ne m'enlevez pas tout, une fois de plus !

30.

Il n'y avait aucune raison pour que Tate ait épargné Mac. Tout en courant, Sarah ne put imaginer un seul scénario plausible qui lui permette d'y croire, aucun motif d'espérer que ce monstre ait fait autre chose que détruire tout ce qui se trouvait en travers de son chemin.

Elle continua quand même à courir. Elle ouvrit à la volée la porte d'entrée de l'immeuble, faisant rebondir le battant contre le mur.

Le petit carré d'herbe roussie qui tenait lieu de jardin paysager à la résidence était désert. Le trottoir et la rue, également. Si Mac était dehors, quelque part…

— Mac ? appela-t-elle. Mac ? Réponds-moi !

Sa voix se brisa dans un sanglot mais ses yeux étaient secs. Elle avait tant pleuré pendant trois ans qu'il ne lui restait plus une larme dans cette ultime épreuve.

Elle avait toujours su qu'il arriverait malheur à cet homme si elle s'éprenait de lui. Pourtant, elle avait succombé à l'espoir que ce soit différent, cette fois…

Elle s'arrêta au bout de l'allée, le cœur serré.

— Mac ?

Son nom résonna dans la rue déserte, aussitôt emporté par le vent. Sarah tourna la tête et jeta un coup d'œil sur la petite maison d'à côté qui était inoccupée. Tate avait-il traîné le corps de Mac à l'intérieur ? Aurait-il eu le temps de le faire ?

Le temps... Combien de temps s'était écoulé depuis que Mac était sorti de l'immeuble ?

Le regard de Sarah se posa sur la camionnette. Un grand sac fourre-tout en toile de bâche était resté sur le trottoir, près de la roue arrière gauche. Entre le sac et le pneu, elle aperçut un tas informe sur le sol, comme si le tueur avait laissé tomber quelque chose dans sa hâte à entrer dans l'immeuble.

Une bâche de protection, constata-t-elle en s'approchant du véhicule.

La plus grande partie traînait dans le caniveau, sous la camionnette, et l'autre était calée sous le sac à outils. Apparemment, le sac avait été posé là pour maintenir la bâche en place.

Sarah tira le sac, alla le poser sur l'herbe et revint s'agenouiller près de la bâche. Même d'aussi près, il était difficile de dire si elle dissimulait quelque chose, ainsi tassée contre le pneu.

D'une main tremblante, elle souleva le coin de la toile. Mac gisait par terre, en dessous, recroquevillé en position fœtale.

— Mac ! murmura-t-elle d'une voix étranglée.

Il était évident qu'il ne répondrait pas.

Elle écarta davantage la bâche et se pencha en avant afin

de voir son visage. Il était gris et inerte dans la pâle lumière du soleil hivernal.

Les cheveux, sur sa tempe, étaient poisseux de sang. Il avait coulé jusqu'à son oreille puis sur son cou, et formait une flaque sur le trottoir.

Sarah lui toucha le crâne, essayant instinctivement de le secourir. Puis, s'armant de courage, elle plaça deux doigts sur son cou pour lui tâter le pouls.

Au bout d'un moment, elle ferma les yeux et sourit de soulagement. Sous la chaleur visqueuse du sang, elle sentait battre une veine. Bien qu'elle n'ait que très peu d'expérience en la matière, le rythme cardiaque lui parut régulier et rassurant.

Mac était en vie, et il ne tenait qu'à elle de l'y maintenir.

Elle entreprit de le fouiller à la recherche de son portable, d'abord méthodiquement puis d'une main de plus en plus fébrile. Elle le trouva dans la poche de sa chemise, ouvrit le boîtier et composa à la hâte le numéro de police secours.

— Plus que quelques minutes, trésor, souffla-t-elle en lui caressant les cheveux de sa main libre. Tiens bon. Ils ne vont pas tarder, je te le promets.

— Je suis conscient que ce n'est peut-être pas le meilleur moment…

Morel haussa les sourcils, laissant sa phrase en suspens.

Pourquoi donc ? se demanda Sarah. Plus vite elle leur fournirait les renseignements qu'ils voulaient, plus vite elle pourrait retourner à l'essentiel. En outre, l'interrogatoire de Morel l'aiderait à tuer le temps pendant que Mac était entre les mains des chirurgiens.

Elle désigna le canapé en Skaï qui se trouvait en face de son fauteuil. Le supérieur de Mac jeta un coup d'œil vers Sonny Cochran, qui se tenait légèrement en retrait. Les deux hommes s'installèrent gauchement sur le siège. Personne ne dit mot durant un long moment.

Sarah rompit la première ce silence pesant en posant enfin la question qui lui était venue à l'esprit quand elle avait pu penser à autre chose qu'à sauver Mac. A présent, cela ne dépendait plus d'elle. Il était en de bonnes mains.

— Tate est mort ?

Morel ouvrit la bouche et la referma. Il regarda brièvement Sonny, qui haussa les épaules.

— Vous ne le saviez pas ?

— Si je l'avais su, je n'aurais pas posé la question.

— Croyez-moi, madame Patterson, Samuel Tate n'est plus de ce monde.

La jeune femme hocha la tête. « Voilà un souci de moins », se dit-elle.

— Pouvez-vous nous raconter ce qui s'est passé ? lui demanda Morel.

Elle envisagea un instant de mentir. Non pas pour se protéger elle, mais parce qu'elle craignait que la vérité cause du tort à Mac.

Seulement, elle n'avait pas eu le loisir de réfléchir à une explication plausible de sa présence dans l'appartement du rez-de-chaussée. Du reste, qu'est-ce que ça pouvait bien changer, à présent ?

— Je n'arrivais pas à dormir, alors je suis descendue un peu avant l'aube, avoua-t-elle. Il devait être 3 heures ou 3 h 30 du matin. Mac ne voulait pas que je reste mais j'ai insisté. Je ne voulais plus être toute seule là-haut.

Tout en disant cela, elle se demanda si elle n'avait pas eu une sorte de prémonition. Tout comme elle avait senti dans le hall de l'immeuble les ondes néfastes qui émanaient de Tate, elle s'était doutée qu'il allait choisir précisément cette nuit-là pour venir, après qu'ils l'avaient attendu près de trois semaines.

— Un bruit a réveillé Mac au petit matin. Il a cru que vos hommes arrivaient. Comme il ne voulait pas qu'ils me trouvent dans l'appartement, il est sorti pour aller à leur rencontre. Il m'a dit de laisser passer quelques minutes puis de remonter mais… quand j'ai ouvert la porte de l'appartement, quelqu'un entrait dans l'immeuble.

Elle se tut, soudain consciente de l'avoir échappé belle à ce moment-là. D'autant que Tate avait déjà fait en sorte que Mac ne puisse pas voler à son secours.

— A tout hasard, j'ai vite refermé. J'ai pensé que ça pouvait être Mac mais, comme il ne disait rien, j'ai regardé par le judas. Il n'y avait personne dans le hall. Je me suis dit qu'il s'agissait peut-être de l'un de vos hommes…

Sarah secoua la tête, toute à ses souvenirs.

— J'ai attendu un petit moment qu'il entre dans l'appartement, tout en me demandant pourquoi Mac ne l'avait pas devancé. Et tout à coup… j'ai su qui c'était. J'ai compris qu'il avait la clé de Mac. J'ai bien pensé à sortir en courant mais…

Elle secoua de nouveau la tête en se remémorant cette décision-là.

— J'ai préféré chercher quelque chose à l'intérieur qui pourrait me servir d'arme contre lui.

Le souvenir de ces instants de panique la fit frissonner rétrospectivement.

— Je n'ai d'abord déniché qu'un marteau mais, après, j'ai découvert un pistolet à clous, un peu plus loin dans la chambre. S'il était chargé, je savais que ce serait plus efficace que le marteau.

— Il a même été sacrément efficace.

Pour la première fois, Morel sourit à Sarah.

— Où avez-vous appris à vous servir d'un pistolet à clous ? demanda Sonny.

— Mon mari était entrepreneur — euh, mon ex-mari, corrigea-t-elle, se rappelant la réflexion de Mac. Nous l'aidions souvent, Danny et moi.

— Vous étiez donc seule dans l'appartement ? Enfin, avec Tate.

— Au moment où je l'ai tué ?

Morel opina.

— Nous étions seuls, oui. Est-ce que… ce que j'ai fait risque de me causer des ennuis ?

Mac lui avait dit que s'il ne l'avait pas empêchée de tirer sur Tate, elle aurait sans doute été inculpée pour tentative de meurtre. Mais cette fois, après que ce salaud eut agressé Mac et pénétré dans l'appartement par effraction, ils n'allaient quand même pas…

— Pas le moindre ennui, madame Patterson, rassurez-vous. Nous nous efforçons seulement de reconstituer la scène. La presse sera certainement friande de détails en apprenant que Samuel Tate a été abattu. L'attention des médias sera très soutenue.

— Avez-vous l'intention de leur raconter... Ecoutez, ce n'est pas pour moi que je m'inquiète. Je n'ai de comptes à rendre à personne sur la façon dont je mène ma vie. Mais en ce qui concerne Mac... il a vraiment cherché à me convaincre de remonter au second.

Auquel cas, elle se serait peut-être fait tuer. Ils seraient même peut-être morts tous les deux.

— Je ne veux pas qu'il soit accusé de quoi que ce soit à ma place.

— Je ne vois pas ce que nous pourrions reprocher aux personnes grâce auxquelles nous sommes aujourd'hui débarrassés de Tate. Nous vous devons une fière chandelle, madame Patterson. Et compte tenu des relations qui vous unissent à l'agent Donovan...

Morel haussa les épaules.

— Vous vous doutez probablement que les médias vont se régaler. Je crains hélas que nous ne puissions pas faire grand-chose pour vous mettre à l'abri de leur curiosité.

Sarah secoua la tête.

— Je ne vous demande pas de me protéger. Je souhaite seulement que vous défendiez Mac. Pour le reste...

Elle eut un moment d'hésitation, mesurant une fois de plus combien tout le reste lui était égal.

— S'il vous plaît, faites en sorte qu'il n'arrive rien de fâcheux à Mac. Sinon, je vous garantis que j'orienterai les journalistes vers des questions qui pourraient ne pas trop vous plaire.

— Madame Patterson…

— Par exemple, sur la façon dont Tate a déjoué la surveillance de vos prétendus gardes du corps ou sur la manière dont il a découvert votre souricière.

— Est-ce un chantage auquel vous comptez vous livrer ?

— Mais bien sûr ! Veillez sur Mac et je protégerai votre réputation de policier. Du moins, ce qu'il en reste. Autrement…

Elle laissa sa phrase en suspens, sachant qu'elle avait poussé le bouchon assez loin.

— L'agent Donovan est un membre très apprécié de la police de La Nouvelle-Orléans, affirma Morel d'un ton suave. Il a joué un rôle clé dans l'enquête qui avait été mise en place pour dépister un tueur en série. Croyez-moi, madame Patterson, je serai le premier à le reconnaître publiquement.

— Et à titre personnel ?

— Vous savez certainement que nous ne nous entendons pas toujours très bien, Mac et moi. Je doute que cela puisse changer. Mais pour le reste… Quels que soient mes qualités et mes défauts, je ne suis pas quelqu'un de vindicatif.

« Ni quelqu'un d'idiot », compléta mentalement Sarah, tout en le regardant dans les yeux. Morel ferait tout ce qu'il faudrait pour protéger sa carrière et ses hommes. En l'occurrence, cela impliquait de ne pas la contrarier — ce qui permettait de penser que la situation de Mac était assurée.

Elle n'eut pas le loisir de savourer bien longtemps cette petite satisfaction. La porte de la salle d'attente privée où on les avait installés pour leur permettre d'échapper à la horde de journalistes qui arpentaient les couloirs s'ouvrit, livrant passage à un homme en blouse blanche qui avait l'air bien jeune pour un chirurgien.

— Madame Patterson ?

Sarah hocha la tête, craignant que sa voix ne la trahisse. Venait-il lui dire que Mac n'avait pas survécu à ses blessures ? Qu'au cours de ce qui lui avait été décrit comme une longue et délicate opération…

— Comment va-t-il ?

Le médecin se tourna vers Morel, qui avait posé la question.

— Etes-vous un membre de la famille ?

— Je suis le supérieur de l'agent Donovan.

L'homme opina.

— Alors, je peux vous dire que l'opération s'est bien passée, et même beaucoup mieux que prévu. Il a déjà été emmené en salle de réanimation. Dès qu'il aura été transporté en NICU — l'unité de soins neurologiques intensifs, quelqu'un va venir vous chercher, ajouta-t-il en se tournant vers Sarah. En cas de traumatisme crânien, une surveillance attentive s'impose pendant quelques jours.

— Mais… ?

Sarah s'interrompit, redoutant presque de formuler la question qui lui venait à l'esprit.

— Il n'y a pas de mais. Il réagit très bien, n'ayez aucune crainte. Vous ne bougez pas d'ici, d'accord ?

Elle hocha de nouveau la tête, la gorge nouée par l'émotion.

— Merci, docteur.

— De rien. On viendra vous chercher dès que votre compagnon sera installé.

Sarah ne s'était pas aperçue qu'elle avait dormi. Elle ne sut pas très bien non plus ce qui l'avait réveillée. Mais quand elle ouvrit les yeux, elle eut la surprise de constater que Mac la regardait tendrement.

Elle se leva et s'approcha du lit. Le personnel des soins intensifs avait essayé de la mettre à la porte après l'heure des visites, mais la jeune femme avait tenu bon.

Elle connaissait assez bien ses droits. Elle savait aussi, hélas, ce que c'est que de perdre quelqu'un. Et elle était sûre que pas un policier dans cette ville ne s'aviserait de la faire sortir de force.

Elle osait à peine toucher Mac, à cause de tous les fils et les tubes auxquels il était rattaché. Il avait le regard clair et net, presque vif, et il la suivit des yeux tandis qu'elle approchait.

— Salut, murmura-t-elle en se penchant pour effleurer ses lèvres d'un baiser.

Elle lui prit la main en évitant la pince qui entourait son index. Sa chaleur était réconfortante, et la légère pression qu'il exerça sur ses doigts, en guise de réponse, acheva de la rassurer.

Il ouvrit la bouche. Sarah se pencha de nouveau pour essayer de lire sur ses lèvres.

— Est-ce que ça va ?

Elle se redressa, soulagée qu'il lui pose une question logique, même dans ce contexte. Il ne lui avait pas demandé ce qu'il faisait là. Cela indiquait peut-être qu'il était conscient des événements de la matinée, bien que le personnel soignant ait averti Sarah qu'il pourrait manifester quelques pertes de mémoire.

— Moi, ça va.

Mac hocha imperceptiblement la tête, et ses paupières se fermèrent de nouveau. Il tenta d'humecter ses lèvres du bout de la langue. Sarah se demandait si elle devait le quitter un instant pour aller demander quelques glaçons à sucer quand il rouvrit les yeux.

— Et Tate ?

Le mouvement des lèvres s'était accompagné d'un son, cette fois. Sarah sentit des larmes lui monter aux yeux. Elle cligna des paupières pour les refouler.

— Il est mort, Mac. C'est fini.

La terreur qu'il avait fait régner sur sa vie ressemblait à un long cauchemar. Il continuerait longtemps à hanter ses rêves. Mais maintenant…

Maintenant, l'avenir s'éclaircissait pour elle. Le fait que Mac soit capable de poser cette question en était la preuve.

— Super.

Le mot avait été prononcé dans un souffle. Sarah sentit de nouveau les larmes lui monter aux yeux mais, cette fois, parce qu'elle savait que ce serait effectivement *super*.

Épilogue

— Mon copain Ricky l'aime bien, lui aussi. Cet après-midi, après la classe, on l'a emmené au terrain de jeux. Ricky a pris une balle de tennis chez lui : c'est plus facile à rapporter, pour Toby.

Sarah regarda Mac du coin de l'œil pour voir s'il avait constaté lui aussi ce qu'elle considérait comme des changements appréciables chez Dwight. Fallait-il les attribuer au soutien financier des services de police ou à l'accès de la famille à des aides sociales plus substantielles ?

Quelle qu'en soit la raison, le garçon avait maintenant les cheveux bien coupés, et il portait un nouveau blouson qui était enfin à sa taille et qui lui allait bien.

Evidemment, c'était sans doute beaucoup demander à Mac que de remarquer des signes d'évolution relativement discrets. Il n'était sorti de l'hôpital que depuis une quinzaine de jours.

Selon les médecins, son état s'améliorait à un rythme beaucoup plus rapide que prévu et il serait bientôt totalement rétabli.

— Tu t'occupes bien de lui ? demanda Mac en se baissant pour gratter le chien derrière les oreilles.

— Je le promène tous les matins, répondit Dwight — mais très vite, à cause de l'école. Et puis, en général, on joue dehors l'après-midi, Toby, Ricky et moi. Et le soir, on le sort un peu avec maman avant de se coucher. D'habitude, c'est juste sur la pelouse, devant le lotissement, mais ça lui est égal, on dirait.

— Et ta maman ? Est-ce qu'elle accepte bien Toby, maintenant ?

— Elle râle encore un peu à cause des poils et tout ça, mais bon, elle est plutôt contente, je crois. Il tient compagnie à mamie. Elle l'aime bien, elle aussi. Elle n'arrive pas à se rappeler son nom mais elle sait qu'il est à nous.

Mac leva les yeux sur Sarah. La jeune femme comprit sa question muette, mais elle détourna vivement le regard et sourit au garçon.

— Je suis fière de toi pour avoir si bien pris soin de lui. Je savais que je pouvais te faire confiance.

— Oui, m'dame, dit le gamin, visiblement aux anges.

Il semblait avoir oublié qu'en principe il ne devait garder Toby que pour quelque temps.

— Et l'école, ça marche ? demanda encore Mac. Tu as de bonnes notes ?

— C'est drôlement mieux que mon école d'avant. Les autres sont gentils avec moi. Et ma maîtresse aussi.

Ils savaient déjà que Dwight s'était fait un copain : un

nommé Ricky qui apportait des balles de tennis pour Toby.

Sarah n'était pas certaine de pouvoir en attribuer tout le mérite à l'influence de Toby mais, de toute évidence, le garçon était bien plus heureux qu'avant.

Mac se remit debout. Elle le regarda faire, épatée par les progrès qu'il avait effectués en si peu de temps. Il la regarda encore avec insistance, haussant les sourcils avec un petit mouvement de tête.

Quand Sarah avait appelé Mme Ingersoll pour lui dire qu'ils souhaitaient passer les voir, la mère du garçon ne lui avait pas caché qu'ils s'étaient tous beaucoup attachés à Toby. Surtout Dwight, naturellement. Elle était même allée jusqu'à exprimer son inquiétude sur la façon dont il réagirait quand Sarah reprendrait son chien.

« Si telle est votre intention », avait-elle ajouté d'un ton aussi interrogateur que l'expression de Mac, maintenant.

Etait-ce son intention ? Pour le moment, Sarah ne savait pas trop sur quel pied danser. Il ne faisait aucun doute que Toby était heureux chez les Ingersoll, que Dwight s'épanouissait dans son nouvel environnement et que le fait de pouvoir montrer qu'il avait un chien — même temporairement — lui donnait des ailes.

— Sarah ?

L'intervention de Mac aggrava son dilemme. Elle savait exactement ce qu'il souhaitait la voir faire : accorder à Dwight, que l'on ne pouvait certes pas qualifier d'enfant gâté, l'autorisation de garder le compagnon de jeu qui symbolisait tous les changements positifs survenus récemment dans sa vie.

Seulement, Sarah s'apercevait qu'il ne lui était pas facile de renoncer à Toby. Il avait été le chien de Danny. Un compagnon que le garçon avait aimé de tout son cœur.

Toby était le dernier lien qu'elle gardait avec lui, maintenant. La seule façon de sentir encore la présence de son fils qui avait été toute sa vie.

Elle regarda Mac, et ses yeux s'emplirent de larmes, comme cela lui arrivait si souvent, ces derniers temps. Sur les conseils pressants de Morel, ils avaient consulté tous les deux une psychologue qui les aidait à surmonter le traumatisme qu'ils venaient de subir. Bien que la thérapeute l'ait assurée que son hyperémotivité actuelle était une réaction parfaitement normale en pareille circonstance, elle ne pouvait s'empêcher de se sentir ridicule. Et pas très courageuse.

Alors que les médias vantaient sa bravoure à longueur de journée, Sarah savait, elle, ce qu'il en était réellement : tout ce qu'elle était capable de faire, ces jours-ci, c'était rester blottie dans les bras de Mac et pleurer comme une Madeleine.

Il y avait eu bien des choses qu'elle s'était cru incapable de faire pendant ces trois dernières années, et pourtant… elle avait serré les dents et puisé en elle la force nécessaire. Mais ça… c'était trop difficile. Trop injuste.

— Dwight, je te suis reconnaissante de t'être si bien occupé de Toby, commença-t-elle. Et je suis contente que ça t'ait fait plaisir.

La joie qui brillait dans les yeux du garçon s'éteignit brusquement. Mais Dwight n'était déjà que trop conscient, lui aussi, de l'injustice de la vie.

Il hocha la tête, dominant ses émotions avec une maturité remarquable. Puis il se pencha sur Toby et lui mit les bras autour du cou. Il enfouit son visage dans l'épais pelage du chien et le serra comme s'il ne pouvait se résoudre à le quitter.

Il finit pourtant par le faire. Après s'être redressé, il tendit la laisse à Sarah.

— Merci de m'avoir laissé le garder. C'est un très très bon chien.

— C'était le chien de mon fils.

Elle fit cette réponse comme si elle suffisait à tout expliquer, comme si elle justifiait totalement sa décision.

— Toby est tout ce qui me reste de lui, maintenant.

— Je sais. Il est à vous. On en a parlé avec maman : elle m'a dit que c'était seulement temporaire.

Il prononça ce mot avec précaution. Sans doute l'avait-il appris récemment, songea Sarah, attendrie.

Elle regarda Mac du coin de l'œil, quêtant son absolution. Elle ne vit rien de tel dans ses yeux. Juste de l'amour et un total consentement. Quel que soit le choix qu'elle allait faire aujourd'hui, Mac s'abstiendrait toujours de lui indiquer, expressément ou implicitement, que ce n'était pas le bon.

Elle avait parfaitement le droit de s'accrocher à la dernière miette de ce qui avait été sa vie, autrefois. Qui pourrait jamais lui reprocher ça ?

Elle prit la laisse que le garçon lui tendait.

— Nous reviendrons te voir avec lui, Dwight. Aussi souvent que nous le pourrons.

Cette première personne du pluriel était une autre nouveauté, pour elle.

L'enfant hocha la tête et ses yeux retournèrent, comme malgré lui, vers Toby. Le chien les regardait tous les trois tour à tour comme s'il essayait de comprendre ce qui se passait. Il ne remuait plus la queue, tout à coup.

— Tu es prêt à rentrer à la maison, Tob ?

Le diminutif familier lui fit dresser les oreilles mais il regarda encore Dwight.

— Vas-y, lui dit le garçon. On va se revoir bientôt. Avec Ricky, on ira te lancer la balle au terrain de jeux. Il faut pas être triste, Toby. Ça va aller. Ça sera très bien comme ça, tu verras.

Les yeux du chien restaient rivés sur le petit visage mince et pâle de Dwight. Sarah se rappela qu'il faisait la même chose avec son fils, quand il lui parlait.

Les deux garçons étaient tellement différents, songea-t-elle encore. Danny était un enfant robuste et plein de vie, avec une peau hâlée par le grand air. Expansif et joyeux, il possédait cette assurance que donne la certitude d'être aimé.

Il l'avait été. Il le serait à jamais. Et elle n'avait pas besoin de Toby pour se rappeler Danny.

Il était temps d'oublier les mauvais souvenirs, pour ne garder que les meilleurs. L'amour de Danny pour Toby était certainement de ceux-là. Et ce qu'elle pouvait faire de mieux…

Elle regarda encore Mac, vit ses yeux briller d'un amour analogue à celui qui brillait dans les yeux de Toby, toujours rivés sur Dwight. Un amour dont Danny n'avait jamais eu autant besoin que ce garçon-là. Elle esquissa un petit sourire mal assuré auquel Mac répondit aussitôt, comprenant exactement ce qu'elle pensait.

Sarah se retourna vers Dwight, certaine que ce dernier sacrifice n'était pas seulement nécessaire mais aussi fortifiant car il allait l'aider à se délivrer.

— Ta maman m'a dit qu'elle ne voyait aucun inconvénient à ce que tu le gardes. Est-ce que ça te plairait ?

— De garder Toby ? demanda-t-il d'un ton hésitant, comme s'il ne voulait pas céder à un faux espoir. Pour toujours ?

Jusqu'à ce que la mort nous sépare…

Elle se demanda pourquoi cette formule des vœux de mariage lui venait à l'esprit. Peut-être parce que c'était la limite assignée à chacun, en ce bas monde. Une minute. Une heure. La joie passagère et pourtant merveilleuse de vivre l'instant présent.

Jusqu'à ce que la mort nous sépare. Et au-delà.

Sarah acquiesça, la gorge trop serrée pour parler. Elle avait tant d'amour en elle pour eux tous, les vivants et les morts…

Apparemment, les mots n'étaient pas nécessaires. Déchiffrant la réponse sur son visage, Dwight s'agenouilla de nouveau près de Toby et le reprit dans ses bras.

Sarah contempla un moment le tableau qu'ils formaient, puis se tourna vers Mac qui hocha lentement la tête. Quelles que soient les erreurs qu'elle avait pu commettre dans sa vie, ceci n'en était pas une, songea Sarah.

— Rentrons chez nous, dit Mac.

N'importe où, ensemble, ils seraient enfin chez eux.

REMERCIEMENTS

Merci à Lynda Cooper, Bill Derryberry, Cindy Keller et au Dr Mollie Thomas, qui ont apporté leur expertise à cet ouvrage. Vous êtes les meilleurs !

DANS LA MÊME COLLECTION
Par ordre alphabétique d'auteur

BEVERLY BARTON	*Dans l'ombre de l'assassin*
OLGA BICOS	*Nuit d'orage*
OLGA BICOS	*La mort dans le miroir*
LAURIE BRETON	*Ne vois-tu pas la mort venir ?*
BARBARA BRETTON	*Le lien brisé*
JAN COFFEY	*La dernière victime*
JAN COFFEY	*L'accusé*
JASMINE CRESSWELL	*La Manipulatrice*
JASMINE CRESSWELL	*Le secret brisé*
JASMINE CRESSWELL	*La mort pour héritage*
JASMINE CRESSWELL	*Soupçons mortels*
JASMINE CRESSWELL	*Je saurai te retrouver*
CAMERON CRUISE	*La perle de sang*
MARGOT DALTON	*Amnésie*
MARGOT DALTON	*Kidnapping*
MARGOT DALTON	*Le sceau du mal*
MARGOT DALTON	*Crimes inavoués*
WINSLOW ELIOT	*L'innocence du mal*
ANDREA ELLISON	*Elles étaient si jolies*
LYNN ERICKSON	*Le Prédateur*
SUZANNE FORSTER	*Le cercle secret*
SUZANNE FORSTER	*Secrets*
MICHELLE GAGNON	*Le cercle de sang*
TESS GERRITSEN	*Présumée coupable*
TESS GERRITSEN	*Crimes masqués*
TESS GERRITSEN	*Ne m'oublie pas*
HEATHER GRAHAM	*L'invitation*
HEATHER GRAHAM	*L'ennemi sans visage*
HEATHER GRAHAM	*Le complot*
HEATHER GRAHAM	*Soupçons*
HEATHER GRAHAM	*La griffe de l'assassin*
HEATHER GRAHAM	*Prémonition*
HEATHER GRAHAM	*L'ombre de la mort*
HEATHER GRAHAM	*Danse avec la mort*
HEATHER GRAHAM	*Noires visions*
HEATHER GRAHAM	*Nuits blanches*
HEATHER GRAHAM	*Apparences*
HEATHER GRAHAM	*La crypte mystérieuse*
HEATHER GRAHAM	*Sombre présage*
HEATHER GRAHAM	*Hantise*
HEATHER GRAHAM	*Dangereuse vision*
HEATHER GRAHAM	*La nuit écarlate*
CAROLYN HAINES	*Les fiancées du Mississippi*

... / ...

DANS LA MÊME COLLECTION
Par ordre alphabétique d'auteur

KAREN HARPER	*Testament mortel*
KAREN HARPER	*Le saut du diable*
KAREN HARPER	*L'œuvre du mal*
KAREN HARPER	*Les portes du mal*
KAREN HARPER	*Une femme dans la nuit*
KAREN HARPER	*Mortel mensonge*
KAREN HARPER	*Intention mortelle*
KATHRYN HARVEY	*La clé du passé*
BONNIE HEARN HILL	*La disparue de Sacramento*
BONNIE HEARN HILL	*Mortelle perfection*
CHRISTIANE HEGGAN	*Miami Confidential*
CHRISTIANE HEGGAN	*L'Alibi*
CHRISTIANE HEGGAN	*Intime conviction*
CHRISTIANE HEGGAN	*Labyrinthe meurtrier*
CHRISTIANE HEGGAN	*Par une nuit d'hiver*
CHRISTIANE HEGGAN	*Troublantes révélations*
CHRISTIANE HEGGAN	*Intention de tuer*
CHRISTIANE HEGGAN	*Meurtre à New York*
METSY HINGLE	*Le masque de la mort*
METSY HINGLE	*La fille de l'assassin*
METSY HINGLE	*Noces noires*
GWEN HUNTER	*Faux diagnostic*
GWEN HUNTER	*Virus*
GWEN HUNTER	*Les mains du diable*
GWEN HUNTER	*Le triangle du mal*
GWEN HUNTER	*La piste du mal*
LISA JACKSON	*Dans l'ombre du bayou*
LISA JACKSON	*Noire était la nuit*
LISA JACKSON	*Les disparues de la nuit*
LISA JACKSON	*L'hiver assassin*
CHRIS JORDAN	*L'étau*
PENNY JORDAN	*De mémoire de femme*
PENNY JORDAN	*La femme bafouée*
R.J. KAISER	*Qui a tué Jane Doe ?*
ALEX KAVA	*Sang Froid*
ALEX KAVA	*Le collectionneur*
ALEX KAVA	*Les âmes piégées*
ALEX KAVA	*Obsession meurtrière*
ALEX KAVA	*Le Pacte*
RACHEL LEE	*Neige de sang*
RACHEL LEE	*Le lien du mal*
RACHEL LEE	*Secret meurtrier*
DINAH McCALL	*Le silence des anges*
DINAH McCALL	*Les disparus de l'hiver*
DINAH McCALL	*Mélodie mortelle*

.../...

DANS LA MÊME COLLECTION

Par ordre alphabétique d'auteur

HELEN R. MYERS	*Mortelle impasse*
HELEN R. MYERS	*Les ombres du doute*
HELEN R. MYERS	*Mort suspecte*
HELEN R. MYERS	*Suspicion*
HELEN R. MYERS	*La marque du diable*
CARLA NEGGERS	*L'énigme de Cold Spring*
CARLA NEGGERS	*Piège invisible*
CARLA NEGGERS	*La dernière preuve*
CARLA NEGGERS	*Le voile noir*
CARLA NEGGERS	*La nuit du solstice*
CARLA NEGGERS	*Noirs desseins*
CARLA NEGGERS	*Une femme en fuite*
BRENDA NOVAK	*L'étrangleur de Sandpoint*
BRENDA NOVAK	*Noir secret*
MEG O'BRIEN	*Le piège*
MEG O'BRIEN	*En lettres de sang*
MEG O'BRIEN	*Pluie de sang*
MEG O'BRIEN	*La déchirure*
MEG O'BRIEN	*Spirale meurtrière*
SHIRLEY PALMER	*Zone d'ombre*
SHIRLEY PALMER	*Le bûcher des innocents*
EMILIE RICHARDS	*Le refuge irlandais*
EMILIE RICHARDS	*Mémoires de Louisiane*
EMILIE RICHARDS	*Le testament des Gerritsen*
EMILIE RICHARDS	*L'héritage des Robeson*
EMILIE RICHARDS	*L'écho de la rivière*
EMILIE RICHARDS	*Promesse d'Irlande*
EMILIE RICHARDS	*Du côté de Georgetown*
NORA ROBERTS	*Possession*
NORA ROBERTS	*Le cercle brisé*
NORA ROBERTS	*Et vos péchés seront pardonnés*
NORA ROBERTS	*Tabous*
NORA ROBERTS	*Coupable innocence*
NORA ROBERTS	*Maléfice*
NORA ROBERTS	*Enquêtes à Denver*
NORA ROBERTS	*Crimes à Denver*
NORA ROBERTS	*L'ultime refuge*
NORA ROBERTS	*Une femme dans la tourmente*
NORA ROBERTS	*Clair-obscur*
NORA ROBERTS	*Le secret du bayou*
NORA ROBERTS	*Le souffle du danger*
FRANCIS ROE	*L'engrenage*
FRANCIS ROE	*Soins intensifs*

.../...

DANS LA MÊME COLLECTION

Par ordre alphabétique d'auteur

KAREN ROSE	*Le lys rouge*
KAREN ROSE	*Et tu périras par le feu*
KAREN ROSE	*Je te volerai ta mort*
KAREN ROSE	*Le cercle du mal*
KAREN ROSE	*Le sceau du silence*
KAREN ROSE	*Les roses écarlates*
M. J. ROSE	*Le cercle écarlate*
M. J. ROSE	*La cinquième victime*
M. J. ROSE	*Rédemption*
JOANN ROSS	*La femme de l'ombre*
SHARON SALA	*Sang de glace*
SHARON SALA	*Le soupir des roses*
SHARON SALA	*Meurtre en eaux troubles*
SHARON SALA	*L'œil du témoin*
SHARON SALA	*Expiation*
SHARON SALA	*Si tu te souviens*
SHARON SALA	*Dans les pas du tueur*
MAGGIE SHAYNE	*Noir paradis*
MAGGIE SHAYNE	*Un parfait coupable*
TAYLOR SMITH	*Le carnet noir*
TAYLOR SMITH	*La mémoire assassinée*
TAYLOR SMITH	*Morts en série*
ERICA SPINDLER	*Rapt*
ERICA SPINDLER	*Black Rose*
ERICA SPINDLER	*La griffe du mal*
ERICA SPINDLER	*Trahison*
ERICA SPINDLER	*Cauchemar*
ERICA SPINDLER	*Pulsion meurtrière*
ERICA SPINDLER	*Le silence du mal*
ERICA SPINDLER	*Jeux macabres*
ERICA SPINDLER	*Le tueur d'anges*
ERICA SPINDLER	*Collection macabre*
ERICA SPINDLER	*Et vous serez châtiés*
ERICA SPINDLER	*L'innocence volée*
AMANDA STEVENS	*N'oublie pas que je t'attends*
AMANDA STEVENS	*La poupée brisée*
AMANDA STEVENS	*Juste après minuit*
AMANDA STEVENS	*Le repaire du mal*
ANNE STUART	*La veuve*
TARA TAYLOR QUINN	*Enlèvement*
ELISE TITLE	*Obsession*
CHARLOTTE VALE ALLEN	*L'enfance volée*

.../...

DANS LA MÊME COLLECTION
Par ordre alphabétique d'auteur

LAURA VAN WORMER	*La proie du tueur*
GAYLE WILSON	*Les disparus du Mississippi*
GAYLE WILSON	*Rumeurs*
GAYLE WILSON	*Le secret de Maddie*
GAYLE WILSON	*L'innocence trahie*
KAREN YOUNG	*Passé meurtrier*

6 TITRES À PARAÎTRE EN JUILLET 2010

MIRA

Composé et édité par les
éditions Harlequin

Achevé d'imprimer en Allemagne
par GGP Media GmbH, Pößneck
en avril 2010

Dépôt légal en mai 2010
N° d'éditeur : 14902